新☆ハヤカワ・ＳＦ・シリーズ

5025

ロックイン
—統合捜査—

LOCK IN

BY

JOHN SCALZI

ジョン・スコルジー
内田昌之訳

TOKYO
HAYAKAWA
BOOKS

A HAYAKAWA
SCIENCE FICTION SERIES

LOCK IN
by
JOHN SCALZI

Translated by
MASAYUKI UCHIDA
First published 2016 in Japan by
HAYAKAWA PUBLISHING, INC.
This book is published in Japan by
arrangement with
ETHAN ELLENBERG LITERARY AGENCY
through THE ENGLISH AGENCY (JAPAN) LTD.

カバーイラスト　星野勝之
カバーデザイン　渡邊民人（TYPEFACE）

ジョー・ヒルに――きっと書くと言っただろ。

それとダニエル・マインツに――わたしのとてもたいせつな友人。

ロックイン――統合捜査――

おもな登場人物

クリス・シェイン………新人ＦＢＩ捜査官。ヘイデン
レズリー・ヴァン………シェインのパートナー
トリン……………………市警第二分署の刑事
レッドハウス……………ナバホ族の巡査
マーカス・シェイン……シェインの父親。実業家
ルーカス・ハバード……アクセレラント社のＣＥＯ。ヘイデン
サミュエル・
シュウォーツ…………アクセレラント社の法律顧問。ヘイデン
ジム・ブコールド………ラウドン・ファーマ社のＣＥＯ
カッサンドラ・ベル……ヘイデン分離主義の活動家。ヘイデン
ニコラス・ベル…………統合者。カッサンドラの兄
ジョニー・サニ…………ホテルで死んで発見された男
カール・ベア……………ラウドン・ファーマ社の研究者。ヘイデン
ジェイ・カーニー………統合者
トニー……………………フリーのプログラマ。ヘイデン
テイラ……………………ドクター。ヘイデン

ヘイデン症候群

ヘイデン症候群とは、連続する一連の身体的および精神的な病状と障害につけられた呼び名であり、最初にそれが発生した〝**大流行**〟と呼ばれる**インフルエンザ**に似た地球規模の**パンデミック**では、病気の初期段階のインフルエンザのような症状、あるいは第二段階の髄膜炎に似た脳および脊髄の炎症、あるいは第三段階に起こる合併症により、全世界で四億人以上が命を落とした――この第三段階においては、通常は随意神経系が完全に麻痺し、その結果、患者は隔離状態、すなわち〝**ロックイン**〟に陥る。ヘイデン症候群という呼び名は、前**アメリカ合衆国大統領夫人**で、この症候群のもっとも有名な患者となった、**マーガレット・ヘイデン**からとられている。

〝大流行〟の物理的原因は判明していないが、最初に発生したのは**イングランド**の**ロンドン**で、ほとんど間を置かずに、**ニューヨーク**、**トロント**、**アムステルダム**、**東京**、**北京**でも発生した。目に見える症状があらわれるまでに長い潜伏期間があるため、ウイルスが発見されたのは広範囲に拡散したあとのことだった。その結果、第一波だけで全世界で二十七億五千万人以上が感染した。

病気の進行具合は、感染者の**健康状態**、**年齢**、**遺伝子構造**、相対的な環境**衛生**など、さまざまな要因によってことなっていた。インフルエンザに似た第一段階はもっとも患者数が多く、しかも深刻で、ヘイデン症候群による死者全体の七五パーセント以上がここで死亡した。しかし、同じくらいのパーセンテージの患者はこの第一段階で進行が止まった。残りの患者が進む第二段階は、表面的にはウィルス性髄膜炎と似ているが、それだけではなく、一部の患者については脳構造に持続性の重大な変化が生じる。患者数は減るものの、ヘイデン症候群の第二段階では、ひとり当たりの死亡率は高くなる。

第二段階を生き延びた人びとの多くは、身体面および精神面で長期にわたる障害に苦しむことはなかったが、それでもかなりの数の人びと――〝大流行〟で感染した患者たちの一パーセント以上――が、ロックインに陥った。さらに〇・二五パーセントの人びとについては、脳構造が変化したことで精神面の能力が損なわれたものの、身体面の能力が劣化することはなかった。それよりもっと少ない人びと――全世界で十万人以下――については、脳構造に重大な変化があったにもかかわらず、肉体面でも精神面でもいっさい劣化はなかった。この最後のカテゴリに属する人びとの一部は、のちに〝**統合者**〟になった。

合衆国では、四百三十五万人もの国民および在住者が〝大流行〟によってロックインに陥り、ほかの先進諸国でも同じくらいのパーセンテージの国民がロックインに陥った。こうした事態を受けて、合衆国およびその同盟諸国は**ヘイデン研究推進法**に三兆ドルの資金を投じた――この〝**壮大な挑戦**〟の目的は、脳の機能に対する理解を急速に高め、ヘイデン症候群に苦しむ患者が社会に参加できるようにするための市場プログラムと人工装具の開発を促進することにあった。その結果として、**ベンジャミン・ヘイデン大統領**が法案に署名してから二十四カ月もたたないうちに、史上初の**埋め込み型ニューラルネットワーク**や、**個人輸送機**や、〝**アゴラ**〟と呼ばれるヘイデン専用のオンライン空間などの技術革新が実現した。

ヘイデン研究推進法は、**脳の発達**と**脳の構造**について新しい重要な理解をもたらし、ヘイデン症候群に苦しむ人びとの要求にこたえるさまざまな新産業の発展をうながしたが、時がたつうちに、多くの不満の声があがり始めた――ヘイデン症候群関連の研究があまりにも優先されすぎているとか、〝ヘイデン〟と呼ばれる患者たちばかりが注目されたことで政府の援助を受けるひとつの階級が生まれ、〝ロックイン〟状態にあるにもかかわらず、一般大衆よりもいろいろな面で優位に立っているとかいった不満だ。こうした流れにより、合衆国上院議員の**デイヴィッド・エイブラムズ**と**ヴァンダ・ケタリング**が、ヘイデンたちのための助成金とプログラムを削減し、同時に大幅な減税を実施する法案を提出した。この**エイブラムズ＝ケタリング法案**は初めは否決されたが、修正後にふたたび提出され、ぎりぎりの過半数で連邦議会の両院を通過した。

ヘイデン症候群を引き起こすウイルスについては徹底した研究が進められ、その拡散を最小限にとどめるための社会衛生プログラムも展開されているが、信頼性のあるワクチンはいまだに存在しない。毎年、全世界で最大二千万人が感染し、合衆国では、一万五千から四万五千人がロックインに陥っている。研究者たちはまだワクチンを完成させていないが、感染後の治療については、随意神経系の〝再配線〟を実現するための有望な新しい治療法なども含めて、それなりの進歩が見られる。現在、これらの治療法は動物実験の段階にある。

――ハイスクール・チートシート・ドットコム「ヘイデン症候群」の項目より

1

初出勤の日は、たまたまヘイデン・ストライキの初日で、正直なところ、かなり間の悪いタイミングだった。ぼくが連邦捜査局（FBI）のビルへ歩いて入る映像が、ヘイデン関連のニュースサイトやフォーラムでばんばん流れていた。初出勤の日にそういう騒ぎはかんべんしてほしかった。

アゴラ全体が怒号と共にぼくの頭上へ崩れ落ちてこなかった理由はふたつ。ひとつは、そもそもヘイデン全員がストライキに賛成しているわけではないということ。初日の参加者はよく言ってもぽつぽつ。アゴラは、対立するとてもやかましいふたつの陣営に分裂していた——ストライキを支持するヘイデンたちと、エイブラムズ＝ケタリング法が成立したいま、そんな戦略は無意味だと考えるヘイデンたちだ。

もうひとつの理由は、ＦＢＩが厳密に言えば法執行機関で、必要不可欠なサービスとみなされていることだ。そのため、ぼくのことをスト破りと呼ぶヘイデンの数は、思ったほど多くはなさそうだった。

アゴラの怒号はさておき、初出勤の日は多くの時間を人事部で過ごして、たくさんの書類に記入し、福利厚生や年金の制度についてうんざりするほどこまごました部分まで説明を受けた。それから、武器を支給され、ソフトウェアのアップグレードをすませ、バッジを受け取った。そのあと早めに退出したのだが、これは、新しいパートナーが裁判で証言をするためにその日は戻らないというので、ほかにすることがなくなったからだ。家に帰ったあとも、アゴラには入らなかった。その代わりに映画を見た。弱虫と呼びたければ呼ぶがいい。

出勤二日目は、思いがけないほどたくさんの血と共に始まった。

ウォーターゲート・ホテルへ歩いていくと、そこに新しいパートナーの姿があった。ロビーの入口から少し離れたところに立ち、電子タバコを吸っている。近づいていくと、彼女のバッジに埋め込まれたチップから送信された個人情報が視界に表示され始めた。FBIではこうやって現場にいるのがだれなのかを各捜査官に知らせていた。むこうはグラスをかけていなかったので、こうして近くに来ても、ぼくに関する情報が目のまえで滝のようにスクロールすることはないはずだ。とはいえ、そんなものはまったく必要ない可能性が高かった。いずれにせよ、彼女はあっさりとぼくを見つけた。

「シェイン捜査官」新しいパートナーはそう呼びかけ、手を差し出してきた。

「ヴァン捜査官」ぼくはその手をとった。

そのあと、相手の口からどんな言葉が出てくるかを待った。人がぼくと出くわしたときにどういう反応を見せるかは、いつでも興味深いテストになる――ぼくがこういう人間で、しかもヘイデンだからだ。ふつうはどちらかについてコメントがある。

ヴァンはそれ以上なにも言わなかった。ただ手を引っ込めて、ニコチンのスティックを吸い続けた。

なるほど、いいだろう。会話を始める役目はぼくにあるらしい。

そばにある車へちらりと目を向ける。二人掛けのソファでルーフがつぶれていた。

「これは関係あるんですか？」ぼくは車とソファに向かって首を振った。

「かすかに」ヴァンは言った。「記録してる？」

「やれと言うならできますよ。ぼくが記録するのをいやがる人もいますけど」

「やって。あなたは勤務中。記録するべき」

「了解」ぼくは記録を開始した。車のまわりをぐるりと歩いて、あらゆる角度からそれをとらえる。ウィンドウの安全ガラスは砕けて、ところどころ小さく崩れ落ちていた。ナンバープレートは外交官用だ。ちらりと視線を走らせると、十ヤードほど離れたところで電話をしている男が、アルメニア語らしき言葉でだれかに怒鳴っていた。その声を翻訳したいという誘惑に駆られた。

ヴァンは作業を見守るだけで、やはりなにも言わなかった。

記録を終えてホテルの側面を見あげると、七階のあたりに穴があいていた。「ソファはあそこから?」

「そう考えるのが正しそうね」ヴァンは電子タバコを口からはずし、スーツのジャケットの内側へ滑り込ませた。

「あそこへあがるんですか?」

「あなたを待ってたの」

「すみません」ぼくはまた見あげた。「市警はもう上にいるんですか?」

ヴァンはうなずいた。「むこうのネットワークの通報を傍受した。犯人とみなされている人物が統合者だから、わたしたちの領分になる」

「そのことを市警に伝えたんですか?」

「あなたを待ってたの」ヴァンは繰り返した。

「すみません」ぼくはもう一度あやまった。ヴァンがロビーのほうへ頭を振った。

ふたりでホテルに入り、エレベータに乗ってソファが投げ出された七階まであがった。ヴァンがFBIのバッジを襟に留めた。ぼくは自分のを胸の表示スロットに差し込んだ。

エレベータの扉がひらくと、制服姿の女性警官がいた。手をあげて降りるなと制止してくる。ぼくたちはそれぞれ自分のバッジを指さした。女性警官は顔をしかめて、通れとうながしながら、ハンドセットへなにやらささやきかけた。ぼくたちはドアのまわりに警官が集まっている部屋を目指した。

半分ほどまで進んだとき、ひとりの女がその部屋から頭を突き出し、あたりを見回して、こちらに気づくと、ずかずかと近づいてきた。ぼくはちらりとヴァンに目を向けた。その顔にはうっすらと笑みが浮かんでいた。

「トリン刑事」ヴァンはそばに来た女に呼びかけた。

「だめ」トリンが言った。「絶対にだめ。これはあんたとは無関係だよ、レズリー」

「わたしも会えてうれしいわ。でもまちがってる。犯人は統合者。それがなにを意味するかはわかってるはず」

「〝個人輸送機あるいは統合者が関与するすべての犯罪は、州を超越する要素をもつとみなされる〟」ぼくはFBIのハンドブックから引用した。

トリンは不快そうにこちらへ目を向けたが、ヴァンと話すためにぼくをあからさまに無視した。ぼくはそのちょっとした反応をあとのために頭の隅にしまい込んだ。「犯人が統合者だなんてあたしは知らないよ」トリンはヴァンに向かって言った。

「わたしは知ってる」ヴァンは言った。「あなたの部下が現場から通報したときに、犯人のIDを伝えていた。名前はニコラス・ベル。統合者よ。うちのデータベースにある。ベルはあなたの部下に追い詰められた瞬間にピンを打った」その名前を聞いて、ぼくはヴァンのほうへ頭をめぐらせたが、彼女はトリンに目を向けたままだった。

「同じ名前だからといって統合者とはかぎらないだろ」トリンが言った。

「やめて、トリン。こんなやりとりをこどもたちのまえで続けたいの?」なんのことか一瞬わからなかったが、ヴァンが言っているのはぼくと制服警官たちのことだった。「つまらない言い争いをしても勝ち目がなきた――例のソファが突き抜けたところだ。

ヴァンは死体を見おろした。「この男性の身元はわかっているの？」

「IDがない」トリンがこたえた。「いま調べているところ」

ヴァンはあたりを見回し、なにかを探した。「ニコラス・ベルはどこ？」

トリンはうっすらと笑みを浮かべた。「分署のほうだよ。現場に最初に着いた警官がつかまえて、あんたがここに来るまえに護送した」

「警官の名前は？」

「ティモンズ。ここにはいないよ」

「その警官の逮捕映像がほしい」

「それは――」

「さあ、トリン。わたしの公開アドレスは知ってるでしょ。それをティモンズに伝えて」トリンはムッとして顔をそむけたが、電話を取り出して指示を伝えた。

「ローカル・ドライブにコピーして、ほかのどこにも送らないように言って」

「わかってるはずよ。中に入れて、仕事をさせて。もしも関係者全員がその時点でワシントンDCにいたと判明したら、こちらにある手持ちの情報をすべて渡して、もうあなたのじゃまはしない。仲良く、友好的にことを進めるの。さもないとこっちは友好的でいられなくなるかも。それでどうなるかはおぼえてるでしょ」

トリンはきびすを返し、それ以上なにも言わずにホテルの部屋へ足音高く引き返していった。

「話がよく見えないんですが」ぼくは言った。

「必要なことはだいたい伝わったはず」ヴァンは七一四号室へと歩き出した。ぼくもあとを追った。

部屋には死体があった。床の上で、カーペットにうつぶせに倒れ、喉を切られていた。カーペットは血でぐしょぐしょだ。壁や、ベッドや、まだ部屋に残っている椅子にも血しぶきが飛んでいた。壁いっぱいに広がる窓にぽっかりあいた穴から、そよ風が流れ込んでヴァンは部屋にいる制服警官を指さした。「なにか動かしたりさわったりした？」

「われわれはやってません」警官がこたえた。

ヴァンはうなずいた。「シェイン」

「はい」ぼくは言った。

「マップを作成しなさい。詳細なやつ。ガラスに気をつけて」

「わかりました」記録モードはすでにオンになっていた。そこに三次元グリッドを重ね、目に入るものすべてをチェックして、なにかのうしろや下で見なければならない場所を特定しやすくするのだ。部屋を慎重に歩き回り、隅から隅までくまなく記録していく。ベッドのそばでは膝をつき、細かいところまで見えるようにヘッドライトをつけた。実際、ベッドの下には記録すべきものがあった。

「この下にガラスが」ぼくはヴァンに伝えた。「破片で、血がついています」立ちあがり、部屋にあるデスクを指さす——そこにはひと組のグラスと水のボトルが二本のっていた。「デスクのわきの床にもガラスの破片があります。おそらくそれが凶器でしょう」

「マップは完成したの？」ヴァンが言った。

「もう少しです」ぼくはさらに何度か部屋を歩き回って、見逃した場所を埋めていった。

「あなたのほうでもマップを作成したんでしょ」ヴァンがトリンに言った。

「技術班がもうじき着く」トリンが言った。「現場にいる警官たちからの映像もある」

「ぜんぶ送って。こっちもシェインのマップを送るから」

「わかった」トリンはいらいらと言った。「ほかになにか？」

「いまのところはそれだけ」

「だったら、あたしの事件の現場から出ていってくれないかな。仕事があるんでね」

ヴァンはトリンに笑みを向けてから部屋を出た。ぼくもあとを追った。「市警はいつもあんなふうなんですか？」エレベータに乗り込みながら、ぼくはたずねた。

「だれだって自分たちのなわばりに連邦捜査官が踏み込むのはうれしくない」ヴァンはこたえた。「そもそもわたしたちと会いたくないのよ。たいていの人はもっと礼儀正しいけど。トリンはちょっと問題をかかえているから」

「ぼくたちに対してですか、それともあなたに対してですか？」

ヴァンはまた笑みを浮かべた。エレベータがロビーに着いて扉がひらいた。

「吸ってもかまわない？」ヴァンがたずねた。手動運転で分署へ車を走らせながら、タバコの箱を手探りしている——今度はほんものだ。これはヴァンの車。喫煙を禁じる法律はない。

「副流煙に免疫があるかという意味でしたら、大丈夫です」ぼくは言った。

「おもしろい」ヴァンはタバコを一本抜き出し、シガレットライターを押し込んで加熱を始めた。ぼくは自分の嗅覚レベルを低下させた。「FBIのサーバーでわたしのボックスにアクセスして、逮捕映像がもう届いているかどうか教えて」

「どうやるんですか？」

「昨日、あなたにアクセス権をあたえた」

「アクセス権を？」

「もうパートナーだから」

「感謝します。でも、実際に顔を合わせてみて、ぼくが信用できないクズだったらどうするつもりだったんですか？」

ヴァンは肩をすくめた。「まえのパートナーは信用できないクズだった。彼女ともボックスは共用していたよ」

「その人はどうなったんです？」

「撃たれた」

「職務中に？」

「ちょっとちがうかな。射撃練習場で自分の腹を撃ったの。事故だったのかどうかについては議論が分かれている。障害が残って退職した。わたしにはどうでもよかった」

「なるほど。ぼくは自分の腹を撃ったりしないと約束します」

「一分もたたないうちに身体にまつわるジョークがふたつ。なにか言いたいことでもあるのかなという気がするんだけど」

「うちとけてもらおうと思っただけです。ヘイデンと会ったときにどういう対応をとればいいか、だれもが知っているわけじゃありませんから」

「あなたが初めてじゃないわ」ライターがぽんと飛び出したので、ヴァンはそれをソケットから抜き、タバコに火をつけた。「あたりまえでしょ、こういう仕事なんだから。もう逮捕映像にアクセスした？」

「待ってください」ぼくはＦＢＩの証拠品サーバーに入り、ヴァンのボックスを引っ張り出した。ファイルはあった。着いたばかりだ。「ありますね」

「再生して」

「ダッシュボードへつなぎますか？」

「わたしは運転中」

「自動運転というものがあるんですが」

ヴァンは首を横に振った。「これはＦＢＩの車。最低価格で入札した業者の自動運転装置なんて信頼できるわけがない」

「言えてますね」ぼくは逮捕映像を再生した。質が悪く解像度も低い。市警も、ＦＢＩと同じように、そのテクノロジーについては最低価格で入札した業者と契約しているらしい。映像が一人称視点でステレオモードになっているということは、カメラは防護グラスに取り付けられていたのだろう。

その録画は、警官――ティモンズ――がスタンガンを手に七階でエレベータを降りるところから始まっていた。七一四号室のドアのまえに、体に合わないマスタード色の派手な制服を着たホテルの警備員が立っていた。カメラが寄ると、警備員のスタンガンが見えてきた。いまにも腹をくだしそうな顔をしている。

ティモンズが警備員をぐるりと回り込むと、ベッドにすわって両手をあげている男の姿が視界に入ってきた。顔にもシャツにも血の筋がついている。画面がさっと流れ、ティモンズが血まみれのカーペットに倒れている死体をまじまじと見つめた。画面がまた流れてベッドに戻ると、男はまだ両手をあげていた。

「死んでるのか?」声がたずねた。おそらくティモンズだろう。

ベッドにすわった男がカーペットに倒れた男を見おろして言った。「ああ、そうだと思う」

「なぜこいつを殺した?」ベッドの男がティモンズに顔を戻した。「おれは殺してないと思う。いいか――」

そのとき、ティモンズがスタンガンを撃った。男はびくんと体をのけぞらせてベッドから転げ落ち、死んだ男とそっくりの姿勢でカーペットに横たわった。

「興味深いですね」ぼくは言った。

「なにが?」ヴァンがたずねた。

「ティモンズは部屋に入ったばかりなのに、すぐ犯人を撃っています」

「ベルね」

「ええ。そのベルなんですが、名前に聞き覚えはありませんか?」

「ベルは撃たれるまえになにか言った?」ヴァンはぼくの質問を無視して言った。

「ティモンズがベルに、なぜこいつを殺したとたずねました。ベルは自分は殺してないと思うとこたえました」

　ヴァンはこれを聞いて眉をひそめた。

「なにか？」ぼくは言った。

　ヴァンはまたこちらに目を向けたが、その目はぼくではなく、ぼくの個人輸送機を見ていた。「それ、新型ね」

「ええ。シブリング＝ウォーナー６６０ＸＳです」

「シブリング＝ウォーナー６００系は安くない」

「はい」ぼくは認めた。

「新人ＦＢＩ捜査官の給料では、とてもリース代を払いきれないはず」

「ずっとこんな調子でやっていくんですか？」

「わたしはただ所見を述べているだけ」

「なるほど。ぼくとパートナーを組むことになったとき、上からなにか言われたんですね」

「言われた」

「あなたがヘイデンのコミュニティについて知っているのは、それがあなたの受け持ちだからですね」

「そう」

「だったら、ぼくが何者で、どういう家柄で、どうしてシブリング＝ウォーナー６６０の費用をまかなえるのか、知らないようなふりをするのはやめにしませんか」

　ヴァンはにっと笑い、サイドウィンドウでタバコをもみ消すと、ウィンドウをおろして吸い殻を投げ捨てた。「アゴラで面倒な目にあっていたわね、昨日出勤したせいで」

「まえにもあったことです、別件で。自分で対処できますから。これでなにか問題があるんですか？」

「あなたがあなたであること？」

「ええ」

「なぜ問題になると思うの？」

「アカデミーにかよっていたとき、ぼくがそこにいるのは見せかけでしかないと思われていました。ただぶらぶらして、信託基金が支払われるとか、なにかそういうときが来るのを待っているんだと」

「そうなの？　つまり、信託基金のことだけど。支払われたんだ」

「まだアカデミーに入ってもいないときに」

ヴァンは鼻で笑った。「問題ない」

「たしかですね」

「ええ。いずれにせよ、あなたが最高級のスリープを使っているのはありがたいわ」ヴァンが口にしたのは個人輸送機の俗称だった。「それはすなわち、あなたの作るマップが使える解像度になるということ。助かるのよ、トリンが送ってくるものが役に立つとは思っていないから。逮捕時の映像はぼけまくっていたでしょ？」

「はい」

「バカげてる。市警のグラスの映像は自動安定化処理がほどこされ、４K解像度で記録されてる。たぶんトリンがティモンズに命じて、送るまえに画質を落とさせたのよ。あいつはそういうクズだから」

「つまり、あなたはぼくの高いテクノロジーの能力を利用しているんですね」

「そういうこと。それでなにか問題がある？」

「いいえ。自分の能力を認めてもらえるのはうれしいです」

「それはなにより」ヴァンは分署の駐車場へ車を乗り入れた。「だって、あなたにはたくさんのことを求めるつもりだから」

2

「そのガチャガチャはだれだ?」分署でぼくたちと出くわすなり、男はヴァンにそう呼びかけてきた。顔スキャンソフトウェアからポップアップされた情報によれば、ジョージ・デイヴィッドスン、市警第二分署の警部だ。

「うわ、マジかよ」止める間もなく、ぼくの口から言葉が出てしまった。

「まちがった用語を使ってしまったか」デイヴィッドスンはぼくを見ながら言った。「いまは使われなくなったのが〝ガチャガチャ〟だったか〝スリープ〟だったか、どうしてもおぼえられなくてな」

「ヒントをあげます」ぼくは言った。「片方は、史上もっとも人気のある映画に出てくる愛すべきアンドロイドのキャラクターの名前。もう片方は、壊れた機械がたてる音をあらわす言葉。ぼくたちがどっちを好むかを考えればいいんです」

「なるほど。きみたちは今日はストライキ中かと思ってたよ」

「やれやれ」ぼくはムッとしながら言った。

「えらく神経質なスリープだな」デイヴィッドスンはヴァンに言った。

「クズ警官さん」ヴァンがデイヴィッドスンに呼びかけた。デイヴィッドスンはにやりと笑った。「こちらはクリス・シェイン捜査官。わたしの新しいパートナーよ」

「嘘だろ」デイヴィッドスンはぼくをあらためて見直した。名前に気づいたらしい。

「びっくりですね」ぼくは言った。

ヴァンは手を振ってデイヴィッドスンの注意を自分

へ引き戻した。「あなたのところに、こっちで事情を聴きたい男がいるの」

「そうらしいな。トリンからきみが来るだろうと言われた」

「あなたがトリンほど強情じゃないといいんだけど」

「おいおい、おれが法執行機関どうしの協力に大賛成なのは知ってるだろう。それに、きみは一度もおれのじゃまをしたことがないからな。行こうか」ディヴィッドスンは身ぶりでぼくたちを分署の奥へとうながした。

数分後、ぼくたちはガラス越しにニコラス・ベルと対面していた。ベルは取調室にいて、無言で、じっと待っていた。

「人を窓の外へ投げ出すような男には見えない」ディヴィッドスンが言った。

「人じゃない」ヴァンが言った。「人のほうは部屋に残っていた。投げ出されたのはソファ」

「ソファを窓の外へ投げ出すような男にも見えないけどな」

ヴァンが男を指さした。「この人は統合者なの。頭の中でほかの人たちとたくさんの時間を過ごしていて、その人たちがいろんなことをやろうとするわけ。あなたが思っているより健全な状態よ」

「きみが言うならそうなんだろう。おれよりはくわしいはずだからな」

「もう話をしたんですか？」ぼくはたずねた。

「ゴンザレス刑事が事情を聴こうとしたんだがな。あやってすわったまま、二十分ほどのあいだ、ひとことともしゃべらなかった」

「まあ、黙秘する権利はありますからね」

「こいつはまだ黙秘権を行使していないんだ。弁護士を呼ぼうともしない」

「あなたのところのティモンズが現場でスタンガンを使ってこの人を気絶させたことと、なにか関係があるんじゃないの？」ヴァンがたずねた。

「まだティモンズからくわしい報告を受けていないんだよ」

「あなたは合衆国憲法にのっとった堅実な公務執行の模範なんでしょ、デイヴィッドスン」

デイヴィッドスンは肩をすくめた。「意識を取り戻してからしばらくたってる。自分にいろいろな権利があることを思い出してくれると助かるんだが。それまでのあいだ、事情聴取をしたいのなら、好きにするがいい」

ぼくはどうするのだろうと思ってヴァンに目を向けた。「トイレに行きたい」ヴァンは言った。「コーヒーもほしい」

「どっちも通路を行った先だ」デイヴィッドスンがこたえた。「場所はおぼえているだろう」

ヴァンはうなずいて去っていった。

「クリス・シェインだったな」ヴァンがいなくなったあとで、デイヴィッドスンがぼくに言った。

「そうです」

「こどもだったころのきみをおぼえてるよ。まあ、厳密にはこどもじゃなかったけどな。言いたいことはわかるだろう」

「わかります」

「親父さんはどうしてる？　上院議員かなにかに立候補するんだったか？」

「父はまだ決めていません。オフレコですよ」

「親父さんのプレーをよく見たもんだ」

「伝えておきます」

「あいつとは長いのか？」デイヴィッドスンは身ぶりでヴァンの去ったほうをしめした。

「パートナーとしては初日です。勤務につくのは二日目ですが」

「新人なのか？」デイヴィッドスンが言った。ぼくはうなずいた。「わかりにくいな、その――」彼はぼくのスリップを身ぶりでしめした。

「そうでしょうね」

「いかしたスリップだな」

「ありがとう」

「〝ガチャガチャ〟とか言ってすまなかった」

「問題ありません」

「きみたちにも、おれたち生身の人間を言い表す、あまり上品じゃない言葉があるんだろうな」

「〝ドジャー〟」

「なんだって？」

「〝ドジャー〟」ぼくは繰り返した。「〝ドジャー・ドッグ〟を縮めた言葉です。ロサンジェルスのドジャー・スタジアムで売られているホットドッグのことですよ」

「ドジャー・ドッグがなにかは知ってる。わからないのは、どうしてきみたちがおれたちをそう表現するのかということだ」

「理由はふたつ。第一に、あなたたちは要するに皮の中に詰めた肉です。ホットドッグも同じです。第二に、ホットドッグはほとんどが〝唇とケツの穴(フランクフルト)〟です。あなたたちも同じです」

「きついな」

「そちらが質問したんですよ」

「ああ、だがどうしてドジャー・ドッグなんだ？ 生涯変わらぬワシントン・ナショナルズのファンとしてききたいんだが」

「さあ。なぜ〝スリープ〟なのか？ なぜ〝ガチャガチャ〟なのか？ スラングはただ生まれるんです」

「あいつを言い表すスラングは？」デイヴィッドスンはベルを指さした。男は相変わらずじっとすわり込んだままだ。

「〝運び屋(ラバ)〟ですね」

「なるほど」

「ええ」

「使ったことは？」

「統合者を？　一度だけですね。十二歳のとき、両親がディズニーワールドへ連れていってくれました。生身で体験するほうがいいと思ったんでしょう。だからその日は統合者を予約したんです」

「どうだった？」

「最低でした。なにしろ暑くて、一時間もしたら足が痛くなったし、あやうく小便をちびりそうになりました。だって、あなたたちがどうやっているのかさっぱりわからないんですよ？　ふだんはぜんぶ処置してもらっていますし、まだ幼いときにヘイデン症候群にかかったから、別のやりかたは忘れてしまいました。やるなら統合者が表面に浮上するしかなかったんですが、彼らは他人を運んでいるときにはそういうことはしません。二時間後、ぼくがあんまり文句ばかり言ったので、いったんホテルの部屋に戻って、スリープに乗り換えました。そのあとは楽しく過ごしましたよ。それでも統合者には一日分の料金を払わなければならなかったんですけどね」

「それ以来、やってないのか」

「ええ。意味がないので」

「ふん」デイヴィッドスンは言った。ガラスのむこうで取調室のドアがひらき、ヴァンがコーヒーのカップをふたつ手に持って部屋へ入ってきた。デイヴィッドスンはそちらを指さした。「あいつもそうだな」

「そう、とは？」

「統合者だ。まあ、昔のことだけどな、まだＦＢＩに入るまえだ」

「それは知りませんでした」ぼくは腰をおろしてくつろいでいるヴァンに目を向けた。

「だからこういう事件を受け持ってるんだ。あいつはきみたちのことをわかってるが、おれたちはそうはいかない。気を悪くしないでほしいんだが、きみたちのことを理解するのは、ほかの連中にとってはなかなかむずかしいことなんだ」

「それはわかります」

「ああ」ディヴィッドスンがちょっと口をつぐみ、ぼくは次に出るにちがいない話題を待ち受けた——知り合いにいるヘイデンの話だ。たぶん叔父かいとこだろう。

「おれのいとこもヘイデン症候群にかかった」ディヴィッドスンが言った。ぼくは胸の内で〝当たり〟にチェックマークをつけた。「あれは第一波のときだったから、なにが起きているのかだれにもわからなかった。まだヘイデン症候群と呼ばれるまえのことだ。彼女もあのインフルエンザみたいなのにやられて、いったん良くなったように見えたのに、そのあと——」肩をすくめる。

「ロックインですね」

「そうだ。病院へ面会にいったんだが、ひとつの棟ぜんぶがロックインの患者で埋まっていた。じっと横たわっているだけで、呼吸以外はなにもしない。それが何十人もいた。ほんの二日まえには、みんなふつうに歩き回り、ふつうの生活を送っていたのに」

「いとこはどうなったんですか?」

「おかしくなっちまった。ロックインで精神が壊れたかなにかしたらしい」

ぼくはうなずいた。「珍しいことではなかったんです、残念ながら」

「そうだ」ディヴィッドスンはまた言った。「二年ほどがんばったあと、体のほうが限界になった」

「お気の毒です」

「あれはきつかった。しかし、だれにとってもきつかったんだ。だってなあ、くそっ。大統領夫人までやられたんだぞ。それでヘイデン症候群と呼ばれるようになったんだ」

「いまでもしんどいですよ」

「まったくだ」ディヴィッドスンはそう言って、ヴァンを指さした。「つまりな、あいつだってヘイデン症候群にかかったわけだろ？　どこかの時点で。だからあんなふうになってるんだ」

「まあそんなところです。ごく一部の患者たちは、脳構造が変化したにもかかわらずロックインに陥りませんでした。その中のさらにごく一部が、統合者になれるくらいまで脳構造が変化したんです」実際はもっとややこしい話なのだが、デイヴィッドスンが気にするとは思えなかった。「世界中で統合者は一万人くらいいると思います」

「ふん。とにかく、あいつは統合者だ。昔はそうだった。だから、あいつならこの男からなにか聞き出せるかもしれない」デイヴィッドスンはスピーカの音量をあげて、ヴァンがベルになにを言っているのか聞き取れるようにした。

「コーヒーを持ってきたわ」ヴァンはそう言って、カップをベルのほうへすべらせた。「あなたのことはなにも知らないけど、クリームと砂糖はいるんじゃないかと思って。まちがいだったらごめんなさい」

ベルはコーヒーを見つめたが、それ以外はなにもしなかったし、なにも言おうとしなかった。

「ベーコンチーズバーガー」ヴァンが言った。

「え？」ベルが言った。ヴァンの一見脈絡のなさそうな発言で、思わず沈黙を破ってしまったのだ。

「ベーコンチーズバーガー。統合者として働いていたとき、わたしはベーコンチーズバーガーをうんざりするほど食べたの。あなたなら理由がわかるかも」

「ロックインに陥っているやつらが統合して最初にするのが、ベーコンチーズバーガーを食べることだからだ」

ヴァンはにっこりした。「じゃあ、わたしだけのことじゃないのね」

「そうだ」

「うちのマンションの近くに〈ファイブ・ガイズ〉があった。わたしがそんな調子だから、店に入るだけで、店員がパテをグリルにのせるようになった。注文を聞くまで待とうともしないの。わかっていたから」

「まあそうなるだろうな」

「統合者をやめてから二年半たってようやく、ベーコンチーズバーガーをなんとか見ることができるようになった」

「まあそうなるだろうな、やっぱり。おれはもう必要に迫られないかぎり食べない」

「がんばって」

ベルはヴァンが持ってきたコーヒーのカップをつかみ、ひと口飲んだ。「あんたは市警じゃないな。市警の警官で過去に統合者だったやつには会ったことがない」

「レズリー・ヴァン捜査官よ。所属はＦＢＩ。パートナーといっしょにヘイデンがらみの犯罪を捜査しているの。あなたはわたしたちの考える典型的なヘイデンとはちがうけど、たしかに統合者なんだから、この事件にはヘイデンが関与している可能性がある。だとしたら、おたがいわかっているように、あなたには責任がないのかもしれない。でも、ちゃんと話をしてくれないと。わたしがあなたを助けられるように」

「そうだな」

「警察の話だと、これまではあまり積極的に話をしていないみたいね」

「三回だけ理由をあてるチャンスをやるよ」

「たぶん、警察があなたを見たとたんにスタンガンで撃ったからでしょうね」

「ビンゴ」

「あやまってどうなることでもないけど、その点については謝罪するわ、ニコラス。現場にいたのがわたしだったら、そんな対応はとらなかった」

「おれはベッドにすわっていた。両手をあげて。なにもしていなかったんだ」

「わかってる。いまも言ったように、その点については謝罪する。正当な行為ではなかった。とはいうものの――これは弁解じゃなくて、ただの所見ね――あなたがベッドにすわって両手をあげて、なにもしないでいたとき、床には死んだ男が倒れていて、その血があなたの体中についていた」ヴァンは人差し指を動かしてベルに向けた。「考えてみると、いまもついているわね」

ベルは無言でヴァンを見つめた。

「繰り返すけど、これは弁解じゃないから」ヴァンは十五秒間の沈黙のあとで言った。

「おれは逮捕されたのか?」

「ニコラス、あなたは発見されたとき、死体のある部屋にいて、その人の血にまみれていたのよ。そんな状況ならだれだって興味を引かれてもおかしくないでしょう。どんなことでもいいから話をしてくれれば助けになるの。それであなたの潔白が証明されるなら、もっとありがたいことだし」

「おれは逮捕されたのか?」ベルは繰り返した。

「いまのあなたは、わたしの手助けをするべき立場にある。わたしは現場に着くのが遅れた。ホテルの部屋は見たけど、あなたはもう連行されたあとだった。だから、できれば、あの部屋で起きたことを知るための手掛かりを教えて。なにを探せばいいのか。どんなことでも役に立つから。あなたがわたしを助けてくれれば、わたしもあなたを助けやすくなるの」

ベルはこれを聞いて苦笑し、両腕を組んで、顔をそむけた。

「だんまりに戻ったみたいね」

「なんなら、ベーコンチーズバーガーの話をしてもいいけど」

「せめて、あなたが統合されていたのかどうかくらいは話せるでしょう」

「冗談じゃない」

「くわしい話ではなくて、あなたが仕事中だったのかどうかだけ知りたいの。それとも、これから仕事をしようとしていたとか？　フリーランスで副業として統合者をしている人たちを知ってるわ。ドジャーは人に見せられないようなことをしたがるもの。怪しい市場で手に入る帽子型スキャナでも仕事には充分に使える。エイブラムズ＝ケタリング法が成立したいま、あなたにはアルバイトを探す理由がある。政府からの仕事はどんどん減っている。世話をしなければいけない家族もいる」

コーヒーを口にしていたベルは、カップをおろしてごくりと飲み込んだ。「カッサンドラのことを言ってるんだな」

「だれもあなたを責めたりはしない。連邦議会は、感染期と移行期の緊急治療が終わったヘイデンたちについては財政的支援をとりやめようとしている。感染者が世界に関与するのを手助けするテクノロジーが充分に発達したから、もはや障害とみなすべきではないと言って」

「それを信じているのか？」

「わたしのパートナーはヘイデンよ。言わせてもらうと、そのことでわたしはひとつの強みを手に入れている——スリープは多くの面で生身の肉体よりもすぐれているから。でも、見過ごされているヘイデンは大勢いる。たとえば、あなたの妹さん。彼女は連邦議会が期待しているようなことはしていない——つまり職に就いていない」

ベルは目に見えて気色ばんだ。「おれがだれなのか知っているなら、妹がだれなのかも知っているはずだ。妹にはちゃんと仕事がある。もっとも、今週のヘイデン・ストライキや週末に予定されているデモ行進の立役者になることをただの暇つぶしだとあんたが思っているなら、話は別だけどな」

「あなたに反対しているわけではないのよ、ニコラス。妹さんの仕事はサブウェイで働いてサンドイッチをつくるのとはちがう。でも、その行為によってお金を稼いでいるわけでもない」

「妹にとって金はたいして重要じゃないんだ」

「そうね、でもそれが重要なことになろうとしているの。エイブラムズ＝ケタリング法が成立したということは、ヘイデンたちが個人介護へ移行させられるということ。だれかが妹さんにかかる費用を負担しなければならない。生きている家族はあなただけ。だからあなたに責任がかかると思う。そこで、ホテルの部屋と、あなたといっしょにいた男の話に戻るわけ。もう一度言うけど、もしもあなたが統合されていた、あるいはされようとしていたのなら、わたしはそれを知っておかなければならないの。あなたを助けるために必要だから」

「おれを助けたいという気持ちには感謝するよ、ヴァン捜査官」ベルは冷ややかに言った。「だが、本音を言うと、弁護士が到着するまで待って、ここから先のことはぜんぶまかせてしまいたいね」

ヴァンは目をしばたたいた。「あなたが弁護士を要求したなんて聞いてないわ」

「要求はしてないよ。まだホテルの部屋にいたときに自分で連絡した。あの警官にスタンガンで撃たれるまえに」ベルはこめかみをとんと叩いて、頭蓋に詰め込んでいるあらゆるハイテク機器をしめした。「そのことはもちろん記録した――ほとんどなにもかも記録しているんだ。なぜって、おれとあんたの意見が一致していることがひとつあるからだ、ヴァン捜査官。死体といっしょに部屋にいると事態はややこしくなる。権利を行使する間もなくスタンガンで感電させられると、それがいっそうややこしくなる」

ここで、ベルはにやりと笑って虚空を見あげた。なにか見えないものに注意を引かれたように。「弁護士からピンが来た。ここに着いたそうだ。あんたの人生はすごくおもしろいものになりそうだな、ヴァン捜査官」

「だったら、もう話すことはないようね」

「そのようだな。けど、あんたと食べ物の話をするのは楽しかったよ」

3

「さて。まとめてみましょう」サミュエル・シュウォーツは片手をあげて、要点をかぞえあげた。「わたしの依頼人がまったく抵抗しなかったのに、違法にスタンガンを使用して、理由もなく留置場に入れたあげく、地元の警察官と連邦捜査官が一名ずつ、それぞれ別々に、依頼人の権利を伝えることもなく弁護士を同席させることもなく尋問をおこなった。なにか抜けていることはありますか、警部？　ヴァン捜査官？」

デイヴィッドスン警部がデスクチェアで居心地悪そうに身じろぎした。ヴァンはその背後でじっと黙り込んでいた。彼女はシュウォーツを、より正確に言うなら、警部のデスクのまえに立っている彼のスリープを見つめていた。そのスリープは、ぼくのと同じシブリング＝ウォーナー社の製品だったが、ちょっと驚いたことにエイジャックス370だった。エイジャックス370は安くはないが、シブリング＝ウォーナー社の製品としても、エイジャックスというモデルの中でも、最上位機種というわけではない。弁護士ならふつうは高級な輸入品を選ぶものだ。地位の象徴というものがわかっていないのか、さもなければ、そもそも地位をひけらかす必要がないのか。ぼくはデータベースでシュウォーツのことを調べて、どちらなのか確かめることにした。

「きみの依頼人は黙秘権を行使したいとも弁護士を呼びたいとも言わなかったんだ」デイヴィッドスンが説明した。

「ええ、五万ボルトの電撃をくらったばかりの人がそういう要求を口にできなくなるのはおかしなことですね」シュウォーツは言った。

「ここへ連れてこられたあとも、彼はどちらの権利も行使しなかった」ヴァンが指摘した。

シュウォーツがヴァンに顔を向けた。エイジャックス370の様式化された頭部は、どことなくオスカー像と似ていて、微妙にずれた位置に目や耳や口がついていたが、それは商標関係で問題が起きるのを避けるためでもあり、スリープと話をする人間に視線を向ける場所をあたえるためでもあった。頭部は大幅なカスタマイズが可能で、年若いヘイデンたちはそうする者が多かった。しかし、まじめな職に就いているおとなたちにとっては、それは没落であり、そのことはシュウォーツの社会的地位を推測するうえでもうひとつの手掛かりとなった。

「そんな必要はなかったんですよ、ヴァン捜査官」シュウォーツは言った。「なぜなら、警官たちにスタンガンで口を封じられるまえに、依頼人はわたしに連絡をよこしていたのです。弁護士に連絡をしたという事実そのものが、彼が自分の権利を知っていて、それを今回の事件で行使しようとしたことを明白にしめしています」彼はデイヴィッドスンに注意を戻した。「あなたの警官たちが、わたしの依頼人から権利を行使する能力を奪ったからといって、彼がその権利を放棄したことにはなりません——たとえ、ここであらためてそのことに言及しなかったとしても」

「その点については反論することができる」デイヴィッドスンが言った。

「ええ、どうぞ。すぐに判事のところへ行って反論してください。しかし、そうするつもりがないのでしたら、あなた方はわたしの依頼人を帰宅させなければなりません」

「冗談でしょ」ヴァンが言った。

「あなたにはそのコメントに対するわたしの笑みは見えないでしょう、ヴァン捜査官。しかし、まちがいなく笑みはそこにあります」

「あなたの依頼人は死体のある部屋にいて、その人の血を全身に浴びていたのよ。とても無罪の証拠とは言えない」

「しかし、有罪の証拠とも言えないでしょう。ヴァン捜査官、あなた方が留置している男性には逮捕歴がありません。一度たりともないのです。歩行時の信号無視さえ。職業柄、彼は自分の肉体の制御を他人に明け渡さなければなりません。それゆえ、ときには面識のない顧客と会うことになりますが、その顧客たちはやはり彼とは面識のない相手とかかわりをもつことになります。たとえば、ウォーターゲート・ホテルで死んでいた紳士のような」

「つまり、あなたの依頼人は殺害時に統合されていたと言いたいのですね」ぼくは口をはさんだ。

この話し合いが始まってから初めてだと思うが、シュウォーツが頭を回してぼくを見た。シュウォーツのスリープと同じように、ぼくのスリープも頭部は固定式で、表情があらわれることはない。しかし、ぼくが彼の値踏みをしたように、シュウォーツもこちらのメーカーやモデルを値踏みして、ぼくが何者でこの話し合いにおいてどれほどの重要性をもっているか、手掛かりを探しているはずだった。同時に、いまもぼくの胸の表示スロットにおさまっているバッジから情報を読み取っているのだろう。

「わたしが言いたいのは、依頼人があのホテルの部屋にいたのは仕事のためだったということです、シェイン捜査官」シュウォーツはひと呼吸おいて言った。「だったら、あなたの依頼人がだれに統合されていたのか教えて」ヴァンが言った。「話はそれから」

「それができないのはご存じでしょう」

「ヴァンはスリープを使う犯罪者をしょっちゅう追いかけている」デイヴィッドスンが身ぶりでヴァンをしめしながら言った。「おれの知るかぎり、そういう仕事がほとんどだ。スリープに関する情報から人を探すのを禁じる法律はない」

ぼくはデイヴィッドスンのまちがった指摘を反射的に訂正しようとしたが、ヴァンの視線に気づいて思いとどまった。

シュウォーツがちょっと黙り込み、デイヴィッドスンのタブレットがポーンと鳴った。警部はそれを取りあげた。

「いまそちらに、統合者の地位にまつわる十年分の判例法を送りました」シュウォーツは言った。「なぜかというと、統合者は比較的珍しい存在なので、こちらのヴァン捜査官やシェインさんのようにわかっていて不誠実な対応をしている方々とはちがい、警部はただものを知らずにしゃべっているだけで、ふだんどおりの不用意な司法妨害をしているわけではないのかもしれないからです」

「わかったよ」デイヴィッドスンはタブレットに目を向けずに言った。「それで？」

「表面的には、統合者は個人輸送機と同じ役目を果たしています。彼らがいるおかげで、われわれヘイデン症候群によってロックインに陥った人びとは、移動をして、働いて、社会に関与することができます。しかしこれは」――シュウォーツは自分のスリープの胸をこぶしで軽く叩き――「機械です。操作する人間がいなければ、ただの部品のかたまりです。これにはトースターなみの権利しかありません――所有物です。統合者のほうは人間です。やっていることはスリープと似ていますが、統合者は職業として技能を提供しています――ヴァン捜査官ならよくご存じのように、それは熱心な訓練のたまものなのです」彼はここでヴァンに顔を向けた。「そういえば、わたしがなにを言わんとしているか、あなたならデイヴィッドスン警部に教えてあげられるはずですね」

「この人は統合者と顧客の秘匿特権があると主張するつもりなのよ」ヴァンがデイヴィッドスンに言った。

「弁護士と依頼人の秘匿特権とか、医師と患者の秘匿特権とか、聴罪司祭と告解者の秘匿特権と同じようなものです」シュウォーツはそう言って、デイヴィッドスンのタブレットを指さした。「しかし、わたしはそれを主張するつもりはありません。なぜなら、すでに裁判所で何度もその主張がなされていて、そのたびに、統合者と顧客のあいだの守秘義務は確実に保護されると認められてきたのですから」

「最高裁判所の判例はないけど」ヴァンが言った。

「まさにその事実がなにかを伝えているのではありませんか。つまり、統合者と顧客の秘匿特権についてはまったく議論の余地がないので、だれも最高裁まで上訴しようとはしないのです。とはいうものの、DCの控訴裁判所によって支持された、〈ウィントゥア対グレアム〉の判例には留意してください。今回の件にそのまま当てはまりますので」

「では、きみは依頼人は殺人などしておらず、実際にやったのは彼の顧客だと主張するつもりなんだな」デイヴィッドスンが言った。「そして、その顧客がだれなのかは教えられないと」

「ええ、彼は顧客についてあなたに話すことはできません。それと、われわれは殺人だとは言っていませんよ。われわれはなにも知りませんから。市警もＦＢＩもまだわたしの依頼人を殺人罪で告発していないので、あなた方も、少なくとも現時点では、殺人だとはわからないはずです」

「でも、あなたは実際には知っているでしょう」ヴァンが言った。「ベルはなにもかも記録していると言っていた。殺人の記録だってあるはず」

「第一に、あなたが違法な尋問によってわたしの依頼人から聞き出したことをなんらかのかたちで利用しようとしたら、わたしはあなたの人生をとても困難なものにすることになります。第二に、たとえあの部屋で起きたできごとの記録があるとしても、それは秘匿特権によって保護されます。依頼人がその記録を引き渡すことはありません。令状をとりたければお好きなように。われわれとしては、依頼人があの部屋に足を踏み入れた瞬間から仕事をしていたことを証明するだけです。乱暴なあなたの部下たちに襲われて」――シュウォーツは言葉を強調するためにデイヴィッドスンを指さし――「外へ引きずり出されるまでのあいだ、ずっと。彼には責任がありませんし、そちらにはなんの証拠もない。あなた方が彼を逮捕したら、わたしはあなた方の主張を粉々にして、警察によるハラスメントでとても金になる訴訟を起こします。それがいやなら、彼をすぐに取調室から出して帰宅させることです。あなた方にあたえられた選択肢はそのふたつです、デイヴィッドスン警部、ヴァン捜査官」

「ベルはどうやってあなたに弁護を依頼したんでしょうか？」ぼくはたずねた。

「なんですって？」シュウォーツはぼくに顔を向けな

がら言った。

「あなたはアクセレラント・インベストメンツ社の法律顧問です、ミスター・シュウォーツ」ぼくは呼び出したデータを読みながら言った。「フォーチュン誌のランキングで上位一〇〇社に入る企業です。とても忙しいはずです。あなたがアルバイトで個人営業をするとは思えませんし、たとえそういうことがあったとしても、ミスター・ベルにあなたを雇えるとは思えません。ですから、ミスター・ベルがどんなことをすれば、あなたほどの人が彼を釈放させるためにここにあらわれるのかと思いまして」

シュウォーツがふたたび黙り込み、デイヴィッドスンのタブレットがまたポーンと鳴った。警部はその内容を確認してから、タブレットをくるりと回してヴァンとぼくに見せた。そこに表示されていたのは、ヤギの赤ん坊やメリーゴーラウンドでいっぱいのカラフルなサイトだった。

「それは〝遊園地での一日〟と呼ばれています」シュウォーツが言った。「ロックインに陥っているのが弁護士や職業人ばかりではないということは、よくおわかりでしょう。ロックインに陥った人びとの一部には発達障害があります。彼らにとって、個人輸送機を操作するのは困難だったりほぼ不可能だったりします。とても刺激の少ない日々を過ごしているのです。そこでわたしは、そういう人たちに遊園地で一日を過ごしてもらうプログラムを実施しています。彼らはふれあい動物園へ出かけ、アトラクションで遊び、綿菓子を食べたりして、二時間ほど人生を楽しむのです。ご存じのはずですよ、シェイン捜査官。あなたのお父さんはこの七年間ずっと共同スポンサーのひとりになっているのですから」

「父は慈善活動についてなにもかも説明してくれるわけではないのです、ミスター・シュウォーツ」ぼくは言った。

「なるほど。いずれにせよ、ミスター・ベルは自分の時間をこのプログラムに捧げています。このDCにいるほかのどんな統合者よりも熱心に活動しているのです。そのお返しに、わたしは彼に弁護士が必要なときは連絡しろと言いました。それでこうしているわけです」

「いい話だな」デイヴィッドスンはそう言って、タブレットをおろした。

「同感です。なにしろ、今回のトラブルでは依頼人にハッピーエンドを迎えてもらうつもりですから。晴れて自由の身となってもらってもいいし、市警察とFBIの両方から楽隠居できるレベルの和解金を引き出してもいい。決めるのはあなた方です、警部、ヴァン捜査官。どうするのか教えてください」

「あなたの考えは」ヴァンが昼食の席で言った。

「今回の事件についてですか？」ぼくは質問を返した。

そこは第二分署からさほど遠くないちっぽけなメキシコ料理の店だった。ヴァンはカルニタスの皿をつついていた。ぼくは食べていなかったが、自宅の状況を素早く確認してみたところ、肉体のほうは昼の栄養液の補給を受けていた。だからなにもないというわけでもなかった。

「もちろん、今回の事件についてよ。これはあなたにとって最初の事件。あなたがどんなことに気づいていて、どんなことを見落としているか知りたいの。わたしが見落としていることも」

「まず第一に、これはもはや完全にわれわれの事件です。シュウォーツはベルが統合者として働いていたことを認めました。ヘイデンにまつわる標準的な手続きにのっとれば、われわれが事件を引き継がなければなりません」

「そうね」

「これについてなにか問題があると思いますか？」

を売ってあるし、個人的にも彼とのあいだにトラブルはない。トリンは怒るでしょうけど、わたしは別に気にならないし、あなたも気にするべきじゃない」

「あなたがそう言うなら」

「わたしがそう言ってるの。ほかには」

「われわれが事件を引き継ぐのなら、死体をＦＢＩへ送って調べてもらう必要があります」

「搬送命令はもう出してある。いまはＦＢＩへ向かっているところ」

「それと、市警からすべてのデータを手に入れるべきです。今回は高解像度で」ぼくはトリンから受け取った映像のことを思い出しながら言った。

「わかった。ほかには」

「ベルに尾行は？」

「要求は出した。でも期待はしてない」

「殺人事件の容疑者に尾行をつけないんですか？」

「気づいているかもしれないけど、この週末には抗議デモが予定されているの」

「それは市警の問題でしょう」

「デモ全体の警備についてはそうね。だけど、リーダーや重要人物を監視するのはぜんぶわたしたちの仕事なの。シュウォーツについてはどう？」

「いやなやつですよね？」

「そういうことじゃなくて。どうしてベルの弁護を引き受けたのかという説明、あなたは信じる？」

「ありえますね。シュウォーツはほんとうに裕福です。さっきデータを呼び出したときに確認しました。アクセレラント社からの報酬により、少なくとも二、三億ドルの資産があります。ほんとうに裕福な人は世評にかかわる交渉をたくさんするものです」

「最後のところがさっぱりわからない」ヴァンはまたカルニタスを口へ運んだ。

「裕福な人は相手の願いをかなえることで感謝の気持

ちをしめします。知り合いのだれもが使い道がわからないほどの金を持つようになると、金は交渉の道具としては役に立たなくなります。そこで、代わりに相手の願いをかなえます。取引です。見返りです。金よりも自分がかかわるほうがいいのです。なぜなら、そこまで裕福になってしまうと、自分個人の時間こそがもっとも貴重な要素となるからです」

「経験から話している？」

「すぐそばでの観察から話しています」

その返答だけでヴァンには充分だったようだ。「あなたの考えでは、シュウォーツにとって、この件は貴族が使用人に対して義務を果たすようなものだというわけね」

「だとしても驚きはないですね。あなたがほかになにかあると考えているなら話は別ですが」

「わたしはほかになにかあると考えているの。というか、ほかのだれかね。ルーカス・ハバード」

ぼくは席についたまま、ヴァンが口にした名前について思いをめぐらせた。とたんに、頭をがんと殴られたような衝撃が来た。「ああ、そうか」

「そう。アクセレラント社の会長でありCEOでもある。地球上でもっとも裕福なヘイデン。住まいはフォールズチャーチ。重役会議や対面での交渉では、ほぼ確実に統合者を利用しているはず。顔をつきあわせる打ち合わせでは顔が必要だから。動かせる顔が。気を悪くしないで」

「平気ですよ。ハバードが使っている統合者がニコラス・ベルなのかどうかわかるんですか？」

「調べることはできる。DC地区にはそれほど大勢の統合者がいるわけじゃないし、そのうちの半数は女性だから、ハバードに関する情報から考えると、その分は除外できる」

「長期サービス契約で統合者を利用している人たちがいます。国立衛生研究所が要求する公共サービス以外、専属として使っているんです。もしもベルが契約を結んでいるなら、それは突き止められますし、相手もわかります」

「そうね。あれはほんとにムカつく」

「エイブラムズ＝ケタリング法ですね。あなたはベルにもそんな話をしてましたよ、ヴァン。あの法律が成立したとたん、大勢の人たちが自分の給与がどこから出ているのか考えなければならなくなりました。ヘイデンを取り巻くすべての人びとが仕事のやりかたを変える必要に迫られています。裕福なヘイデンなら統合者を雇うことができます。統合者は食べなければなりません」

ヴァンは皿の上の料理をむっつりと見おろした。

「あなたにはいまさらでしょうが――」ぼくは話をうまくつないで、ヴァンが統合者として働いていたときのことを聞き出そうとしたが、それより先にピンが来た。

「ちょっと待ってください」ぼくの言葉に、ヴァンはうなずいた。頭の中でウィンドウをひらくと、昼勤の看護師ミランダの姿がそこにあった。彼女は画面の手前側にいた。背後には、自分の部屋にいるぼくの姿が見えていた。

「やあ、ミランダ。なにかあった？」ぼくは言った。

「三つあります」ミランダはこたえた。「第一に、あなたの腰にまた床ずれができています。もう感じますか？」

「今日はスリープを動かすので忙しかったから、知覚はこっちにあるんだ。自分の体になにが起きようがほとんど気づかない」

「わかりました。とにかくそこは麻痺させてあります。床ずれに対処するためにあなたの体を動かすスケジュールを少し変えなければいけません。ですから、今日帰宅したときにあなたがベッドでうつぶせになっていても驚かないでください」

「了解」

「第二に、四時にドクター・アールがあなたの奥歯の治療に来ます。肉体の感度を落としておくほうが良さそうです。かなりやっかいな処置になるだろうとのことでした」

「歯を使ってもいないのに虫歯になるなんて、なんだか不公平な気がするな」

「第三に、あなたのお母さんが来て、七時の集まりまでには帰ってくるようあなたに伝えてくれと頼まれました。これはあなたが主役で、新しい仕事をお祝いするためなのだから、遅刻してお母さんに恥をかかせたりしないよう念を押してくれと」

「大丈夫だよ」

「それと、わたしからも念を押しますが、あなたにメッセージを伝えるのはわたしの仕事ではないとお母さんに言ってください。なにしろ、あなたのお母さんはなんの問題もなくご自分であなたに連絡できるんですから」

「わかってる。すまないね」

「あなたのお母さんのことは好きですが、こういうエドワード朝時代のような扱いが続くようなら、クロロホルムを嗅がせるしかないかもしれません」

「妥当だな。その件はちゃんと話しておくよ、ミランダ。約束する」

「いいでしょう。もしも床ずれが痛み出したら教えてください。またできてしまったのがどうも気に入らないので」

「わかった。ありがとう、ミランダ」看護師が接続を切ったので、ぼくはヴァンに意識を戻した。「すみませんでした」

「問題は片付いた?」ヴァンがたずねた。

「床ずれができたんです」

「大丈夫なの?」

「大丈夫です。看護師が体を回してくれますから」

「目に浮かぶね」

「ヘイデンの日常生活へようこそ」

「決めつけをするつもりはないけど、床ずれを抑えて筋肉とかいろいろ運動させてくれる専用寝台（クレードル）をあなたが持っていないのは驚きね」

「持ってますよ。ただ、潰瘍ができやすくて。そういうたちなんです。ヘイデンとはなんの関係もありません。どのみち同じだったんですよ、たとえ」——腕を動かして自分のスリープをしめし——「こうでなくても」

「きついね」

「だれにでも問題はあるものです」

「ベルの話に戻るけど、ほかになにか考えておくべきことは？」

「妹のことを考慮する必要はありますか？」

「なぜそんなことをしなくちゃいけないの？」

「わかりません。たぶん、カッサンドラ・ベルが国内ではもっとも名の知れたヘイデンの分離主義者で、いまは大規模ストライキやあなたがさっき言っていた抗議デモの先頭に立っているから？」

「カッサンドラがどういう人かは知ってる。なぜそれが関係があると思うのかをきいてるの」

「関係があるかどうかはわかりません。とはいえ、有名なヘイデン急進派の妹をもつ、これまではまったく目立たなかった統合者の兄が、みずからの肉体を武器にして、殺人と思われる事件に深く関与したとなれば、こちらとしてはあらゆる角度から考えてみるべきかもしれません」

「うーん」ヴァンは皿に目を戻した。

「それで」ぼくはしばらく待ってから言った。「ぼくはオーディションに合格ですか？」

「あなたは少しトゲがある」

「緊張してるんです。仕事を始めて二日目ですよ。あなたとは今日が初対面ですし。あなたはシニアパートナーです。どんなふうに仕事をすればいいのか教えてください」

「数時間おきに参加賞のリボンをあげたりはしないわ、シェイン。それに、わたしはそんなに謎めいているわけでもない。あなたのせいで腹が立ったりムカついたりしたときは、ちゃんとそのことを伝える」

「わかりました」

「だから自分がうまくやっているかどうかを気にするのはやめて、とにかく仕事をしなさい。自分がなにを考えているかを話し、わたしが考えていることをどう思うかを話しなさい。質問されるのを待つ必要はないから。あなたがしなければいけないのは注意を払うことだけ」

「今日、デイヴィッドスンのオフィスであなたがぼくに目を向けたときのように」

「スリープと統合者は似たようなものだという話題で、あなたがデイヴィッドスンに反論しようとしたときのことね。そう、あれがひとつの例。気づいてくれて良かった。わざわざシュウォーツを手助けする必要はないから」

「でも、正しいことを言ってましたよ。つまり、シュウォーツは」

ヴァンは肩をすくめただけだった。

「つまり、だれかがヘイデンについてバカなことや事実とちがうことを口にしたとしても、黙っていろと言うんですね？」ぼくはたずねた。「これはただの確認ですが」

「なにかを口にするときには、それが適切なタイミングかどうか注意を払えと言ってるの。少しだけ口を閉じているほうがいいときもある。あなたは、いつでも、だれにでも、思ったことを口にするのに慣れているみたい。裕福な家で育ったせいでしょうね」

「かんべんしてください」

ヴァンは片手をあげた。「いまのは批判じゃなくて、ただの所見よ。でもね、それは仕事じゃない。あなたの仕事は観察して学んで解決すること」ヴァンはカルニタスの最後のひと切れを口に入れてから、スーツのジャケットに手を入れて電子タバコを取り出した。

「努力します。口を閉じているのはあまり得意じゃないんですが」

「だからこそパートナーがいるのよ。愚痴をこぼせるように。あとになってから。さあ、話は終わり。仕事に戻るわよ」

「次はどこへ？」

「ホテルの部屋をよく調べてみたいの」ヴァンはそう言って、電子タバコを吸った。「トリンにはずいぶんせかされたからね。今度はスローテンポで」

4

「ここはウォーターゲート・ホテルには見えませんけど」ぼくは言った。ヴァンといっしょに入ったのはＦＢＩビルの地下三階だった。

「ウォーターゲートへ行くわけじゃないから」ヴァンはそう言って、廊下を先へと進んだ。ぼくはあとを追った。

「あの部屋をもう一度見るのかと思ってました」

「見るわよ。でも、いまさらあそこへ戻っても意味がない。市警がそこらじゅうにいたでしょ。トリンとその部下たちはあちこち調べて現場を荒らしたに決まってる。トリンが部屋をホテルに明け渡して掃除をさせていたとしても驚かないわ」ヴァンはひとつのドアのまえで足を止めた。「だから、代わりにここで部屋を見る」

ぼくはドアの脇にある掲示を読んだ。「イメージング・ルーム」

「行くよ」ヴァンはそう言って、ドアを開けた。

部屋は一辺が六メートルほどで、壁は白く、四隅に置かれたプロジェクタと、技術者がモニタの列に向かって立つスペースがあるだけだった。その男はこちらに目を向けてにっこりした。「ヴァン捜査官。また来たのか」

「また来た」ヴァンはそう言って、身ぶりでぼくをしめした。「シェイン捜査官、新しいパートナーよ」

技術者は手を振った。「ラモン・ディアズだ」

「どうも」ぼくは言った。

「準備はいい?」ヴァンがたずねた。

「ちょうどプロジェクタの診断が終わるところだ。一台だけ、ここ二日ほど不調でね。けど、市警から送られてきたデータはぜんぶそろってるよ」

ヴァンはうなずいてぼくに目を向けた。「ホテルの部屋をスキャンしたデータ、もうサーバーにアップロードした?」

「あの部屋を出るまえにやりました」

ヴァンはディアズに顔を向けた。「シェインのスキャンデータをベースとして使うから」

「了解」ディアズが言った。「そっちの準備ができたら言ってくれ」

「起動」ヴァンが言った。

ホテルの部屋がぱっと出現した。それは部屋を映した生のビデオ映像ではなく、大量のスチール写真をつなぎ合わせることで、情報のぎっしり詰まった部屋を、静止状態で再現したものだった。

ぼくはそれを見て笑みを浮かべた。部屋全体がそこにあった。カメラのパン撮りとスキャンはうまくできていたようだった。

「シェイン」ヴァンが指さしたのは、カーペットの上にある湾曲した物体だった。死体からそれほど離れていない。

「ヘッドセットですね。頭にかぶるタイプのスキャナ兼トランスミッタで、ニューラル情報をやりとりするためのものです。つまり、だれだか知りませんが、この男はツーリストだったということです」たぶん、ヴァンはちゃんとわかっていて、ぼくがわかっているかどうか確かめたのだろう。

「ベルの肉体を借りようとしたわけね」

「はい」ぼくは膝をついてヘッドセットをじっくりながめた。こういうヘッドセットはどれもそうだが、同じものはふたつとない。厳密に言えば、統合者を利用できるのはヘイデンだけだ。しかし、合法とは言えない需要があるところには、必ず闇市場が存在する。

このヘッドセットは急ごしらえの医療機器で、初期段階のヘイデンの診察と意思疎通に使われるものだった。寄せ集めの代物とはいえ、なかなかよくできている。ツーリストがこれを装着したところで、本来の統合者による完全な体験には及ぶべくもない――そのためには頭の中にネットワークを埋め込む必要がある――が、高解像度の3Dにわずかだが現実の知覚を付け加えたような感覚が味わえる。とにかく映画よりはリアルだ。

「かなり高級なものに見えます」ぼくはヴァンに言った。「スキャナはフェイトン社製ですし、トランスミッタはジェネラル・ダイナミクス社製みたいです」

「シリアルナンバーは?」

「見当たりません。現物は証拠として確保してあるんですか?」

ヴァンがちらりとディアズを見ると、男は目をあげてうなずいた。「お望みならもっとくわしく調べることはできるよ」ディアズは言った。

「外側になにも見当たらなかったら、内部をスキャンしてみてください」ぼくは言った。「プロセッサのチップにシリアルナンバーがついているはずです。そのロットの発送時期がわかれば、そこからスキャナとトランスミッタを所有しているはずの人物までたどれるはずです」

「やってみる価値はあるわね」ヴァンが言った。

ぼくは立ちあがって死体に目を向けた。カーペットにうつぶせに倒れている。

ヴァンがディアズに目を戻した。「彼の情報は?」

「まだなにも」ディアズがこたえた。

「どうしてそんなことが?」ぼくはディアズにたずねた。「運転免許を取得するときには指紋をとられるはずなのに」

「うちの検査官のところに着いたばかりでね。市警は指紋をとって顔のスキャンもした。けど、ご承知のとおり、彼らは情報をなかなか提供してくれないことがあるんだよ。そこで、うちのほうで独自にやって、いまはデータベースで照合しているところだ。DNAの照合もおこなう。きみたちがここでの作業を終えるころには身元が判明しているだろう」

「顔のスキャンを見せて」ヴァンが言った。

「顔だけでいいのかな、それとも、市警が彼をひっくり返したときの広角ショットにする?」

「広角ショットで」

床の男がたちまちあおむけになった。肌はオリーブ色で、年齢は三十代の後半くらいか。この角度からだと、すさまじい喉の切り傷がはるかにドラマチックに見える。傷は首の左側、顎の近くから始まり、そのまま下へとのびて、喉の右側、鎖骨の上あたりで終わっていた。

「どう思う?」ヴァンがぼくに問いかけた。

「動脈から血が噴き出した理由はこれでわかったと思います。とんでもない傷ですね」

ヴァンはうなずいたが返事はしなかった。

「なにか？」ぼくはたずねた。

「考えているの。少し待ってて」

ヴァンが考えているあいだに、ぼくは死体の顔をじっくりとながめた。「ヒスパニックでしょうか？」ぼくはたずねた。ヴァンはそれを無視して、まだ考え続けていた。ディアズに目を向けると、彼は男の顔だけを呼び出してしげしげと見つめた。

「そうかもしれないな」ディアズはしばらくして言った。「たぶんメキシコか中米で、プエルトリコやキューバじゃないと思う。どうもあちこちの血が混じっているみたいだな。さもなければネイティブアメリカンか」

「どの部族でしょう？」

「見当もつかないな。民族の分類はわたしの仕事じゃないんでね」

このころには、ヴァンは死体のイメージのそばへ近づいてその両手を見つめていた。「ディアズ、証拠品の中に割れたガラスはある？」

「あるよ」ディアズは確認してから言った。

「シェインがベッドの下でそのイメージを記録したの。呼び出して」

ディアズの操作に合わせて部屋のイメージが勢いよく回転すると、ぼくたちはベッドの下へ引っ張り込まれ、血まみれになったガラスの破片のイメージが目のまえにそびえ立った。

「指紋がいくつか見える」ヴァンは指さした。「だれのか見当はついてるの？」

「まだぜんぜん」ディアズがこたえた。

「なにを考えてるんです？」ぼくはヴァンに言った。

ヴァンはまたもやぼくを無視して、ディアズにたずねた。「あなたはティモンズ巡査から映像を受け取ってるの？」

「受け取ったけど、かなりひどい代物で、解像度も低かったな」ディアズは言った。

「ちぇっ、トリンにはぜんぶ送れと言ったのに」

「トリンはきみに隠し事をしたわけじゃないのかもしれない。近ごろの市警の警官たちは、シフトのあいだずっと自分の映像を記録していることがある。そのために低解像度の設定を使うんだ。より長く記録できるから」

「なんでもいいから」ヴァンはまだムッとしているようだった。「それを呼び出してシェインが記録した部屋のイメージに重ねて」

部屋のイメージがまたぐるりと回転して、現実世界と同じサイズに戻った。「映像を呼び出してる」ディアズが言った。「薄いレリーフみたいになるのは、ティモンズがいた位置のせいだ。動きのがたつきはこっちで直しておいた」

ベッドの上に、両手をあげたベルの姿があらわれた。映像がリアルタイムで流れ始める。

「待って」ヴァンが言った。「映像を止めて」

「止めたぞ」ディアズが言った。

「ベルの両手をもっとクリアに表示できない？」

「むずかしいな。拡大はできるけど、もともと解像度が低いから。どうしたって限界があるよ」

「拡大して」ヴァンが言うと、ベルのイメージがぐんぐん大きくなって、巨人が手遊びでもしているみたいに、その両手がぼくたちに迫ってきた。

「シェイン。なにが見えるか教えて」

ベルの両手をちょっとながめてみたが、見るべきものはなにも見当たらなかった。そのとき、なにも見当たらないという事実こそ、ヴァンが指摘していることなのだと思い当たった。

「血がついていません」ぼくは言った。

「そう」ヴァンは指さした。「シャツにも顔にも血がついているのに、両手にはついていない。ガラスの破片にはそこらじゅうに血の指紋がある。ディアズ、元へ戻して」イメージがズームアウトし、ヴァンは死体

「受け取った」二秒後にディアズが言った。さらに二秒後、場面がホテルの外に切り替わり、投げ出されたソファとつぶれた車があらわれた。

「なにを探しているの？」ヴァンが言った。

「ここで探していないものです」ぼくは言った。「ベルの両手で探さなかったのと同じものです」

「血ね」ヴァンはソファをしげしげと見つめた。「ソファには血がついていない」

「ぼくにも見えません。となると、このソファが窓から投げ出されたのは、死体が自分の喉を切り裂くまえだった可能性が高くなります」

「理屈ではそうなる。でもどうして？」ヴァンは死体を指さした。「この男はベルと統合の契約をして、ベルがホテルへやってきたら、ソファを窓から投げ捨てて、相手の目のまえで血みどろの自殺をはかったということ？　理由は？」

「ソファを七階の窓から投げ捨てるというのは、ホテルに近づいた。「でも、この男の両手には血がべっとりとついている」

「こいつが自分で喉を切ったと？」

「可能性はある」

「あまりにも異様ですね。だったらこれは殺人じゃありません。自殺です。ベルは無罪ということに」

「そうかも。ほかの可能性を考えて」

「ベルが殺して、ホテルの警備員が来るまえに手を洗ったとか」

「それでも血まみれのガラスがある。ベルの指紋は登録されているのよ。統合者の免許をとったときに提出しなければならなかったから」

「途中でじゃまされたのかも」

「かもね」ヴァンは納得していないようだった。

頭の中にひとつの考えが浮かんだ。「ディアズ」ぼくは言った。「いまファイルを送っています。そちらで受け取ったらすぐに表示してください」

ルの警備スタッフの注意を引く方法としてはうまいやりかたです。この男がベルに殺人の罪を着せたかったのだとすれば、こうすることで、自殺をはかるまえに、警備員を確実に現場へ呼び寄せることができます」

「それでも、この男がどうしてベルの目のまえで自殺をはかったのかという謎は解けない」ヴァンはそう言って、また死体を見おろした。

「まあ、ひとつわかったことはあります。ベルは自分は殺してないと言ってましたが、あれはほんとうのことだったのかもしれません」

「ベルはそうは言わなかった」

「言ったはずですよ。映像を見ました」

「ちがう」ヴァンはディアズを振り返った。「ティモンズの映像をもう一度流して」

場面がふたたびホテルの部屋に切り替わり、またベルの薄いレリーフがあらわれた。ディアズが映像を流し始めた。ティモンズがベルに、なぜ部屋の男を殺したのかと質問した。ベルがそれにこたえて、おれは殺してないと思うと言った。「止めて」ヴァンが言った。ディアズが映像を止めたのは、ティモンズがスタンガンを撃った瞬間だった。ベルは痙攣している姿のまま凍り付いた。

「ベルは殺してないとは言ってない」ヴァンがぼくに言った。「殺してないと思うと言ってる。自分にはわからないと言ってるのよ」

頭の中で明かりがともり、ぼくは一度だけ自分で統合者を使ったときのことを思い出した。「そんなはずはない」

「統合者はセッションの最中でも意識が残っているはず」ヴァンはうなずきながら言った。「統合しているあいだは裏に引っ込んでいるけど、表面に浮上することは許されている——顧客が助けを必要としているときや、セッションの範囲を逸脱した行動をとろうとしたときに」

「あるいは、なにかバカなことや違法なことをしようとしたときに」

「そういうのはふつうはセッションの範囲を逸脱しているから」ヴァンが指摘した。

「なるほど」ぼくはあらためて死体を身ぶりでしめした。「でも、それは重要なことですか？　この男が自殺だとしたら、ベルが自分は殺してないと思うと言ったとしても、それで新しい事実が判明したことにはなりません。いまではわれわれも、ベルは殺してはいないかもしれないと思っているんですから」

　ヴァンは首を横に振った。「これが殺人か自殺かということではないの。ベルがおぼえていないと言っていることが問題なのよ。本来はおぼえているはずなんだから」

「ベルが統合されていたのならそうでしょう。でもわれわれは、ベルがこのアルバイトを引き受けるために部屋へ来たと考えているんですよね？　その場合、本人が意識を失っていたというそのとき、彼の脳内にはほかにだれもいなかったことになります」

「なぜベルが意識を失うの？」

「わかりません。ひょっとしたら酒飲みなのかも」

「映像では酔っているようには見えない。わたしが尋問したときも、酒のにおいはしなかったし、酔っているような態度ではなかった。それにどのみち……」ヴァンはまた黙り込んだ。

「今後もそれをしょっちゅうやるんですか？　いまからもうイラついてるんですが」

「シュウォーツはベルは仕事中だったと言ってた。顧客と統合者の秘匿特権が適用されると」

「そうです」ぼくは死体を身ぶりでしめした。「あれがベルの顧客です」

「ポイントはそこよ。あの男は顧客じゃない」

「話が見えないんですが」

「統合というのは免許が必要で公的な規制もある業務

でしょ。仕事を引き受けるなら、顧客に対してプロとしての責任が生じるけど、顧客になることが許されるのは特定の人たちだけ。本来なら統合者の顧客になれるのはヘイデンだけのはず。でもこの男は」——ヴァンは死体をしめし——「ツーリスト。彼は健常者なのよ」

「ぼくは弁護士ではありませんが、そういう理屈を百パーセント支持するつもりはないです。司祭は、カトリック教徒だけでなく、だれの懺悔でも聞くことができますし、医師はドアを抜けてだれかが入ってきた瞬間から守秘義務を主張できます。たぶんシュウォーツも同じ主張をしているのだと思います。この男がツーリストだからといって、顧客ではないということにはなりません。彼は顧客ですよ。カトリック教徒でなくても懺悔ができるのと同じことです」

「さもなければ、シュウォーツがへまをして、だれかがベルをあやつっていたとわたしたちに伝えてしまったのか」

「それは筋がとおりません」ぼくは反論した。「ベルがすでに統合されていたのなら、なぜツーリストと会うんですか?」

「ふたりでほかのだれかと会っていたのかも」

「だったら、なぜそれを持ち込んだんです?」ぼくはヘッドセットを指さした。

ヴァンはしばらく黙り込んでから、やっと口をひらいた。「わたしの仮説がすべて大正解というわけではなさそうね」

「たしかに」ぼくはそっけなく言った。「でも、あなたのせいじゃないと思います。この事件はわけがわかりません。殺人は殺人じゃないかもしれず、被害者は身元がわからず、その男が会っていた統合者のほうは、すでに統合されていたかもしれず、しかもおぼえているはずのことをおぼえていないという。めちゃくちゃですよ、ほんとに」

「あなたの考えは」

「いや、わかりませんよ。仕事を始めてまだ二日目だというのに、もう手に負えない感じです」

「そろそろ切りあげてくれないかな」ディアズが言った。「五時に別の捜査官がこの部屋を使うことになってるんでね」

ヴァンはうなずき、ぼくを振り返った。「言い方を変えるわね。わたしたちがやるべきことは？」

ぼくはディアズに目を向けた。「死体の身元はまだわからないんですか？」

「まだだ」ディアズはひと呼吸おいて言った。「ちょいと妙だな。ふつうは照合にこんなに長くかからないんだが」

「まずやらなければいけないのは、死んだ男の身元を突き止めることです」ぼくはヴァンに言った。「それと、男がうちの全国規模のデータベースになにひとつ痕跡を残していない理由を」


「ほかには？」

「ベルが最近どんなことをしていたか、彼の顧客リストにどんな人物が載っているのかを調べます。なにか興味深い事実が浮かびあがるかもしれません」

「わかった。わたしが死体のほうを担当する」

「いいですよ。楽しい仕事はまかせます」

ヴァンはにっと笑った。「ベルのほうは楽しいことだらけだと思うけど」

「調べているあいだ、ぼくはここにいなければいけませんか？」

「なぜ？　約束でもあるの？」

「はい、不動産屋と。実は住む部屋を探しているんです。局の許可はとりました。厳密には、今日のぼくは半休扱いになってるんです」

「今後はあまりそういうのは期待しないほうがいいわよ。つまり、半休のこと」

「ええ。なんとなくそうじゃないかと思ってました」

5

不動産屋は、ラターシャ・ロビンスンという名の小柄で上品な感じの女性で、待ち合わせ場所はＦＢＩビルのすぐ外だった。彼女の専門のひとつがヘイデン用の物件なので、ＦＢＩの紹介により、部屋探しを手伝ってもらうことになったのだ。

顧客がヘイデンということは、ぼくが何者であるかを知らない可能性はほぼ皆無であり、その推測は近くへ歩いていっただけで裏付けられた。ロビンスンが浮かべていた笑顔は、ぼくがヘイデンの広告塔をつとめる家族のヘイデンの広告塔をつとめるこどもとして長年過ごしてきたあいだに、さんざん目にした笑顔だった。それで彼女を悪く思うことはなかった。

「シェイン捜査官」ロビンスンはそう言って、手を差し出した。「お会いできてうれしいです」

ぼくはその手をとって握手した。「ミズ・ロビンスン。こちらこそ」

「ごめんなさい、ちょっと興奮しちゃって。あまり有名人と会うことがないんですよ。まあ、政治家は別ですけど」

「この街ではそうだろうね」

「それに、政治家を〝有名人〟とは思いにくいですよね？　あの人たちはただの……政治家ですから」

「まったく同感だ」

「車はすぐそこです」ロビンスンが指さした、比較的けばけばしくないキャデラックは、そのままだと違反キップを切られる場所に停まっていた。「さっそく出発しましょう」

ぼくは助手席に乗り込んだ。ロビンスンは運転席に乗り込み、タブレットを取り出した。「ぶらつき」彼女が言うと、車はするりと縁石を離れた。バックミラーに目をやると、交通巡査がすぐうしろに近づいてきたところだった。ぼくたちはペンシルヴェニア・アヴェニューを東へと向かった。

「車はしばらくこのあたりを走り回りますから、そのあいだに準備をしましょう」ロビンスンはタブレットを叩きながら言った。ほんの少しまえには感情をむきだしにしていたのに、もう仕事モードに切り替わっている。「基本的な要望リストと個人情報は受け取っています」——彼女がぼくに向けた目つきは、あなたはたしかにヘイデンで、わたしはそれを知っていると伝えているみたいだった——「ですから、始めるまえに少し条件を絞り込んでおきましょう」

「わかった」

「職場とはどれくらい近いほうがいいですか？」

「近いほどありがたいな」

「徒歩で行ける近さですか、それともメトロで行ける近さ？」

「メトロで行ける近さだな」

「近所はおしゃれなほうがいいですか、それとも静かなほうがいいですか？」

「それはどうでもいいかな」

「いまはそう言いますが、アダムスモーガンのバーの上にあるマンションを勧められて、そこでひどい思いをしたら、きっとわたしを責めるはずです」ロビンスンはぼくに目を向けて言った。

「物音が気になることはないと約束する。聴力を落とせるから」

「住まいを社交の場として使うつもりですか？」

「あまり考えてない。そういう付き合いはよそですることが多い。ときどき友人を招くことはあるかも」

ロビンスンはこれを聞いてまたぼくに目を向け、説明を求めるかどうか考えていたようだったが、なにも言わなかった。正しい判断だ。たしかにスリープに欲情する人たちはいる。言っておくが、ぼくはそういうのとは無縁だ。

「自分の肉体をマンションに置きますか？　もしそうなら、介護者のための部屋が必要ですか？」

「ぼくの肉体と介護者についてはちゃんと手配ができている。どちらの居場所も必要ないよ。とにかく、いますぐには」

「でしたら、わたしのリストにヘイデン用ワンルームの物件がいくつかあります。見学してみますか？」

「時間をとるだけの価値はあるのかな？」

ロビンスンは肩をすくめた。「そういうのを気に入るヘイデンもいます。ちょっと狭いんですが、非ヘイデンのために設計されたものではないので」

「近くにある？」

「サウスウェストのDアヴェニューに、そういうワンルームの物件が入ってるビルがあります。メトロのフェデラル・センター駅のすぐそばです。保健福祉省に大勢のヘイデンが勤めているので、その人たちが住むのに都合がいいんです」

「わかった。のぞいてみてもいいかな」

「まずそこへ行きましょう」ロビンスンは住所をキャデラックに告げた。

五分後、ぼくたちの目のまえには、陰鬱な石板みたいな、特徴のない質実剛健な建築物があった。

「こりゃすてきだ」ぼくは冷ややかに言った。

「元は政府のオフィスビルだったはずです。改造されたのは二十年ほどまえ。ヘイデンを念頭に置いて設計し直された最初期のビルのひとつです」ロビンスンはぼくをうながして、飾り気のない清潔なロビーに入った。

スリープの受付係がデスクのむこうにすわっていた。そのスリープは共通回線でIDデータを送信する設定になっていた。ぼくの視界で、スリープの頭上に所有者のデータがポップアップした――ジュネヴィーヴ・

トゥールノウ。年齢は二十七歳。出身はメリーランド州ロックヴィル。ダイレクトメッセージを送るための公開アドレス。

「こんにちは」ロビンスンがジュネヴィーヴに呼びかけて、不動産業者のIDを提示した。「五階にある空き部屋を見に来たの」

ジュネヴィーヴがこちらに顔を向けたので、ぼくは遅ればせながら、自分の個人データを共通回線で公開していないことに気づいた。ヘイデンの中にはそれを不作法と感じる者もいる。ぼくは急いでデータをポップアップさせた。

受付係は会釈するように軽くうなずき、驚いてデータを二度見してから、気を取り直してロビンスンに注意を戻した。「五〇三号室をこれから十五分だけ解錠します」

「ありがとう」ロビンスンは礼を言ってから、ぼくにうなずきかけた。

「ちょっと待って」ぼくはジュネヴィーヴに顔を戻した。「ビルの回線にゲストとしてアクセスさせてもらえないかな？」

ジュネヴィーヴがうなずくと、視界に回線マーカーがポップアップした。ぼくはそこに接続した。

ロビーの壁にさまざまな掲示がどっとあふれた。

掲示の一部はふつうのコルクボードに貼り出されるようなやつで、ルームメイトや部屋の又貸しの募集とか、迷子のペットのチラシだった。だが、このときばかりは、ストライキやデモ行進に関するものが大勢を占めていた——入居者に家にとどまれと釘を刺す掲示もあれば、ストライキの予定表もあり、デモに参加するために街へやってくるヘイデンたちを居候させてくれという要求には、どうせたいして場所をとらないんだからという皮肉な注記がついていた。

「問題ありませんか？」ロビンスンがたずねた。

「大丈夫。壁の掲示を見ていただけだから」さらに何枚かチラシを読んでから、ロビンスンといっしょにエレベータの列に近づき、すぐ次に来たやつに乗り込んで五階へあがった。

「特別に大きなエレベータを使っています」ロビンスンが上昇中に説明した。「油圧式で。肉体を部屋へ運ぶのが楽になります」

「ここはワンルームばかりなのかと思ってた」

「ぜんぶではありません。一部はフルサイズで、医療室や介護者用の居室が用意されています。ワンルームにもクレードル用の接続設備はあります。本来は一時的に使うためのものですが、いまでは常時それを使っているヘイデンもいるそうです」

「なぜそんなことを？」ぼくはたずねた。エレベータが止まってドアがひらいた。

「エイブラムズ＝ケタリング法のせいです」ロビンスンはエレベータを降りて廊下を歩き出した。ぼくはあとを追った。「支援が削減されているため、大勢のヘイデンが生活水準を落としています。タウンホームに住んでいた人たちはより小さなマンションへ移っています。ふつうのマンションに住んでいた人たちはワンルームへ移っています。そしてワンルームに住んでいた人たちの一部はルームメイトと同居しています。充電器を交代で使って」彼女は振り返り、ぼくのピカピカの高価なスリープをちらりとながめた。〝あなたにはそんな心配はないですね〟と言わんばかりだ。「正直なところ、市場にとってはありがたくない状況ですが、あなたのような借り手には良い状況です。選択肢もずっと増えていますし、賃貸料もだいぶ安くなっています」五〇三号室のまえで足を止める。「もっとも、ここを見てびっくりしなければの話ですが」ロビンスンはドアをひらき、ぼくを中へとおすために脇へよけた。

ヘイデン用ワンルームの五〇三号室は、二メートル×三メートルで、作り付けのカウンターがひとつある以外は完全にがらんどうだった。ぼくは部屋に足を踏み入れたとたんに閉所恐怖をおぼえた。

「これは部屋じゃない、クロゼットだ」ぼくは奥へ進んでロビンスンが中に入れるようにした。

「わたしにはバスルームのように見えますね」ロビンスンは、電源コンセント一式が用意されたタイル張りの狭いエリアと、段差のない床にあるふた付きの排液口ふたつを指さした。「ところで、そこは医療スペースになります。本来はトイレがある場所です」

「このマンションを本気で売り込もうとしているわけじゃないんだろ、ミズ・ロビンスン」

「まあ、公平に言って、あなたが探しているのが毎晩スリープを置いておく場所だとしたら、これは悪い選択肢ではありません」ロビンスンは右奥の隅を指さした。数本の溝と高電圧コンセントが壁に組み込まれていて、そこに誘導式充電器をつなげるようになっていた。「通常のスリープ用クレードルを想定した造りで、有線でも無線でもネットワークは高速で処理能力もすぐれています。もともとスリープで使うための設計になっているので、クロゼットやシンクといったよけいなもので場所をとられることがありません。必要なものはすべてそろっていて、不要なものはいっさいありません」

「好みじゃないな」

「そうかもしれないと思っていました。だから最初にお見せしたんです。もうこういうのは除外していいので、あなたがほんとうに興味をもちそうな物件を見ることにしましょう」

ぼくはタイル張りのスペースを見つめて、そこに人間の肉体をほぼ常置することを考えてみた。「こういうマンションがいまは人気なのか？」

「そうですね。わたしはふだんは扱いません。これだと手数料も少ないので。ネットの募集広告を見て借りるのがふつうです。でも、たしかに、いまはこういうマンションがすごく人気があります」

「なんだか憂鬱になってきたな」

「あなたが憂鬱になる必要はありません。あなたがここで暮らすわけではないのです。あなたの肉体をここに置くわけではないのです」

「でも、だれかが置くんだろう」

「そうですね。置かれた肉体がそのことに気づかないのは幸運なのかもしれません」

「いや、それはちがうな。ぼくたちはロックインに陥っているだけで、意識がないわけじゃない。信じてくれ、ミズ・ロビンスン。ぼくたちは自分の肉体がどこにあるか意識している。目が覚めているときは常に意識しているんだ」


それからいくつかの物件を見て回ったが、気分はまるで『三びきのくま』のゴルディロックスだった。どのマンションも、狭すぎたり——公式にワンルームとされているマンションはもう見なかったのだが、ふたつの物件については、少なくとも非公式には似たような床面積だった——広すぎたり、不便すぎたり、遠すぎたりした。だんだん、自分のスリープはＦＢＩのデスクに置いておくしかないのかと絶望的な気分になってきた。

「今日はここで最後です」ロビンスンが言った。このころには、彼女の職業人としての快活さにもかげりが見えていた。ぼくたちはキャピトルヒルの五番ストリートに立ち、赤いタウンハウスをながめていた。

「ここは？」ぼくはたずねた。

「通常のメニューにはないところです。でも、あなたにはぴったりかもしれません。インテンショナル・コミュニティがどういうものかご存じですか？」

「インテンショナル・コミュニティ？　それはコミューンの別の言い方じゃないのか？」ぼくはタウンハウスを見あげた。「コミューンをつくる場所としては変わってるな」

「厳密にはコミューンではありません。このタウンハウスを借りているヘイデンのグループは、いっしょに暮らしていくつかの部屋を共同で使っています。彼らがそれをインテンショナル・コミュニティと呼んでいるのは責任を共有しているからで、そこには、おたがいの肉体のモニタも含まれています」

「必ずしもすばらしいアイディアとはかぎらないな」

「住人のひとりはハワード大学病院のドクターなんです。なにか重大な問題が起きても、それに対処する人がだれかしらそばにいます。もちろん、あなたがそれを必要としていないことはわかっています。でも、便利な点はほかにもありますし、空き部屋があるのもわかっています」

「どうやってここの住人と知り合ったんだ？」

ロビンスンはにっこりした。「わたしの息子の親友がここに住んでいるんです」

「ああ。きみの息子もここに住んでいるのか？」

「それは息子がヘイデンなのかという質問ですね。いいえ、デイミアンは感染していません。デイミアンの友人のトニーが、十一歳のときにヘイデン症候群にかかったんです。わたしはトニーを生まれたときからずっと、ヘイデン症候群にかかるまえもあとも、知っています。空き部屋が出るとトニーが知らせてくれるんです。わたしだったらここに合いそうもない人は連れてこないとわかっているので」

「ぼくなら合いそうだと思ってるわけだ」

「可能性があるというだけです。以前にも判断をまちがえたことはありました。でも、あなたは特別なケースだと思うんです。シェイン捜査官、気を悪くしないでほしいのですが、あなたが部屋を探しているのは部屋が必要だからではないでしょう。あなたが部屋を探しているのは部屋がほしいからです」

「まあそんなところだな」

ロビンスンはうなずいた。「ですから、ここを見ていただいて、あなたの求める場所かどうか確かめてほしいんです」

「わかった。見てみよう」

ロビンスンがドアに近づいて呼び鈴を鳴らした。ひとりのスリープがドアを開けて、彼女の姿を見るなり両腕を大きく広げた。

「ママ・ロビンスン！」そいつは言って、ロビンスンをぎゅっと抱き締めた。

ロビンスンはスリープの頰に軽くキスした。「こんにちは、トニー。見込みのありそうな人を連れてきたわ」

「みたいだな」トニーはそう言って、ぼくに目を向けた。「クリス・シェイン」その言葉には一瞬びっくりさせられた。この新しいスリープが早くも有名になっているとは思ってもみなかったのだ。でもすぐに、少しまえに自分の公開IDを掲示していたことを思い出した。一瞬おいて、トニー自身のIDもポップアップした──トニー・ウィルトン、三十一歳、出身はワシントンDC。

「こんにちは」ぼくは言った。

トニーはぼくたちを招き入れた。「玄関口にいつまでも立たせておくわけにはいかないな。さあ、クリス、部屋を見せてやるよ。二階にあるんだ」彼はぼくたちを連れて階段をのぼった。二階の廊下を歩いていたとき、部屋のひとつをちらりとのぞいてみた。クレードルの中に肉体が横たわり、そばにモニタがならんでいた。

トニーに目を向けると、彼もぼくが見ていたものに気づいた。「うん、あれがおれだ」

「すまない」ぼくは言った。「つい」

「気にしなくていい」トニーは別の部屋のドアを開けた。「ここに住むことになったら、あんたも全員の部屋を回って呼吸を確認することになる。慣れておくほっと、ここが部屋だ」彼は脇へよけて、ぼくとロビンスンを中へ入れた。

部屋は広く、地味だけれど心地よい内装で、通りに面している窓があった。「これはいいね」ぼくは部屋を見回しながら言った。

「気に入ってもらえて良かった」トニーは顎を振って家具をしめした。「見てのとおり家具は備え付けだけど、こういうのが気に入らなければ、地下の倉庫へ片付けるよ」

「いや、大丈夫。広さも気に入った」

「実はこのタウンハウスでいちばん広い部屋なんだ」

「ほかの人たちからの希望はないのかな？」

「希望するかどうかの問題じゃなくて、借りる余裕があるかどうかの問題だから」

「なるほど」ロビンスンがぼくならぴったりかもしれないと考えた理由は、どうやらもうひとつあったようだ。


「ここのやりかたはわかってるか？　ママ・ロビンスンから説明はあった？」

「簡単に」

「それほどややこしくはないよ、保証する。家事とモニタを分担して、全員のチューブと排液口が正常に機能しているのを確認し、ハウスの整備のための資金をプールする。ときどきはみんなで出かけて交流したりもする。おれたちはインテンショナル・コミュニティと呼んでるけど、むしろ大学の寮に近いかな。あんなに酒を飲んだりマリファナを吸ったりしないだけ。実際に吸ったことがあるわけじゃないぞ。ハウスメイトどうしのドラマも少ないけど、こっちは皆無というわけでもない。大学がどういうものかおぼえていればの話だが」

「きみがドクター？　ミズ・ロビンスンはドクターがひとりいると言ってた」

「それはテイラだな。彼女は仕事に出かけている。おれ以外はみんな出勤なんだ。おれはフリーのプログラマ。今日はジェノーブル・システムズの仕事で、脳インターフェースのソフトウェアに取り組んでいる。明日は、また別の相手との仕事だ。ふだんはここで作業をしていて、クライアントに現場へ呼ばれたときだけ出かける」

「じゃあ、常にだれかがここにいるわけだ」

「ふつうはな。さて。おれはあんたのことなんか知らないふりをするべきなのか？　それとも、昨日アゴラであんたのことを読んでいたと白状してもかまわないのかな？」

「うわ、まいるなあ」

「みんなも出勤してると言っただろ。だから、あんたがそのことで判断される可能性は少ない。ハウスの中でも政治に関する意見は人それぞれだからな」

「じゃあ、ぼくがＦＢＩの捜査官だということも知ってるんだ」

「知ってる。謀略とか殺人事件を解決するんだろ？」

「驚くと思うよ」

「だろうな。まあ、会ったばかりだけど、あんたのことは気に入った。だけど、ほかの連中とも会って承認を受けなけりゃならない」

「ほかに何人いるのかな？」

「四人いる。テイラに、サム・リチャーズ。それとジャスティンとジャスティーヌ・チョー。このふたりは双子だ」

「おもしろいね」

「いいやつばかりだよ、保証する。今夜みんなと会いに来られるかな？」

「あー、いや。今夜は家族の集まりがあって。仕事を始めて二日目なんだ。家に帰って〝やった、うちの息子が就職したよ〟ディナーに顔を出さないと」

「ほう、そりゃはずせないな。何時ごろに終わりそうだ？」

「わからない。たぶん九時半、遅くとも十時には」

「ほら」トニーは共通回線を通じて招待状をピンしてきた。「火曜日の夜はうちのグループでアゴラに集まるんだ。みんなでたむろして、たいていは一人称視点のシューティングゲームでおたがいの脳を吹っ飛ばす。ぜひ寄ってくれ。仲間と会って頭に一発か二発くらえるぞ」

「楽しそうだね」

「最高だよ。おれのほうで部屋の申し込みをしておけば、正式に参加できる。最初の一カ月の賃料と保証金がいるけどな」

「それなら大丈夫」

「ますますいいな。今夜のうちに全員から承認を受ければ、支払いがすんだらすぐに引っ越せるぞ」

「素行調査をしなくていいのかい？」ぼくはおどけて言った。

「あんたは全人生を素行調査されてるじゃないか、クリス」

6

「ああ、くそっ」家のドアのまえに駐車係がいるのを見て、ぼくは思わず声をあげた。

帰宅する途中、四時に歯を抜かれたときに使った鎮痛剤の効果が薄れてきたので、もともと機嫌は良くなかったのだ。とはいえ、あの駐車係が意味することはただひとつ――献金パーティだ。ほとんどの車には自動駐車機能があるが、いまでも一部の人びとは、ハンドルのうしろにすわっていなければ気がすまず、自分のバカな車をとても自慢に思っている。そういう偏屈な年寄り連中はぼくの父の上院議員選挙への出馬を支援してくれる可能性がある。それは抜歯なんかよりもずっと腹立たしいことだった。

ぼくの母は、足音高く近づいてくる息子を見て機嫌が悪いのを察したのか、なだめるように両手を差し出してきた。「あたしのせいじゃないのよ、クリス。あたしはただの家族の食事会だと思っていたの。お父さんがそれを資金集めのパーティにするなんて思ってもみなかった」

「どうだか」ぼくは言った。

「むりもないわね。でも、ほんとなの」母のうしろでは、ケータリング業者のスタッフが晩餐室で食器をならべていた。指揮をとっているのは我が家の家政婦長をつとめるライルだ。ぼくは食器をかぞえてみた。

「十六組もあるよ、母さん」

「わかってるわ。ごめんなさい」

「その人たちはどこに？」

「まだ全員は着いてないの。もう到着したみなさんは動物病院にいるわ」

「母さん」ぼくは注意した。

「そうね、口に出してはいけないことよね。言い直します。みなさんはトロフィー部屋にいるわ」

「じゃあ、いつものバカどもとはちがうんだ」

「お父さんのことはわかってるでしょ。ハードウェアで成金どもの目をくらませるの。それでうまくいくという事実がなかったら、下品なやりかたになるところよ」

「実際には、それでも下品だけど」

「ええ、そうね」母は認めた。「でも、それでうまくいくから」

「父さんが上院議員選挙に出馬するのにそんなやつらの金は必要ないのに」

「あの人たちの利益のために力を注いでいると、あの人たちに信じてもらう必要があるの。だからお金を受け取るのよ」

「ああ、けっしてマキャベリ的ではないわけだ」

「そうよ。わたしたちがお父さんを選挙で当選させるためにしていることときたら」母は手を伸ばしてぼくの肩にふれた。「あなたのほうはどうだった?」

「おもしろかったよ。殺人事件の仕事をしているんだ。それと、マンションが見つかったかもしれない」

「どうしてマンションが必要なのかいまだにわからないんだけど」母はすねたように言った。

「あのさあ、話題として殺人事件よりもぼくのマンション探しを優先させるのは、世界中で母さんただひとりだよ」

「あたしの指摘に対する返事がなかったわね」

ぼくはため息をつき、片手をあげて要点をかぞえあげた。「第一に、ポトマック・フォールズからDCへ毎日通勤するのがきついから。それは母さんもわかってるはず。第二に、もう二十七歳なのに両親といっしょに暮らしているのは恥ずかしいから。第三に、父さんの政治的野心を実現するための小道具になることが、日ごとに耐えがたくなっているから」

「そんな言い方はないわ、クリス」

「よしてよ、母さん。今夜だって父さんがそのつもりでいるのはわかってるだろ。ぼくは父さんが議会の聴聞会やヘイデンの資金集めパーティで披露できる五歳のこどもじゃない。いまはもうＦＢＩの捜査官なんだからさ。ぼくを披露して回るのは合法とすら言えないと思うよ」鎮痛剤の効果がまた一段薄れて痛みが走り、ぼくは手をあげて顎を押さえた。

母がそれに気づいた。「例の奥歯ね」

「なくなった奥歯だけどね」ぼくは手をおろした。スリープの顎の痛みについて話すのはなんとも皮肉なことだった。「体のほうをチェックしてくる」そう言って、自分の部屋へ向かおうとした。

「引っ越しても、あなたの体までは持っていかないのよね?」母の声にはかすかに不安があった。

「とりあえずその予定はないよ」ぼくは少し振り向いて母を見た。「これからどうなるかだね。今日はまったく遅延を感じなかったし、それなら移動させる理由はないから」

「わかった」母はやっぱり浮かない顔だった。

ぼくは母に近づいて抱き締めた。「大丈夫だよ、母さん。たいしたことじゃない。ここには予備のスリープを置くことにする。ちょくちょく戻るから。ぼくがほんとうに引っ越したのかどうかわからなくなると思うよ」

母はにっこり笑ってぼくの頬をなでた。「ふだんなら、なにをえらそうにと言うところだけど、今回だけはおとなしく聞いておくわ。さあ、あなたの体を見てきなさい。あまり長くはだめよ。お父さんは、全員がテーブルにつくまえにあなたに姿を見せてほしいと思っているから」

「そりゃそうだろうね」ぼくは母の腕をぎゅっと握ってからその場を離れた。

自分の部屋に入ると、新任の夜勤の看護師、ジェリー・リッグスが手を振ってきた。彼はハードカバーの本を読んでいた。「調子はどうだい、クリス？」

「正直、少し痛みがある」

ジェリーはうなずいた。「床ずれか？」

「抜いた奥歯のほう」

「そうだったな」ジェリーは本をおろしてぼくのクレードルに近づいた。いまは床ずれが右の腰にできているので、クレードルは体が左向きになるように変形していた。ジェリーはベッドの脇にある戸棚をあさり始めた。

「コデイン入りのタイレノールがあるぞ」ジェリーは言った。「歯医者が置いていったやつだ」

「今夜は頭をはっきりさせておきたいんだ。政治がらみの資金集めパーティでは、酔っ払ったスリープになるほど危ないことはないから」

「わかった。ほかにあるかどうか探してみよう」

ぼくはうなずき、自分の体に――自分そのものに近づいた。いつもどおり、眠っている他人を見ているような感じだ。ぼくの体はこぎれいで清潔だったが、ヘイデンがみんなそんな状態でいるわけではない。中には髪を切ったりととのえたりする手間をかけない人もいて、正直なところ、それでなにか問題があるわけでもないのだ。しかし、ぼくの母はこの件についてはまったく正反対の意見をもっている。歳をとるにつれて、ぼく自身も母と同じ考えになってきた。

清潔さは、それとは別の、もっと複雑な問題だ。なにしろ、ヘイデンの肉体は、そこらじゅうの穴や器官にチューブやバッグやカテーテルをつけられているのだ。母がぼくの引っ越しを心配しているのは、自分が寂しくなるからというだけではない。ぼくに装置の管理をまかせたら、何日もずっと自分を汚物まみれにしておくのではないかと心配だからでもある。ずいぶん不当な心配だな、とぼくは思った。

かがんで床ずれをのぞき込んでみた。知らされていたとおり、腰のところに痛々しい赤みがあって、さわってみたら、スリープの手がその上をすべる感触と同時に、床ずれのにぶい痛みを感じた。

ヘイデンだけにあるその感覚は、ふたつの場所で同時に知覚することからくる混乱だった。自分の肉体とスリープが同じ時間に同じ部屋にいると、それがいっそう顕著になる。専門用語では〝過剰固有受容〟。人間は、通常は扱う肉体がひとつしかないので、本来はそのような混乱に対応できる設計になっていない。それは文字どおり人間の脳を変えてしまう。ヘイデンの脳と影響を受けていない脳をＭＲＩで見ればちがいがわかる。

こうした混乱が生じるのは、人間の脳が、ふたつの体からの入力を受け入れるようにできていないと記憶しているからだ。混乱が起きてしまったときの単純な解決策は、どこかよそを見ることだ。

ぼくは向きを変えて、部屋にあるもうひとつの〝もうひとつのぼく〟に意識を集中した——以前に使っていたスリープで、660を手に入れるまではそれをメインにしていた。いまは誘導式充電チェアにすわっている、ケイメン・ゼファー。とても良いモデルだ。ボディの色はアイボリーで、ブルーとグレーの四肢がアクセントになっている——ぼくが学部生として過ごし、修士号をとったのはジョージタウン大学で、当時はそのスクールカラーに染めるべきだと思ったのだ。いま使っているスリープは地味なつや消しのアイボリーで、かすかな栗色のピンストライプが四肢にアクセントをつけていた。母校を見捨ててしまったみたいでなんとなく気になった。

「あったぞ」ジェリーがそう言って、小瓶を差しあげた。「リドカインだ。二時間くらいは効果があるはずだ。これでディナーは乗り切れるだろうから、そのあとは、わたしのほうで強力なイブプロフェンを少しだけ体内へ投与しておくよ。きみがスリープのほうに知覚を渡しているかぎりは大丈夫なはずだ」

「ありがとう」

「きみがスリープにすべての知覚を渡したままにしないのはおもしろいな」ジェリーはリドカインの準備をしながら言った。

「あの感じは好きになれないんだ。自分の肉体を感じられないと……孤立感がある。漂流しているみたいで。気味が悪い」

ジェリーはうなずいた。「それはわかるような気がする。みんなが同じというわけじゃないけどな。わたしのまえの顧客は、常にすべての知覚をスリープに渡していた。彼女は自分の肉体で起きていることを感じたくなかった。それどころか、自分に肉体があることを認識したくなかったんだ。面倒に思っていた、と表現するのがいちばんかな。とんでもなく皮肉な話だったけど」

「どうして？」

「彼女は心臓発作を起こしたのに、それを感じることさえできなかった。スリープに自動警報が届いて初めて知ったんだ。わたしたちが彼女を救うための作業に取りかかったとき、彼女はスリープのほうから、なにがなんでも再稼働させなさいと偉そうな声で指示してきた――三時の精神科医の予約は絶対にはずせないからと」

「間に合わなかったのか？」

「ああ」ジェリーは手袋をはめた。「偉そうな声でしゃべっている途中で死んだよ。発作をまったく感じないですんだのは、悪いことではないと思う。とはいってもなあ。彼女にとっては、自分が死ぬ可能性があるというのは驚きだったんじゃないかな。あんまり長いあいだスリープで過ごしてきたから、それが自分だと信じていたんだと思う」ジェリーがぼくの口をひらき、

ぼくは顎が引っ張られるのを感じた。「よし。ちょっとチクリとするかもしれないよ」

父のトロフィー部屋は実に印象深い造りだが、それは狙いどおりということでもある。マーカス・シェインは、自分が相手よりも偉いと口にするような人物ではない。ハードウェアによってそれを明確にすることで満足するのだ。

　部屋の西側は、父の若いころのバスケットボール選手としてのキャリアをくわしく紹介している。ここに飾られているのは、ジュニアハイスクールとハイスクール時代のジャージ、カードーゾ・ハイスクールで勝ち取った四つのDCIAAトロフィー、ジョージタウン大学から送られてきた全額奨学金の合格通知。そのあとには、ジョージタウン・ホーヤズでプレーしている父をとらえた、とんでもない数の写真がならんでいる。このチームで、父は三度決勝トーナメント（ファイナル・フォー）に進出し、三年生のときに優勝したのだ。父が涙を流しながらネットを切り離している写真もそこにあり、同じ額の中に実際のネットの一部がおさまっている。そのまわりには、同じ年に獲得したウッデン賞、ネイスミス賞、ロビンスン賞と、クッションにおさまった優勝リング。四年生のときにNCAAファイナルの準決勝で敗退したつらさは、オリンピックの金メダルを勝ち取ったことでいくらかやわらいだ。だれもが認めたように、そのときのオリンピックの金メダルはいつにも増して不細工な代物だった。とはいえ、それはオリンピックの金メダルであり、だれも文句をつけることはなかった。

　部屋の南側へ目をやると、父のプロとしてのキャリアが紹介されていて、そのすべてがワシントン・ウィザーズの一員としてのものだが、父がドラフトで入団するまえの年、このチームは年間十六勝という悲惨なシーズンを送っていた。多くの人びとが、ワシントンはドラフトで父を獲得するために、わざとそのシーズンを捨てたのだと考えた。父は内心では、当時のコーチやジェネラルマネージャーにそれほどの戦略プランがあるとは認めていなかった。最初のシーズンの終わりにはそのコーチがいなくなり、二年目のシーズンにはジェネラルマネージャーがいなくなって、その二年後、父はチームをプレーオフへと導いた。そのさらに二年後から、ワシントン・ウィザーズは三年連続で優勝を果たすことになる。

この壁に飾られているのは、宙を舞う父のたくさんの写真、リーグおよびシリーズの最優秀選手賞、出演したコマーシャルを象徴する品々の一部、四つの優勝リング（最後のひとつは引退した年に獲得した）をおさめた展示ケース。それらの締めくくりとなる細長いトロフィーは、父がバスケットボールの殿堂入りをしたときに受け取ったもので、それは資格ができた最初の年のできごとだった。

部屋の東側は、父がまだウィザーズにいたころの雑誌の表紙で始まる——スポーツ・イラストレイテッド誌ではなく、DCのビジネス雑誌だ。この雑誌はどこよりも早く、アメリカでもっとも勢いのあるルーキーが、バカバカしいほどの豪邸を買うとか考えなしに金をばらまいて回るとかするのではなく、アレクサンドリアの地味なタウンハウスで暮らしてDC周辺の不動産に投資していることに気づいたのだ。バスケットボール界から引退したときには、父は不動産会社の経営によって選手としてのプレーやコマーシャル出演よりも多くの金を稼いでいたし、殿堂入りした年には公式に億万長者となった。部屋のこちら側を埋めているのは、ビジネスや不動産関係のさまざまな賞や表彰状だ。数としてはここがいちばん多い。ビジネス方面の人びとは賞を授与するのが大好きらしい。

部屋の北側では、父の社会貢献事業、とりわけヘイデン症候群にまつわる活動が紹介されている——あの強烈な第一波が襲来したとき、合衆国大統領夫人だったマーガレット・ヘイデンを含む数百万の人びとと共に、ひとりきりのこども（ぼくのこと）が感染したことを考えれば、当然の流れといえる。病気の呼び名は大統領夫人からとられたものの、ヘイデンに対する意識を高める〝顔〟となったのは父と母（旧名ジャクリーン・オックスフォード、ヴァージニア州でもっとも歴史ある政治一家の末裔）だった——もちろん、ぼくもいっしょだ。

というわけで、こちらの壁も一面に父の写真が飾られている——精神を急に肉体から切り離されてしまった四百五十万の合衆国市民に対処するためには大規模な研究開発が必要だと議会で証言している写真、ベンジャミン・ヘイデン大統領がヘイデン研究推進法案に署名するのに立ち会っている写真、ヘイデン研究所と、最初のスリープを開発したシブリング＝ウォーナー社の役員会議に出席している写真、さらには、ヘイデンたちにこの世界で彼らだけの空間をあたえようとしてアゴラという仮想環境が開設された際にヴァーチャルで立ち会っている写真。

それらの写真の中には、ぼくたち家族の写真もちりばめられていた——ぼくや、母や、父が、いろいろな場所で、世界のリーダーや、有名人や、ほかのヘイデンの家族と会っている写真だ。ぼくはスリープを手に入れて使った最初のヘイデンのこどもたちのひとりであり、両親はどこへ行くにもスリープに入ったぼくを連れていった——人がうらやむような個人的体験にあふれた幼少期を過ごせるというのは、ありがたい副作用ではあったが、それだけが目的ではなかった。重要なのは、非感染者たちに対して、スリープは人間であり、彼らの中にひょっこりあらわれた異様なアンドロイドではないのだとわかってもらうことだった。世界有数の著名な一家のこども以上にそれをうまくやれる者がいるだろうか？

こうして、十八歳になるまでのあいだ、ぼくは世界でもっとも有名でもっとも写真に撮られたヘイデンのひとりとなった。サンピエトロ大聖堂でローマ教皇に花を手渡している写真は、過去半世紀でもっとも有名な写真の一枚としてよく引用される——こどもサイズのスリープが白いユリを教皇に差し出すというイメージは、現代の科学技術と伝統ある神学との象徴的な並置なのだ。ひとりが平和の贈り物をもうひとりにプレゼントし、相手が笑顔で手を伸ばしてそれを受け取ろうとする。

大学にいたころ、ひとりの教授からこう言われた——あの一枚の写真は、ヘイデンを犠牲者ではなく人間として受け入れさせるうえで、一千の議会証言や科学的発見よりも大きな貢献をしたと。ぼくはその教授に、教皇のことでおぼえているのは口がすごく臭かったことだけだと言った。ぼくが進学したのはジョージタウン大学だった。教授は司祭だった。彼はぼくのことをあまりよく思っていなかったと思う。

写真を撮ったのは父だった。北側の壁のど真ん中に飾られている。その左側には、ピュリッツァー賞の特集写真部門で最終候補になった証明書があるが、これについては、父自身さえ、いささかバカげたことだと正直に認めている。右側にあるのは、ヘイデンにまつわる活動を認められて二年まえに授与された大統領自由勲章。その下に、ギルクリスト大統領から勲章を首にかけてもらっている写真があるが、父が笑いながら上体をかがめているのは、背が低いことで有名なギルクリストの手が届くようにするためだ。

三カ月後、ウィラード・ヒルが大統領に選出された。ヒル大統領はエイブラムズ＝ケタリング法案に署名してこれを成立させた。ヒル大統領はシェイン家では好かれていなかった。

ぼくは生まれてからずっとトロフィー部屋と共に暮らしてきたので、それがなにか特別なものだと思ったことはなかった。屋敷にある部屋のひとつで、中に入って遊ぶことを許されなかったから退屈な場所でしかなかった。それに、父はすでに賞というものに飽きて関心をなくしている。ノーベル平和賞を除いて、ほぼ総ざらいしてしまったからだ。来客を楽しませたりイベントの主人役をつとめるとき以外、父がトロフィー部屋に入るのを見たことがない。自分で部屋にものを入れることすらない——母にまかせっきりだ。

もっとも、トロフィー部屋はぼくたちのためにあるわけではない。ほかのあらゆる人びとのためにあるのだ。父は毎日のように百万長者や億万長者を相手にしているが、そういう人びとの自尊心は、社会病質者の一歩手前（ときには大きくそちらへ踏み込んでいる）と言えるほど肥大している。自分のことを羊だらけの宇宙をかき分けて進む最上位の捕食者だと思っているような連中だ。父に連れられてトロフィー部屋に入ると、彼らは目をディナープレートなみの大きさに見ひらき、自分のやってきたことは父の業績に比べたらゴミみたいなものだと気づく。マーカス・シェインよりも興味深い人物は、世界を見渡しても三人くらいしかいないだろう。彼らはそのひとりではない。

だから母は、トロフィー部屋のことをうっかり〝動物病院〟と呼ぶことがある。父がそこで来客の去勢手術をするからだ。

ぼくは動物病院に足を踏み入れて、顎にしびれをおぼえながら、今夜はどんな連中が資金と睾丸を提供するのか見定めようとした。もちろん、すぐに父の姿が目についた。なにしろ六フィート八インチもあるのだ。見逃しようがない。

父のとなりに、もうひとり、まったく予想もしなかった人物が立っていた。飲み物を手に、笑顔で父を見あげている。

それはニコラス・ベルだった。

7

「クリス！」父は声をあげ、いきなり間近に迫ってきたかと思うと、そのままぼくを抱き締めた。「最近はどうしてるんだ、ぼうず」

「父さんに押しつぶされているよ」ぼくが言うと、父は声をあげて笑った。ふたりのあいだのお決まりのやりとりだ。

「みなさんに会いに来てくれてうれしいよ」

「そのことで話がしたいんだけど。なるべく早く」

「わかってる、わかってる」父はそう言ってから、ベルを手招きした。ベルは、飲み物を手に、笑顔のまま近づいてきた。「こちらはルーカス・ハバード、アクセレラント・インベストメンツの会長でありCEOでもある」

「こんばんは、クリス」ハバード／ベルが言って、手を差し出してきた。「会えてうれしいです」

ぼくは握手をかわした。「こちらこそ。すみません、いまちょっと既視感（デジャヴュ）があったもので」

ハバード／ベルはにっこりした。「わたしもよくあります」彼はグラスを口へ運んだ。スコッチのオンザロックだ。

「すみません。びっくりしただけなので」

「というと、おまえはルーカスがだれなのか知っているんだな」父がぼくたちの謎めいたやりとりをながめながら言った。

「いや、ちがうんだ」ぼくは言った。「というか、そうなんだけど。ミスター・ハバードがだれなのかはもちろん知ってる。ただ、それだけじゃなくて……」ぼくはそこで口をつぐんだ。ヘイデンが統合によって他人の肉体を使っていることをほのめかすのは不作法になる。

「わたしがいま使っている統合者をご存じなんですね」ハバードはぼくの失礼な態度にも寛容だった。

「ええ、そうです。会ったことがあります」

「社交の場で？」

「仕事です。ごく短時間ですが」

「おもしろい」ハバードは言った。かなり見栄えの良い女性が近づいてきてとなりに立った。彼は身ぶりでその女性をしめした。「こちらはアクセレラント・インベストメンツの法律顧問、サミュエル・シュウォーツです」

「以前にお会いしましたね」シュウォーツはまっすぐぼくを見つめて言った。

「おや、そうなのか」ハバードが言った。

「やはり仕事です」ぼくは言った。「やはり短時間でした」

「たしかに」シュウォーツはにっこりした。「初めてお会いしたときは、あなたがだれなのか気づきませんでした。シェイン捜査官。話している途中であなたのことを調べなければなりませんでした。申し訳ありません」

「あやまる必要はないですよ。ぼくはおまけでしたから。そういえば、このまえお会いしたときとは少しばかり見た目がちがいますね、ミスター・シュウォーツ。そういう姿は予想外でした」

シュウォーツは自分の体を見おろした。「そうでしょうね。ヘイデンの中には性別のちがう相手との統合を楽しむ人もいますが、わたしはふだんはそういうことはしません。ただ、今夜はいつもの統合者が使えず、このパーティには間際になって出席することになったので。相手を選んでいられなかったんです」

「それならましなほうですよ」ぼくは請け合った。シュウォーツはまたにっこりした。

「おまえがこちらの方々をわたしよりもよく知ってい

るとは、なんとも複雑な気分だな」父が言った。愛想良く、すらすらと。

「ぼくもちょっと驚いてるよ」

「わたしもです」ハバードが言った。「あなたのお父さんとわたしの歩んだ道程がこれまで交錯しなかったなんて、とてもありえないことのように思えます。もっとも、あちこちにあるオフィスを別にすると、アクセレラント・インベストメンツは不動産の分野ではあまり活動していませんから」

「それはなぜなんだ、ルーカス？」父がたずねた。

「わたしはヘイデンなので、物質世界への関与は控えめになるんだと思います。わたしにとっては優先して考えるようなことではないんです」ハバードは手にしたスコッチで父をしめした。「あなたの領分で競争しないことを気にされたりはしませんよね」

「もちろんだ。まあ、競争は気にならないが」

「それはあなたが競争相手を打ち負かすのが得意だからでしょう」

父は声をあげて笑った。「そうかもしれんな」

「きっとそうですよ」ハバードはそう言ってから、笑顔でぼくに目を向けた。「それはわたしたちふたりに共通しているところですから」

ディナーのためにみなでテーブルについたとき、ぼくはヴァンに連絡をとった。内部音声を使って、よそに注意を向けていることをほかの人たちに悟られないようにした。

ヴァンが応答した。「いま忙しいの」背後が騒がしくて声がよく聞き取れない。

「どこにいるんですか？」ぼくはたずねた。

「バーで、お酒を飲んで、ナンパしてる。つまり忙しいということ」

「ルーカス・ハバードがニコラス・ベルを統合者として使っていることがわかりました」

「どうしてわかったの？」

「たったいま、ディナーの席で目のまえにハバードがすわっているからです――ベルを使って」

「ああ、そう。簡単だったのね」

「どうしましょう？」

「勤務時間外でしょ、シェイン。好きにしたら」

「もう少し興奮してもらえるかと思ったんですが」

「明日、職場でわたしと会ったら、きっと興奮してるから」ヴァンは請け合った。「いま現在は、ほかのことで手一杯」

「わかりました。じゃまをしてすみません」

「ほんとに。でも、ついでだから教えてあげる。死体の件で進展があったの。DNAが戻ってきた」

「だれでした？」

「まだわからない」

「進展があったと言われた気がするんですか」

「そうよ。DNA鑑定ではなにも見つからなかったけど、おそらくナバホ族の血筋だと判明したの。データベースで見つからないのはそれで説明がつくかもしれない。彼がナバホ族で居留地に住んでいたのなら、記録はすべて居留地のデータベースにあるはず。なぜ合衆国のデータベースと自動的にリンクしていないかというと、ナバホ・ネイションが自治権をもっているから。しかも、どういうわけか合衆国政府に不信感をもっているから！」ヴァンの最後の言葉は笑い声に近かった。

「そういうことはよくあるんですか？　たとえ居留地に住んでいるとしても、そこを離れることがあるなら、こちらのデータベースにのるような行動をなにかとるはずです」

「この人は一度も離れたことがなかったのかも。あの世へ旅立つまで」

「そちらに要求はしているんですか？　つまり、ナバホ・ネイションのほうに」

「ええ、うちの科学捜査チームがしてる。DNA、指紋、顔スキャン。ナバホ族がいつそれに取りかかるのかはわからない。彼らがこちらの要求を優先してくれることはまずないから」

テーブルの上座で、父がワイングラスをチンチンと鳴らしてから立ちあがった。

「もう切ります」ぼくは言った。「父のスピーチが始まるので」

「良かった。どのみちもう切るつもりだったから」そう言って、ヴァンは接続を切った。

父のスピーチは、いつもどおりの〝全員が友人のふりをしている資金提供者たちとの親しい交わり〟スピーチで、要するに、うちとけた気さくな口ぶりを保ちながら、同時に、この国と、父のまだ正式には表明されていない上院議員選挙への出馬にとって重要なテーマにもふれるというものだった。聞き手の反応もいつもどおりで、要するに絶好調だった——なにしろ、父はああいう人だし、ハイスクールにいたころからずっと広報活動を続けてきている。もしもマーカス・シェインの語りに魅せられないとしたら、その人はなんらかの社会病質者かもしれない。

ところが、スピーチが締めくくりに入ると調子が変わってきた。父は「エイブラムズ゠ケタリング法がわれわれにもたらした難題とチャンス」について語ったが、ぼくには少しばかり話がずれているように思えた。なぜなら、ヘイデン症候群にかかっているのはハバードとシュウォーツとぼくだけなのだ。そこで、テーブルについているほかの面々について、こっそり顔スキャンをしてみた。彼らのうちの五人は、なんらかのかたちでヘイデン市場をターゲットにしている企業のCEOか会長、あるいはその両方で、ビジネスの拠点をこのヴァージニア州に置いていた。

それで説明がついた。ついでに、父がこのディナーにぼくをどうしても出席させようとした理由も。

となると、当然ながら、ぼくは窮地に置かれているということになる。

「きみはエイブラムズ＝ケタリング法についてどう思っているんだね、クリス？」ゲストのひとりがぼくに問いかけてきた。顔スキャンによればリック・ウィッスン、ラウドン・ファーマ社のCEOであるジム・ブコールドの夫だ。となりにすわっているブコールドが連れ合いにきつい視線を向けたが、ウィッスンはそれを見逃したか、あるいは無視した。今夜、帰宅する車の中でふたりがとても楽しいひとときを過ごすとは思えなかった。

「ぼくの意見が父とまったく同じだとしても、それほど驚かれることはないと思います」ぼくはそうこたえて、会話のボールを父にあずけた。

もちろん、父はやすやすとそれを受け止めた。「クリスが言っているのは、ヘイデンにまつわる話題の多くと同じように、われわれ家族がそれについてたくさん話をしているということです。従って、わたしが最終的に口にすることは、家族三人が長い議論の果てにたどり着いた結論なのです。みなさんもご存じでしょうが、わたしはおおやけにエイブラムズ＝ケタリング法に反対しています。いまでも、そもそも問題ではないことに対するまちがった解決策だと考えています――周知のとおり、グループとしてみれば、ヘイデンが国家経済におよぼす影響は損失よりも貢献のほうが大きいのです。とはいえ、好むと好まざるとにかかわらず、エイブラムズ＝ケタリング法は成立してしまったのですから、いまはこの新しい環境をいかにして利用するかを考えるべきでしょう」

「そういうことです」ぼくはテーブルの上座にいる父をしめした。

「ストライキについてはどう考えているのかな？　それとデモ行進は？」ウィッスンが言った。

「リック」ジム・ブコールドが、せいいっぱい愛想良くたしなめた。

「食事の席で避けるべき話題でもないだろう」ウィッスンは夫に言った。「とにかく、この席では。ここにいるクリスはほんもののヘイデンなんだし」

「この席にいるヘイデンは三人ですけどね」ぼくはハバードとシュウォーツのほうへ顎をしゃくった。

「失礼ながら、ルーカスとミスター・シュウォーツは法律が変わっても実際に影響を受けることはないだろう」ウィッスンが言うと、ハバードとシュウォーツはうっすらと笑みを浮かべた。「しかしきみは、仕事があるし、街中へ出ている。なにか思うところがあるはずだ」

「だれにでも、自分の意見をもつ権利や平和な集会に参加する権利があると思います」ぼくは言った。確信がもてないときは、合衆国憲法の〝言論の自由〟条項に頼るにかぎる。

「あたしが心配しているのはその〝平和な〟という部分なの」テーブルの先でキャロル・ラムが言った。彼女の来訪は駐車係を雇った理由のひとつだった。高齢で、その偏屈なほど保守的な考え方は、いかにもオールドリベラルらしい。「娘に言われたんだけど、DCの警察はこの週末に全部隊を動員しているそうよ。暴動を心配して」

「それはなぜですか、ミズ・ラム？」サム・シュウォーツがたずねた。

「娘の話だと、デモ行進しているヘイデンたちは警察を怖がったりしないの。スリープの体は人間のそれとはちがうから」

「娘さんが心配しているのはロボットの反乱ですね」ぼくは言った。

ラムはぼくに目を向けて、さっと頬を染めた。「そうじゃないの」彼女はあわてて言った。「ただ、これはヘイデンによる初めての大規模な抗議活動でしょう。

ほかの抗議活動とはちがうのよ」

「ロボットの反乱」ぼくはもう一度言って、ラムがますます狼狽（ろうばい）するまえに手で制した。「たしかに、スリープは人間の体とはちがいます。でも、ターミネーターでもないんです。ぼくたちが日常生活を送るために使っているスリープは、強さや機敏さといったさまざまな要素で、人間の体とできるだけ同じレベルになるよう意図的にデザインされています」

「なぜなら、スリープを動かしているのはやはり人間だからだ」父が言った。

「そうです。人間が使うマシンは、自然な人間の能力に制限されているもののほうがいいんです」ぼくは片方の手をあげた。「これはマシンの手で、マシンの腕につながっています。でも、力は人間なみです。怒りにまかせてこのテーブルをひっくり返すことはできません。ナショナルモールを行進するデモ参加者たちも、車を放り投げたりはしないんです」

「それでも、スリープは人間の肉体より頑丈だ」ウィッスンが指摘した。「大きなダメージに耐えることができる」

「では、ひとつ話をしましょう。母さんと父さんはおぼえているよね。八歳のとき、誕生日に新しいバイクを買ってもらったんですが――」

「あら、その話なの」母が言った。

「――当時のぼくは、BMXの曲乗りに目覚めたばかりでした。ある朝、うちの邸内路にスロープを据え付けて、そこからジャンプを繰り返しながら、スピンかなにかをやってのける勇気を奮い起こそうとしていたときのことです。ようやく覚悟が決まったので、思い切りペダルを漕いで、スロープを駆けあがって、いざスピンを決めようとしたら、ハンドルバーを越えてバイクから道路へ投げ出されてしまい、ちょうどそこへ、小型トラックが時速三十マイルでまっすぐ突っ込んできました。ぼくはトラックにはねられ――」

官にスリープを警棒で殴られたくはないんです、警官に車のフェンダーを警棒で叩かれたくないのと同じように。ですから、ロボットの反乱を心配する必要はないと思います。そんなことをするには、ロボットは高価すぎますから」

「トラックにはねられたあとはどうなったんです？」シュウォーツがたずねた。

「しばらくはスリープなしで過ごしましたよ」ぼくが言うと、笑い声があがった。「たしか、走ってきたトラックの運転手が父さんを訴えるとか言ってきたんだよね」

「あの男はわたしに責任があると主張した。わたしがスリープの所有者で、そのスリープが道路に飛び出してきたのだし、自分のほうに優先通行権があったのだからと」

「運転手の言い分は通用しなかったでしょうね。法律上は、個人輸送機は特殊な扱いのマシンになっていま

「その話は大嫌いなのよ」母が言った。父はにやにやしていた。

「——そこで統合が解除されました。衝撃でスリープはばらばらになりました。頭は文字どおりポンとはずれて、となりの家の茂みまで飛んでいきました。なにが起きたのかわかりませんでした。ぼくの感覚としては、すごく強く突き飛ばされて、世界がくるりと回り、そのとたん自分の肉体に蹴り戻されて、いったいなにが起きたんだろうという感じだったんです」

「あれが人間の体だったら、おまえは死んでいた」父が指摘した。

「うん、わかってるよ。この話が出るたびに父さんと母さんに言われたから。ここで言いたいのは」——ぼくはウィッスンに顔を戻し——「スリープは人間の体より頑丈かもしれませんが、それでもダメージは受けるということです。それにスリープは安くありません。車一台なみの費用がかかります。たいていの人は、警

す。過失致死罪にはなりませんが、トラックでスリープをはねたら、人間の体をはねたときと同じ刑罰が適用されます」

「そのとおりだが、この件でわたしの名前をニュースに出したくなかった。だから金で片をつけた。トラックの損害を弁償して、ウィザーズの試合のフロア席チケットをやった」

「わたしにはフロア席チケットなんかくれたことがないのに」ブコールドが言った。

「妙な気は起こさないでくれよ」父が言うと、また全員が笑った。「それに、クリスはいまではＦＢＩの捜査官だ。わたしの息子をトラックではねたら、えらく面倒なことになるぞ」

「もうひとつおぼえているのは、そのあとで手に入れたスリープがひどい欠陥品だったことです」ぼくはそう言って、父に顔を向けた。「なんていうモデルだったかな？」

「メトロ社のジュニア・クーリエ。ほんとにおかしなモデルだった」

「おやおや」ハバードが言った。「メトロ社はアクセレラント社の子会社ですよ」

「そういうことなら」ぼくは言った。「あなたの責任ですね」

「しかたがない。もっとも、いまの話は二十年まえのことでしょう？」

「おおむね」

「それなら、まだうちの子会社ではないですね。買収したのは十八年まえですから。いや、十七年か。十七年だったな？」ハバードがシュウォーツを振り返ると、弁護士は驚いた顔をした。ハバードはいらっとした表情を見せたが、手を伸ばして元気づけるように相手の手を軽く叩いた。「十七年です」彼はきっぱりと言った。「あそこを買収したのは、クーリエやジュニア・クーリエを含めた各モデルの売れ行きが悪化して、株価が下落したからです」

「そうでしょうね。あれはぼくたちが買った最後のメトロ社のモデルでした」

「いまではずいぶん改良されているんですよ。試しに使ってみたいというなら、最新モデルを送ってもかまいませんが」

「ありがとう。でも、これを買ったばかりなので」ぼくは660XSを身ぶりでしめした。「いまは購入意欲はないです」

ハバードはにっこりした。「妙な感じですね、うちはちょうどシブリング゠ウォーナー社と合併について協議を始めたところなので」

「今朝のワシントンポスト紙でその話を読んだな」父が言った。

「あの記事の不正確さはわずか六〇パーセントほどでしたよ」ハバードが言った。

「あ、そうか」ぼくはそう言って、シュウォーツに目を向けた。

「なんです？」シュウォーツはたずねた。

「だからあなたはエイジャックス370を使っているんですね。市場調査のために」

シュウォーツはぼくをぽかんと見つめた。

「察しがいいですね」ハバードが言った。「たしかに、サムはいくつかのモデルを試してきました。うちのスタッフの何人かといっしょに。実際に体験してみるというのはやはり意味があることです」

「これはエイブラムズ゠ケタリング法と関係があるのか？」父がたずねた。「今回の合併話は」

「いくらかは。政府からヘイデンたちに出ている助成金が今年いっぱいでなくなりますので、目下のところ、うちでは売れるだけのスリープを売りさばこうとしています。しかし、一月になったら市場全体が縮小するでしょう。合併はそれに対する防衛策です。ただ、わたしはシブリング゠ウォーナー社の研究開発プログラムにも関心があります。なかなかおもしろいことをしているんですよ」ハバードはぼくに顔を向けた。「いま、彼らは味わいに関する画期的な研究を進めています」

「美術品とかの味わい？　それとも、食べ物を味わうほう？」ぼくはたずねた。

「食べ物を味わうほうです。スリープの味覚の開発があまり進んでいないのは、実用性がないからです。スリープは食べる必要がありませんから。しかし、食べられないままにしておく理由はありません」ハバードは、ぼくのまえにならんでいる空っぽの食器一式を指さした。「あなたがこうしてテーブルについているのも、実際に食事をしていればもっと自然になるでしょう。ただすわっているのではなく」

「正確に言うと、ぼくは食べているんですよ。別の部屋で」〝チューブをとおして〟ということは口に出さなかった。ディナーの席の会話としてはいささか暗いかもしれないからだ。「それに、椅子のクッションには誘導式充電器が組み込まれています。言ってみれば、スリープも食べているわけです」

「たとえそうでも、クリス、あなたとご家族の大きな目標のひとつは、人びとにスリープを人間と認めさせることでしょう。立派な仕事ぶりではありますが、やるべきことはまだまだたくさんあります」ハバードはキャロル・ラムを身ぶりでしめした。急に注目されて、彼女はびっくりしたようだった。「ついさっきも、わたしたちの同業者の娘さんがそのことを実感させてくれたではないですか。スリープが席について実際に食事をするようになれば、人間らしさをさらに高めることができるんです」

「そうかもしれません」ぼくは言った。「ひとつ気になるのは、料理を味わったあと、食べたものがどこへ行くのかということですね」

「ヘイデンを人間らしくするなら、もっといい方法があるぞ」ブコールドが言った。「たとえば、彼らに肉体を返すとか」

ハバードはブコールドに注意を移した。「ああ。なるほど。ジム・ブコールド。このテーブルでただひとり、ビジネスがエイブラムズ＝ケタリング法の影響を受けない方ですね」

「議会がヘイデンに関する医学研究レベルを百パーセント維持していることについては、きみだって批判できないだろう」ブコールドは言った。「われわれはその問題を解決しようとしているんだよ、そこから利益を得るのではなく」

「それはご立派なことです」ハバードは言った。「ただ、ラウドン社のこのまえの四半期の業績を見せていただきました。けっこうな利益が出ていますね」

ブコールドはぼくに顔を向けた。「クリス、ひとつ質問させてくれ」そう言って、ぼくの空っぽの皿を指さす。「きみは食べ物をどうやって味わいたい？ スリープを通じて？ それとも自分の舌で？」

今度はウィッスンが夫にきつい視線を向ける番だった。むりもない。この議論はどうやってもぎくしゃくしたものになってしまうはずだった。

だが、ぼくが返事をするまえに、ブコールドは話を続けた。「われわれはヘイデン症候群の患者を解放（アンロック）するための研究に取り組んできた。食べることをシミュレートするだけではなく、ヘイデンたちに基本的な肉体の完全性を取り戻させて、嚙んだり飲み込んだりといった行為ができるようにするのだ。肉体を解放して、彼らを連れ戻し――」

「どこから連れ戻すというんですか、具体的に？」ハバードが言った。「合衆国だけで五百万、全世界で四千万の人びとが属するコミュニティから？ 物質世界と交流はあるけれど独立していて、独自の懸念と、関心と、経済活動がある文化から？ 大勢のヘイデンには物質世界の記憶がまったくないということはご存じですよね？」ハバードはぼくを指さした。「ここにいるクリスは二歳のときにロックインに陥りました。あなたは二歳だったときのことをなにかおぼえていますか、ジム？」

ぼくは父に目を向けたが、キャロル・ラムとぼくの母を相手に別の議論の真っ最中だった。こちらでは助けになりそうもない。

「きみは肝心な点を見落としている」ブコールドが言った。「われわれが提供しようとしているのは選択肢だ。ヘイデンたちが日々耐えている肉体的拘束から自由になるための能力なのだ」

「わたしが拘束されているように見えますか？」ハバードが言った。「クリスは？」

「ぼくはここにいますよ、みなさん」ぼくは言った。

「では教えてください、あなたは拘束されていると感じますか？」ハバードがぼくにたずねた。

「そうでもないですね」ぼくは認めた。「ただ、あなたが言ったように、比較するための基準があまりないので」

「わたしにはあります。ロックインに陥ったとき、わたしは二十五歳でした。それ以来やってきたことは、だれにでもできることでした。だれもがやりたがることでした」

「それをやるためには他人の体を借りなければならないだろう」ブコールドが言った。

ハバードはにやりと笑って、歯を見せた。「わたしが他人の体を借りるのは、自分がヘイデンではないふりをするためではないんです、ジム。わたしが他人の体を借りるのは、そうしないと一部の人びとはわたしが人間であることを忘れてしまうからです」

「だからこそ治療が必要なんだろう」

「いいえ。ありのままに受け入れられないからといって相手を変えようとするのは、本来やるべきことではありません。やらなければいけないのは、人びとに現実を直視させることです。あなたは〃治療〃と言いますが、わたしには〃きみはまともな人間ではない〃と言っているように聞こえます」

「おいおい、それはないだろう、ハバード。だれもそんなことは言ってないし、きみもそれはわかっているはずだ」

「そうですか？　これはきちんと考えるべきことなんですよ、ジム。いま現在、ヘイデン研究推進法によって実現したニューラルネットワークやスリープを初めとするあらゆる技術革新は、ヘイデンのためだけに活用されています。これまでのところ、食品医薬品局がそれらの使用を認めているのはヘイデンだけです。しかし、対麻痺や四肢麻痺の患者たちはスリープによって恩恵を受けることができます。運動能力に問題をかかえているほかのアメリカ人たちも同じです。さまざまな面で身体機能が衰えている高齢のアメリカ人たちだってそうです」

「食品医薬品局がスリープの使用をヘイデンの患者だけに認めているのは、第二の脳を人間の脳に押し込むのが本質的に危険なことだからだ。ほかに選択肢がないからそうするんだ」

「しかし、その選択肢はほかのだれにでもあたえられるべきなんです。これからはようやく、人びとがそれらのテクノロジーを利用できるようになります。エイブラムズ＝ケタリング法が、ほかのさまざまなことと同時に、これらのテクノロジーをより多くの人びとに届けるための道をひらきました。将来的にはもっと大勢のアメリカ人がこれらのテクノロジーを活用するでしょう。何百万という単位で増えるはずです。そうなったとき、ジム、あなたは彼らを否定して軽んじるのですか？」

「きみはわたしの話を聞いていないみたいだな」

「ちゃんと聞いていますよ。あなたに知ってほしいのは、わたしにはそれが偏狭な考えに聞こえるということなんです」

「やれやれ。あの腹立たしいカッサンドラ・ベルとかいう女みたいな口ぶりだな」

「うわ」ぼくは言った。

「なんだ？」ブコールドがぼくに顔を向けた。

「いえ」ぼくは口ごもった。

「クリスはあなたに話したくないんですよ」ハバードが言った。「わたしが今夜使っている統合者がニコラス・ベル——つまりカッサンドラ・ベルの兄だということを。わたしとしては、それをあなたに話してもいっこうにかまわないんですが」

ブコールドは無言でハバードを見つめてから、口をひらいた。「まさかそんなバカげた——」

「ジム」ウィッスンが口をはさんだ。

「なにも問題はないかね？」父がようやくテーブルのこちら側へ注意を戻して呼びかけてきた。

「なにも問題はないよ、父さん」ぼくは言った。「ただ、ジムのほうでいくつか質問があって、父さんにじかに聞いてもらうのがいちばんだと思うんだ。キャロルがちょっとだけ席を替わってくれたらうれしいんだけど」

「もちろんかまわないわ」キャロル・ラムが言った。

「よかった」ぼくはブコールドに目を向けて、彼が意図を察してくれるか、せめて、父と差しむかいで話す時間をもらえたのをぼくに感謝してくれることを期待した。ブコールドはそっけなくうなずいて、立ちあがり、ラムと席を替わった。

ハバードが身を寄せてきた。「ナイス」彼はとても静かな声で言った。

ぼくはうなずき、顎をさすった。痛みがぶり返していた。どうやら奥歯のせいではなさそうだ。

内蔵電話の呼び出し音が鳴った。ぼくは内部音声で応答した。「はい」

「シェイン」ヴァンが言った。「いまリーズバーグからどれくらいのところにいる？」

「十マイルくらいです。なぜですか？」

「ラウドン・ファーマ社というのを知ってる？」

「実を言うと、その会社のＣＥＯとその夫といっしょに夕食をとっています。なぜです？」

「そこが爆発したの」

「は？」ぼくはブコールドに目を向けた。父のそばで熱心に話し込んでいる。

「爆発したのよ」ヴァンは繰り返した。「しかもヘイデンが関与しているみたいなの」

「冗談でしょう」

「だったらいいんだけどね。それならあなたのところへ向かう代わりにナンパしてるわ。いますぐそこを出て。現場のマップを作成してデータを集めなさい。わたしは四十分ほどでそっちに着くから」

「ジム・ブコールドにはなんて言えば？」

「その人がＣＥＯなの？」

「ええ」そう言ったとき、ブコールドが自分のスーツのポケットから電話を取り出すのが見えた。「ちょっと待って、彼にも伝わったかもしれません」

ブコールドがぱっと立ちあがり、電話を耳に当てたまま部屋から駆け出していった。リック・ウィッスンがきょとんとした顔でそれを見送っていた。

「はい」ぼくは言った。「伝わりました」

8

ラウドン・ファーマ社の敷地はふたつの大きなビルで占められていた。ひとつはオフィス棟で、経営幹部や、中間管理者や、サポートスタッフや、現地代理人や、DCおよびリッチモンドを担当する社内ロビイストが勤務していた。もうひとつは研究棟で、科学者と、IT関係者と、それぞれのサポートスタッフが勤務していた。

オフィス棟は廃墟だった。建物の東側の窓はすべて割れて、壁から落下していた。ほかの窓も、程度の差こそあれ、そのほとんどがダメージを受けていた。たくさんの書類が穴からただよい出て、空中をひらひらと舞ってから、ふたつのビルをへだてる薄暗い大通りに降り積もっていた。

研究棟はほぼ消え失せていた。

ラウドン郡のあらゆる場所からやってきた消防車がその瓦礫(がれき)の山を取り囲み、消防士たちがなにか消すものはないかと探していた。消すべきものはほとんどなかった。爆発でビルそのものが崩れ落ちて、火がつきそうなものを埋め尽くしていた。救急隊員がビルの残骸の中を歩き回り、スキャナを使って、ラウドン・ファーマ社のスタッフがつけている無線ID付きの社員バッジを見つけようとしていた。

六枚のバッジからピンがあったが、いずれも清掃作業員のものだった。救急隊員たちは甲虫ボットと蛇ボットを投入し、残骸の中をバッジのあるところまで走らせて、それを着けている者がまだ生きているかどうかを確認した。

だれも生きていなかった。

「警備員が見たのがこれです」ぼくはヴァンに言った。

そこは彼女の車の中で、ぼくは映像をダッシュボードに表示させていた。ヴァンは一本のタバコを鬼のように吸いまくっていた。性的欲求不満の副作用かもしれなかったが、いまはそんな質問をする状況ではなかった。ぼくは自分の側のドアを開けっ放しにして煙を外へ流していた。

ダッシュボードでは、警備所のカメラが撮影した映像の中で、一台のSUVが加速して駐車場に進入してから、ゲートを突破して、それをへし折っていく様子が映し出されていた。

「早戻しをしてゲートをへし折る直前で止めて」ヴァンが言った。ぼくがそのとおりにすると、彼女は映像を指さした。「ナンバープレートと顔」

「見えますね」ぼくは言った。「ただ、どちらもSUVが突破したときにピンを打った無線IDバッジとは一致しませんでした」

「バッジはだれのものだったの？」

「カール・ベア。遺伝学者です。研究所で働いています。しかもヘイデンで、そのためにこちらにピンが来たんです」

「SUVを運転しているのはスリープではない。となると、この人物がベアのIDを盗んだことになる。でも、そんなことをしておきながら、どうしてゲートを突破したりしたのかな？」

「研究所の地下の駐車場に車を入れるにはIDが必要です。スタッフ用の駐車場は建物の中。来客用の駐車場は外にあります」

「爆薬を満載したSUVは、建物のとなりよりその地下にあるほうがはるかに効果を発揮すると」

「はい、そういうことだと思います」

「それが盗まれたIDだとしたら、わたしたちはここにいる必要があるの？　まだ？」

ぼくはちょっと口をつぐんで、なぜそんな質問をするのだろうと考え、そこで思い出した。いまとなってはとても信じられない気がするが、ヴァンと組んだ最初の日はまだ終わっていないのだった。彼女はいまもぼくをテストしているのだ。

「ええ、いるべきでしょう」ぼくは言った。「第一に、ベアのことを調べて、IDが盗まれたものだと確かめなければなりません。第二に」——ゲートを突破しようとしているSUVの映像をまた指さし——「このSUVの所有者がジェイ・カーニーだという事実があります」

「わたしがジェイ・カーニーが何者か知っているはずだという？」

「そうかもしれません。彼は統合者です。いえ、統合者でした」

ヴァンはもう一度だけタバコを吸ってから、ウィンドウのガラスでそれをもみ消した。「カーニーのはっきりした写真を見せて」

ぼくはカーニーの統合者免許証の写真をダッシュボードに送り、それをSUVを運転している人物の映像のとなりにならべた。ヴァンは身を乗り出して写真をしげしげと見た。

「どう思いますか？」ぼくはたずねた。

「可能性はある。可能性は」ヴァンはダッシュボードのむこうへ目をやり、崩壊したビルと、警官や消防士や救急隊員がひらめかせるライトを見つめた。「もうこの男は発見されたの？」

「彼らがこの男を探しているとは思えません。探しているのは清掃作業員です。どのみち、SUVが爆発したときにこの男が中にいたとしたら、いまごろは地下駐車場全体に灰となって降り積もっているはずです」

「この情報をもうだれかに伝えた？」

「ここにいる人たちはだれもぼくと話すことに興味がないんです。ぼくの担当はヘイデンで、テロ対策ではありませんから」そう言ったとたん、遠くで響くヘリコプターの音がだんだん大きくなってきた。

「あれがテロ対策チームかも」ヴァンが言った。「派手な登場をするのが好きだから」

ぼくは映像を身ぶりでしめした。「ぼくがこれを受け取ったのは、リーズバーグの警官たちやラウドン郡の保安官たちが受け取ったのと同じときでしたが、彼らはまだ見ていないんじゃないかと思います」

「わかった」ヴァンはスクリーンの映像をワイプして消した。「車はどこに停めてるの？」

「車はありません。CEOのジム・ブコールドに乗せてきてもらいました。あそこでリーズバーグの警官たちに怒鳴ってますよ」

「よし」ヴァンはエンジンをかけた。

「どこへ行くんですか？」ぼくは自分の側のドアを閉めた。

「カール・ベアのところ。住所を引き出して」

「令状は必要ですか？」ぼくは住所を引き出しながらたずねた。

「話をしたいだけで、逮捕するわけじゃないから。でも、カーニーの記録の捜査令状はほしいかな。彼がだれと統合していたのかを知りたい。ニコラス・ベルの記録も引き出せるかどうかやってみて。一日のうちにふたりの統合者が殺人にかかわった可能性があるというのは、ちょっと多すぎる気がする」

カール・ベアの住まいは、リーズバーグにある小さな灰色のマンションで、となりにはスーパーマーケットと〈インターナショナル・ハウス・オブ・パンケーキ〉がならんでいた。部屋は一階の端で、階段の下の奥まったところに入口があった。ノックしても応答はなかった。

「彼はヘイデンですよ」ぼくは指摘した。

「ここで暮らしているならスリープがあるはず」ヴァンが言った。「ラウドン・ファーマ社で社員バッジをつけているなら、やっぱりスリープがあるはず。玄関へは出てこられる」そしてもう一度ノックした。

「裏へ回って窓から部屋をのぞけるかどうか見てきます」しばらく待ってから、ぼくは言った。

「そうね——いえ、待って」ヴァンはドアノブを試してみた。それは抵抗なく回った。

「ほんとに入るつもりですか？」ぼくはドアノブを見つめながら言った。

「ドアは開いていた」

「ドアは閉じていました。ロックされていなかっただけです」

「記録してる？」

「いまですか？　いいえ」

ヴァンはドアを押し開けた。「ほら、開いてる」

「あなたは合衆国憲法にのっとった堅実な公務執行の模範なんでしょう」ぼくはこの日ヴァンが口にした台詞を繰り返してみた。

ヴァンはにっと笑った。「行くよ」


カール・ベアは寝室にいて、ナイフを脳に突き立てられていた。一体のスリープが彼のクレードルの脇に立ち、ベアのこめかみに刺さったナイフの取っ手をつかんでいた。

「うわっ」ぼくは言った。

「窓のブラインドを開けて」ヴァンが言った。ぼくは指示に従った。「だれかにきかれたら、あなたが裏へ回って、窓からこれを見たあとで、ふたりで部屋に踏み込んだことにして」

「なんだかいい気持ちがしないんですが」

「いい気持ちになるようなことがある？　もう記録してるの？」

「いいえ」

「始めて」

「記録してます」

ヴァンは照明のスイッチに近づき、肘でぱちんとつけた。「マップを作成して」ぼくが作業をしているあいだに、彼女は両手に手袋をはめた。マップの作成が終わると、ヴァンはベアのクレードルの脇にあるテーブルに近づき、タブレットを取りあげてスクリーンをつけた。

「シェイン」ヴァンはタブレットを裏返して、ぼくにスクリーンを見せた。ジェイ・カーニーの姿が映っていた。

「ビデオですか？」

「そう」ヴァンはスクリーンを自分のほうに向け直した。ぼくがそばへ行くと、彼女は〈再生〉を押した。

スクリーンでジェイ・カーニーが動き出した。彼がタブレットを持っているので、カール・ベアといっしょにカメラにとらえられていた。

「わたしはカール・ベア」カーニーが言った。「自分自身と、いま統合されている親友のジェイ・カーニーを代表して話している。この八年間、わたしはラウドン・ファーマ社で、遺伝学者として、ヘイデン症候群の影響を元に戻すことを目指すチームの一員として働いてきた。

ラウドンに来たとき、わたしは自分のやっていることがヘイデンのためになると信じていた。わたしたちはみんな、望んで自分の肉体に閉じ込められたわけじゃない。とにかくわたしは望まなかった。この病気にかかったときは、まだ十代で、大好きだったあらゆる活動を奪われてしまった。ヘイデン症候群が人生にもたらした変化を元に戻すために働くというのは、わたしにとっては意味のあることだった。新しい人生を手に入れるチャンスがほしくてたまらなかった。

だが、時がたつにつれて、ヘイデンは終身刑とはちがうとわかってきた。それはもうひとつの生き方でしかない。何百万人ものヘイデンが、独自の空間で、独自のやりかたで築いている世界のすばらしさが見えてきた。そしてカッサンドラ・ベルの言葉を聞くようになった。彼女によれば、わたしのように、ヘイデン症候群の〝治療〟にあたる人びとは、実際には、人類がこの数世紀で初めて実現した新国家を破壊していることになる。

そのとおりだ。わたしたちは破壊者だ。わたしは破壊者だ。ただちに阻止しなければ。

これはわたしがひとりでできるようなことではない。幸いなことに、友人のジェイもカッサンドラの言葉を信じていて、わたしを手伝ってくれる。ほかにも、名前は出さないが、物資や作戦計画の提供で協力してくれた人たちがいる。そしていま、計画を実行に移すための準備はすべてととのった。ジェイとわたしとでやるつもりだ。ジェイが自分の役目を終えたら、わたしはここへ戻ってきて、いっしょに旅路の次の段階へ乗り出すつもりだ。きみがこれを見ているとすれば、わたしがそれをどうやったかはわかるだろう。

家族と友人たちに伝えたい。わたしの行動は――わたしたちの行動は――理解しがたいものに思えるかもしれない。一部の罪のない人びとが怪我をしたり、死んだりする可能性があることもわかっている。それについては申し訳なく思うし、今夜愛する人を失う人たちにはあやまりたい。ただ、その人たちにもわかってほしいのだ。もしもわたしがいま行動を起こさなかったら、ラウドン・ファーマ社がやっていることが、いずれすべての人びとを滅ぼすことになる。〝善意〟による大量虐殺だ。

ラウドン・ファーマ社の同僚たちに。きみたちはわたしに腹を立てるだろう。わたしの行為により、きみたちの仕事や研究は何年も後退することになるのだから。だが、これだけはお願いしたい。その時間を使って、自分たちのやっていることがどのような結果をもたらすか考えてほしい。わたしと同じように、カッサンドラ・ベルの言葉を読み、耳をかたむけるのだ。わたしは彼女が語ることを信じている。彼女を信じている。今日のわたしの行動は彼女の理念に従ったものだ。

きみたちもいつか同じように行動してくれるだろうと信じている。
さようなら、すべてのヘイデンたちに幸あらんことを。わたしはきみたちと共にいる、いつでも」

「なにもかもまるで筋がとおらない」ジム・ブコールドが言った。

ぼくたちはリーズバーグの郊外にあるブコールドとウィッスンの自宅にいた。リーズバーグの警察、ラウドン郡の保安官、そしてFBIは、自分たちの作業を円滑に進めるために、ブコールドをラウドン・ファーマ社の敷地からなかば力ずくで連れ出さなければならなかった。そのため、ブコールドは自分が役立たずになったような気分で、居間をうろうろと歩き回っていた。ウィッスンは飲み物を用意して夫を落ち着かせようとした。それは手つかずのままテーブルに置かれていた。結局、ウィッスンが自分でそれを飲んだ。

「なぜ筋がとおらないの？」ヴァンがたずねた。

「なぜなら、カールはニューロリースの研究主任だったんだ」

「それは？」ヴァンが説明をうながした。

「われわれが開発している、ヘイデン症候群の犠牲者の随意神経系に刺激をあたえる薬だ」ブコールドは言った。ぼくはこの文脈で〝犠牲者〟という言葉が使われたことに、なんとなくいらだちをおぼえた。「ヘイデン症候群は、脳が随意神経系に指令を出す能力を抑制する。ニューロリースは脳を刺激して、神経系への新しい経路を発達させる。チップの試験は完了していて、遺伝子操作されたマウスで実験を進めていた。進展は遅かったが、有望だったんだ」

「〝ニューロリース〟というのは実際の化学物質のことですか？」ぼくは質問した。

「それは薬で使う予定にしているブランド名だ」ブコールドは言った。「化学化合物の実際の名称は百二十字の長さがある。いちばん最近のバージョンは——カールが取り組んでいたやつだが——社内記録用としてLPNX‐211と呼ばれていた」

「そして、ドクター・ベアが自分が開発している薬に対して道徳的反感をいだいている様子はまったくなかったと」ヴァンがたずねた。

「もちろんだ。それほど多くの時間を共に過ごしたわけではないが、わたしの知るかぎり、カールが入れ込んでいたのは自分の仕事とノートルダム大学のフットボールチームだけだった。学部生時代をそこで過ごしたんだ。プレゼンテーションのときには、チームにまつわるスライドを必ずまぎれ込ませていたよ。わたしが大目に見ていたのは、彼が仕事でそれだけ優秀だったからだ」

「ジェイ・カーニーとの関係は？」ぼくはたずねた。

「だれだって？」

「ベアが車を運転して駐車場に入れたときに体を使ったと思われる統合者よ」ヴァンが言った。

「聞いたことがないな。カールは仕事ではいつもスリープを使っていた」

「カーニーが仕事以外の場でベアと統合しているのを見たことがありますか？」ぼくはたずねた。

ブコールドはちらりと夫に目を向けた。

「わたしたちは厳密には同じ社会集団で活動していたわけではない」ウィッスンが言った。「ジムにはスタッフと必要以上に親しくしないよう勧めている。友人ではなくボスとみなされるほうがいいので」

「つまり返事はノーなのね」ヴァンが言った。

「カールがヘイデンだから——だったからというわけではないぞ」ブコールドはそう言って、ぼくに顔を向けた。「わたしはすべての従業員を平等に扱う。人事部にコンプライアンス担当者を置いて、それを徹底させているんだ」

「信じますよ」ぼくは言った。

「そうは言っても、きみは今夜、あのハバードの野郎がわたしを批判するのを聞いていたからな。うちのスタッフにはヘイデンの研究者が十五人いる。もしも彼らが、わたしに人間以下の存在として扱われていると か、われわれの研究がヘイデンに害をなすとか思っていたとしたら、そもそもうちに残っているはずがないだろう」

「ミスター・ブコールド」ぼくは片手をあげた。「ぼくがここにいるのは、あなたを裁くためではありません。父のところへ駆け戻ってあなたのことを耳打ちするためでもありません。ぼくがここにいるのは、あなたの会社の爆破事件を捜査するためです。現時点での第一容疑者はあなたのところの従業員です。われわれが関心をもっているのは、彼がほんとうに爆破犯なのか、そしてなぜ犯行におよんだのかを突き止めることだけです」ブコールドはこれを聞いて少しだけ落ち着いたようだった。

そのとき、ヴァンがまたもや緊張をあおる発言をした。「ドクター・ベアはカッサンドラ・ベルについてなにか話していたことがある？」

「なんでカールがそんなことをしなけりゃならないんだ？」

「ジム」ウィッスンが言った。

「いや」ブコールドは夫にちらりと目を向けながら続けた。「カールがカッサンドラ・ベルの話をするのは聞いたことがない」

「彼のまわりの研究者たちは？」ヴァンが言った。

「カッサンドラ・ベルについてふつうに話が出ることはあるさ。われわれの研究に反対していると報じられているからな。必要不可欠な動物実験に対する抗議デモのように、デモ隊が押し寄せてくるんじゃないかといつも思っていた。だが、実際にはそんなことはなかったから、本気であの女のことを気にしていた者はいなかったと思う。なぜだ？」

ぼくはヴァンに目を向けて指示を仰ごうとした。ヴァンはうなずいた。「ドクター・ベアは遺書を残していました」ぼくは言った。「その中でカッサンドラ・ベルについて語っていたんです」

「どんなふうに？　あの女がこの件にからんでいるのか？」ブコールドは言った。

「そう考える根拠はないわ」ヴァンが言った。「でも、手掛かりはすべてたどる必要があるから」

「こういうことが起こると思ってたんだ」

「どういうことが起こると思っていたんです？」ぼくはたずねた。

「暴力だよ。リックに聞いてくれ。あのバカどもがエイブラムズ＝ケタリング法を成立させたとき、わたしは遅かれ早かれ混乱が起きると言ったんだ。政府の乳を吸っていた五百万もの人びとを街中へ蹴り出しておきながら、なんの争いもなしですませられるわけがない」ブコールドはぼくに目を向けた。「気を悪くしないでくれよ」

「大丈夫です」ぼくは言った。まったく大丈夫というわけではなかったが、聞き流すことにした。「これでどれくらい遅れることになるんでしょう？」

「われわれの研究のことか？」

「はい」

「何年も遅れるだろうな。研究室には、ほかのどこにもないデータがあった」

「データの多重コピーをとっていないんですか？」

「もちろんとっているさ」

「それをネットワークから戻すわけにはいかないんでしょうか？」

「わかってないな。ほんとうに重要なものはネットワークにあげたりはしない。そんなことをした瞬間にハッキングが始まる。ダミーのサーバーを設置して、そこに暗号化した猫の写真を入れ、そのことをだれにも伝えないでおいたらどうなるか。四時間もたたないうちに、中国とシリアのハッカーどもがプロテクトを破ってしまうんだ。機密データを外部からアクセス可能なサーバーに置くのは愚か者のすることだよ」

「すると、データはすべて社内に置いてあったんですね」

「そうだ。社内用のサーバーに多重化して置いてあったんだ」

「ファイルの保管庫は？」ヴァンが言った。「ネットワークから切り離された場所でデータを保管していたとか」

「もちろん、それもやっている。構内の金庫室に保管してあった」

「じゃあ、そのすべてが——社内用サーバーのデータもファイル保管庫のデータも——研究棟といっしょに壊滅したと」ヴァンはちらりとぼくを見た。その目つきは、〝なんてずさんな連中なの〟と語っているように思われた。

「そのとおり」ブコールドは言った。「メールやオフィス棟のコンピュータに残っている最近のデータをつなぎ合わせることはできるだろう。もしも爆風や消火システムで壊されていなければ。しかし、現実的に考えれば、何年分もの研究成果が失われた。消えたんだ。破壊されたんだ」

「ほら、見て、真夜中ですよ」ぼくはヴァンに言った。車で家に送ってもらうところだった。「ぼくの実質的な勤務初日が終わりました」

ヴァンは笑みを浮かべ、その拍子にくわえたタバコが上下に揺れた。「正直に言うとね。たいていの勤務初日より少し忙しかった」

「明日が待ちきれないですよ」

「それはどうかな」ヴァンは唇から煙を垂れ流した。「そいつが命取りになるって知ってますか？ 喫煙ですよ。もうだれも吸わなくなったのには理由があるんです」

「わたしが吸うのには理由があるの」

「へえ？　どんな理由です？」

「ふたりの関係に少しは謎を残しておいてもいいんじゃない」

「仰せのままに」ぼくはそう言いながら、これが適度な軽口でありますようにと願った。ヴァンがまた笑みを浮かべた。ぼくに得点1。

電話が鳴った。トニーからだ。「くそっ」

「どうしたの？」

「今夜、新しいハウスメイトになるかもしれない相手と会うことになっていたんです」

「わたしに一筆書いてほしい？」

「いいですねえ。ちょっと失礼」ぼくは回線をひらいて内部音声で応じた。「やあ、トニー」

「みんな、今夜のうちにあんたが寄ってくれるかもしれないと期待していたんだよ」トニーが言った。

「ああ、そうだったね」

「けど、そのあとで、ラウドン・ファーマ社の爆発を見て、これはテロリストの陰謀かなにかかもしれないとなって、おれは考えた――今夜のクリスはちょいと忙しいかもしれないぞと」

「わかってくれてありがとう」

「刺激たっぷりの一日を過ごしたみたいだな」

「想像もつかないと思うよ」

「じゃあ、締めくくりに少しだけいい知らせを教えてやろう。グループは欠席裁判によりあんたを立派な同居人となる可能性が高い罪で有罪とした。あんたはマンションで最高の部屋に収監されることになる。あんたの魂に神のお慈悲がありますように」

「そりゃすごいな、トニー。いや、ほんとに。感謝するよ」

「そう言ってもらえて良かった。ほかのみんなも、あんたが家賃を払ってくれるおかげで通りへほうり出されずにすむから感謝してる。だからおあいこだな。いまハウスコードを送ってる。入居したあとで変えてしまえば、だれにも知られることはない。最初と最後の賃料と保証金は受け取ったから、準備はＯＫだ。いつでも引っ越してきてかまわないぞ」

「たぶん明日だな。もう両親の家の近くに来てるから。今夜はこっちで泊まるよ」

「そりゃいい。じゃあゆっくり休んでくれ。疲れ切った声をしてるぞ。おやすみ」

「おやすみ」ぼくはそう言って、ふたたび外部音声に切り替えた。「マンションが決まりました」

「それはなにより」ヴァンが言った。

「実際にはインテンショナル・コミュニティの一室なんですが」

「へえ、あなたはヒッピーには見えないのに」

「これから努力します」

「お願いだからやめて」

9

翌朝は、ＤＣのすべての道路が午前五時三十分からずっと渋滞していた。百人を超えるヘイデンの長距離トラック運転手たちが、都市域を取り巻く州間高速（インターステート）の環状線に乗り込み、それぞれのトラックを自動運転システムに最大限の混乱を引き起こすようデザインされた幾何学的パターンに配置したうえで、時速二十五マイルで走行させたのだ。通勤者たちはいつも以上に詰まっている環状線にうんざりして、手動運転に切り替え、妨害を回避しようと試みて、当然のごとく事態をますます悪化させた。七時になるころには、環状線は完全に身動きがとれなくなっていた。

そのあと、さらにお楽しみを追加しようと、ヘイデンのトラック運転手たちは州間高速66号線とヴァージニア州へつながる有料道路を封鎖した。

「出勤三日目にして遅刻とはね」ヴァンが、自分のデスクから、オフィスにたどり着いたぼくに呼びかけてきた。彼女は自分のとなりのデスクを指さし、そこがこれからはぼくのデスクだと教えた。

「今日はみんな遅刻ですよ」ぼくは言った。「その点は考慮してもらわないと」

「それはそうと、ポトマック・フォールズからどうやって来たの？　お父さんのヘリコプターを借りたのかな。それだと話の種になるんだけど」

「偶然ながら、父はほんとうにヘリコプターを持っています。というか、父の会社が。でも、うちの近所は着陸が許可されていなくて。だから、ちがいます。メトロのスターリング駅で車を降りて、そこから地下鉄で来ました」

「そっちはどうだったの」

「不快でした。ものすごく混んでいて、しょっちゅういやな目で見られました。道路が使えないのはぼくのせいだと言わんばかり。あやうく口走るところでしたよ――ねえ、みなさん、これがぼくのせいだとしたら、みなさんといっしょにこんな地下鉄に乗っているはずがないでしょうって」

「この騒ぎのおかげで長い一週間になりそうね」

「人びとを怒らせなかったら効果的な抗議活動にはなりませんからね」

「わたしは効果的じゃないとは言ってない。共感していないとすら言ってない。ただ、長い一週間になるというだけ。さあ。科学捜査チームからいくつか知らせが届いているわよ」

「どんな知らせです？」

「例の死体について。身元が判明した。どうやら、ほかにもなにかあるみたい」

「まず最初に」ラモン・ディアズが言った。「もはや謎ではなくなった、ジョン・サニを紹介しよう」

ぼくたちはイメージング・ルームを再訪し、死体安置所の安置台に横たえられたサニの、実物よりも大きい、詳細な画像をながめていた。現場の捜査官が監察医の熟練の技を見るなら、このほうがずっと明瞭だし、作業のじゃまにもならない。ディアズが投影しているモデルは、監察医がスキャンしたり切りひらいたりした部分を好きなように操作して調べられるようになっていた。いまの段階では、すでに切られている首の部分を除けば、どこにもメスが入っているようには見えなかった。これは〝覆い〟のスキャンだ。

「じゃあ、ナバホ族が要求に応じてくれたのね」

「そうだ」ディアズが言った。「彼らの時間で昨日の真夜中ごろ、この男の情報を送ってくれたらしい」

「だれなんですか?」ぼくはたずねた。

「入手した情報でわかるかぎりでは、この男はだれでもない。ナバホ・ネイションにある彼のファイルには、十九歳のときに一度だけ酔っ払って騒ぎを起こした記録が残っているだけだ。懲役ではなく、地域奉仕活動だけ。それ以外の情報は、出生証明書と社会保障番号、いくつかの医療記録、それとハイスクールの成績証明書で、これは十学年まで続いている」

「どうやって暮らしていたの?」ヴァンがたずねた。

「十学年で途切れているという事実がなにかを語っているかもしれないな」

「運転免許証やそのほかのIDもないんですか?」ぼくは言った。

「ない」

「ほかには?」ヴァンが言った。

「三十一歳で健康状態は良好とは言えない。肝障害に心臓疾患、さらに初期の糖尿病の徴候があるが、これはネイティブアメリカンとしては珍しいことじゃない。奥歯がいくつかない。それと、首の切り傷は自分でやった傷だ。この男が自分で、きみたちが見つけたガラスの破片で切り裂いたんだ」

「これでぜんぶですか?」ぼくはたずねた。

ディアズはにっと笑った。「いや、ちがう。きみたちがとても興味を引かれそうな情報がある」

「盛りあげなくていいから、ディアズ」ヴァンが言った。「さっさと話して」

「脳を取り出すまえに、頭部のX線撮影がおこなわれた」ディアズはサニの頭部の三次元スキャンをポップアップさせた。「なにが見えるかな」

「えぇっ」ぼくは即座に言った。

「ああ」ヴァンが一拍おいて言った。

サニの頭部のX線画像に写っていたのは、脳の内部やまわりに広がる細いフィラメントとコイルのネットワークで、それらは頭蓋骨の内側の表面に放射状に分散する五つの中継点へ集束しており、それぞれの中継点も、網の目のような結線によっておたがいにリンクしていた。

脳からの情報を送受信するよう設計された、人工ニューラルネットワークが、詳細にいたるまでほぼ完全に表示されていたのだ。

脳にこのようなネットワークを有する人びとは二種類いる。ぼくはその片方のグループに属している。ヴァンはもうひとつのグループに属している。

「こいつは統合者なのか」ぼくは言った。

「脳構造は?」ヴァンがディアズにたずねた。

「報告書によれば、ヘイデン症候群にかかった者のそれと一致している。医療記録を見ても、こどものときに髄膜炎をわずらっていて、これはヘイデン症候群の変種と考えられる。この男は統合者になれる脳構造をしているわけだ」

「シェイン」ヴァンがX線画像を見つめたまま言った。

「はい」ぼくはこたえた。

「この筋書きの問題点は」

ぼくはしばらく考えてから言った。「この男はハイスクールを卒業していません」

「それが？」

「統合者の訓練というのは大学卒業後におこなわれます。たとえば心理学などの学士号を取得したあとで取り組むものです。あなたはどうでした？」

「生物学よ。アメリカン大学」

「ですよね。さらに心理テストや適性検査を山ほどクリアして、ようやく訓練プログラムに入ることができます。これも統合者の数がとても少ない理由のひとつです」

「そうね」

「しかも費用がかかります。訓練プログラムは」

「学生はそうでもない。国立衛生研究所が費用をもってくれるから」

「あなたがやめたとき、研究所の人たちは激怒したでしょうね」

「わたしに費やした金の元はとってるわ。ちゃんと取り戻してる」

「なるほど。さて、ここで疑問なのは、この男がハイスクールを卒業しておらず、ナバホ・ネイション以外での記録がいっさいないとすれば、統合者の訓練を受けていないということです」ぼくはX線画像を指さした。「では、いったいどうやって頭の中にこのような配線を仕込んだのか？」

「いい質問ね。しかも唯一の疑問でもない。この筋書きでほかにおかしなところは？」

「この筋書きでおかしくないところがありますか？」

「具体的に」

「なぜ統合者がほかの統合者と統合したがるのか？」

「もっと具体的に」

「どうすればこれ以上に具体的になるんです」

「なぜ統合者がほかの統合者と統合したがって、ヘッドセットを持ってくるのか？」

ぼくはヴァンをいっときぽかんと見つめた。それから――「ああ、くそっ、あのヘッドセットか」

「そう」

「それで思い出した」ディアズがぼくに言った。「きみに頼まれたとおり、あのヘッドセットの内部を調べてみたんだ。プロセッサのチップからなにか役に立つ情報でも得られないかと」

「得られたんですか？」ぼくはたずねた。

「いや。ヘッドセットの内部にチップはなかった」

「内部にチップがなければ、作動するはずがありません。あれはダミーのヘッドセットですね」

「ああ、わたしも同じ考えだ」

ぼくはヴァンに顔を向けた。「ほんとのところ、いったいなにが起きているんです？」

「どういう意味？」ヴァンが言った。

「だから、いったいなにが起きているんですか。統合者がふたりいて、そのうちのひとりは統合者であってはならず、現場にはダミーのヘッドセット。わけがわかりません」

ヴァンがディアズに顔を向けた。「ヘッドセットに指紋は？」

「あった」ディアズがこたえた。「ベルではなく、サニと一致した」

「じゃあ、サニがヘッドセットをパーティに持ち込んだのね、ベルではなく」ヴァンはそう言って、ぼくに顔を戻した。「この事実はなにをしめしている？」

「ベルはサニが統合者だと知らなかったのかもしれません」ぼくは言った。「そして、サニのほうも自分が統合者だとベルに知られたくなかった」

「そうなるね」

「でもやっぱり、理由は？　サニがベルに自分はただのツーリストだと思わせてなんの得が？　ヘッドセットがなければ、サニはツーリストにすらなれないんですよ。統合者と統合者でなにかぼくの知らない能力を発揮できるなら別ですが」

「むりね。統合者を別の統合者の頭に入れると、神経のフィードバックループみたいなものが起きてしまう。脳がフライになりかねない」

「〈スキャナーズ〉みたいに？」

「なにみたいだって？」

「古い映画です。超能力者たちが題材の。他人の頭を破裂させることができるんです」

ヴァンはにっと笑った。「見た目はそんなに派手なもんじゃないわ。でも、内部のほうはあまり気持ちよくないでしょうね。いずれにせよ、それはネットワークレベルでブロックされる」

「では、それもありえないと。しかも、やっぱり自殺の問題があります」

ヴァンはまた黙り込んだ。

それから――「アリゾナはいま何時？」

「ここより二時間遅れていますから、八時半くらいですね。おそらく。アリゾナ州の時間帯はよくわからなくて」

「今日むこうへ行って、何人かの人たちと話をしてもらいたいの」

「ぼくが？」

「ええ、あなたが。なにもしなくても十秒でむこうに着けるでしょ」

「ボディがないという小さな問題がありますけど」

「FBIにいるヘイデンはあなたひとりというわけじゃないの。おもな支局には予備のスリープが置いてある。フェニックスで一体用意してもらえるから。そんなに上等じゃないけど」――ヴァンはぼくのスリープを身ぶりでしめし――「仕事はできる」

「ナバホ族は協力してくれるんですか？」

「彼らの仲間の死を捜査していると伝えれば、態度も変わるかもしれない。フェニックス支局のオフィスには友人がひとりいるの。彼に手伝ってもらえるかどうかきいてみる。むこうの時間で十時にあなたを送り出すから」

「電話じゃだめなんですか?」

「家族のだれかに、その人たちの息子か父親が死んだことを伝えて、個人的な質問を山ほどぶつけなければいけないのよ。うん、電話じゃむりね」

「アリゾナへ行くのは初めてです」

「気に入るといいね」


十時五分に、フェニックスのFBI支局で目覚めると、目のまえに頭のはげた男がいた。

「ベレズフォード捜査官ですか?」ぼくはたずねた。

「うわ、気味が悪いな」男が言った。「このスリープは三年間も部屋の隅でじっとしていたのに、急に動き出すんだからな。彫像に命が宿ったみたいだ」

「びっくりですね」

「実は、帽子掛けに使っていたんだよ」

「みなさんのオフィス家具を奪うことになってすみません」

「今日だけのことだ。きみがシェインか?」

「そうです」

「トム・ベレズフォードだ」男は手を差し出してきた。ぼくは握手をかわした。「言わせてもらうが、きみの親父さんが四連勝でサンズを叩きのめしたことは絶対に許さないからな」

「ああ、そのこと」ぼくは言った。父がNBAで二度目の優勝を遂げたときの話をしているのだ。「意味があるかどうかわかりませんが、父はあのシリーズは見た目よりずっときわどかったとよく言ってますよ」

「そんな嘘をつくなんて優しい人だな。さあ、クラーに会わせてやるよ」

ぼくは歩き出そうとしてやめた。「まいったな」脚をぐっと動かしてみる。

「どうかしたか?」ベレズフォードは足を止めて待っ

ていた。

「これが動いていなかったというのはジョークじゃなかったんですね。内部のどこかが錆び付いているみたいです」

「なんなら防錆スプレーを持ってこようか」

「そりゃどうも。ちょっと待ってください」ぼくはスリープの診断ツールを起動して状況を確認した。「うわあ。これはメトロ社のクーリエですね」

「まずいのか？」

「メトロ・クーリエは、スリープにおけるフォード・ピントみたいなものです」

「なんならレンタルのスリープを探してみようか。空港の〈エンタープライズ〉にあるかもしれない。時間はすごくかかるし、きみは要請書の記入で一日をつぶすことになるが」

「大丈夫ですよ」診断ではスリープ自体に問題は見つからなかった。となると診断ツールに異常があるのかもしれない。「なんとかなります」

「じゃあ行こうか」ベレズフォードはまた歩き出した。

ぼくは足を引きずりながらあとを追った。

「クリス・シェイン捜査官、こちらがクラー・レッドハウス巡査だ」ベレズフォードが、ロビーに着いたところで、ぼくを制服姿の若い男に紹介した。「クラーはうちの息子といっしょにノーザンアリゾナ大学へかよっていたんだ。たまたま部族の用事でフェニックスへ来ていたのはラッキーだったな。さもなければウィンドウ・ロックまでの二百八十五マイルを歩くことになっていた」

「レッドハウス巡査」ぼくは手を差し出した。

　クラーは握手をして笑みを浮かべた。「ヘイデンと会う機会は多くない。FBI捜査官のヘイデンとは一度も会ったことがないんだ」

「なんにでも最初のときはあります」

「足を引きずってるな」

「こどものときの怪我で」ぼくは一拍おいてから、付け加えた。「ジョークですよ」

「わかってる。じゃあ行こうか。すぐ外に車を停めてあるから」

「すぐ行きます」そう言ってから、ぼくはベレズフォードに顔を向けた。「しばらくこのスリープが必要になるかもしれません」

「うちではほこりをかぶってただけだからな」ベレズフォードが言った。

「では、しばらくウィンドウ・ロックに置いておいてもかまいませんね」

「それはむこうの連中しだいだな。うちの公式の方針としては、彼らの自治権を尊重することになっている。仕事が終わったあとで彼らに追い出された場合は、フラッグスタッフにあるうちの地方局へ行くといい。きみが行くかもしれないと伝えておこう。あとはホテルの部屋をとるかだ。ひょっとしたら、だれかが掃除用具入れとコンセントを貸してくれるかもしれない」

「なにか問題があるんですか？　ＦＢＩとナバホ族との関係についてくわしいわけではないんですが」

「現時点ではなにも問題はない。われわれも最近はナバホ族とうまく協力してやってるし、クラーがついていくから、きみともめるようなこともないだろう。だが、それ以外については、だれにもわからん。合衆国政府がナバホ・ネイションを初めとする多くのネイティブアメリカンの領地に対してより広範囲の自治権を認めたのは、二十年まえにインディアン局とインディアン保健部を縮小したときのことだった。だが、それは同時に、彼らと彼らのかかえる問題を無視する口実になってしまった」

「なるほど」

「なあ、シェイン、きみだったら彼らの気持ちがわかるかもしれない。合衆国政府はつい最近ヘイデンのコンセントを抜いただろう？　それはきみたちとナバホ族との共通点と言ってもいいことなんだ」

「そういう比較を公言してまわりたいかというと、ちょっと確信がもてませんが」

「まあ賢明だろうな。ナバホ族は〝合衆国政府にコケにされる〟カテゴリでは二百年先行している。きみが列車に飛び乗ろうとするのを歓迎しないかもしれない。だがこれで、きみがあらわれて質問をしてまわるのを不快に思う連中がいるかもしれないというのは理解できただろう。だから礼儀を忘れず、敬意を払い、帰れと言われたら帰ることだ」

「わかりました」

「よし。さあ行け。クラーはいいやつだ。待たせるのはよくない」

10

ウィンドウ・ロックまでは車で四時間半かかり、レッドハウスとぼくは、あたりさわりのない会話とそれに続く長い沈黙とを繰り返して過ごした。レッドハウスは、父といっしょに世界中を旅したぼくの話を楽しんだあとで、自分の旅はそれよりはるかに範囲が狭かったと言った。

「おれはナバホ・ネイションがある四つの州で過ごしてきた」レッドハウスは言った。「そこを離れて過ごした時間のほとんどは、フラッグスタッフで大学にかよっていたとき。それ以外はここだけだ」

「ほかのところへ行きたいと思ったことは？」ぼくはたずねた。

「あるさ。こどもがやりたいことといったら、どこかよそへ行くことだけだからな」

「それはまちがいなく万国共通ですね」

「そうだな」レッドハウスはにっこりした。「いまじゃそれほど気にならない。歳をとって、以前よりも家族のことが好きになってきた。婚約者もいる。仕事もある」

「最初から警官になりたかったんですか」

「いや」レッドハウスはまたにっこりした。「大学へ行ったのはコンピュータ・サイエンスを学ぶためだった」

「いささか思いがけない展開ですね」

「大学に入る直前に、評議会がウィンドウ・ロックの郊外に巨大なサーバー施設の建設を決めた。ナバホ族やそれ以外のネイションの需要をまかなうだけでなく、まわりの州の政府や連邦政府にも機密ではない情報の処理や保管のために使ってもらうつもりだった。太陽光発電でゼロ・エミッションだ。何百人もの雇用がナバホ族に生まれるし、ウィンドウ・ロックには数百万ドルがもたらされるだろうと。だから、おれが大学に行ったときは、仕事にありつくためにコンピュータについて学んだ。フラッグスタッフのニュースサイトが、おれとノーザンアリゾナ大学にいる何人かの同級生について記事をのせたほどだった。マスコミはおれたちを〝シリコン・ナバホ〟と呼んだが、おれはあんまり好きじゃなかった」

「それでどうなったんです？」

「施設は建設したんだが、約束だった州や連邦からの契約はまったく入ってこなかった。予算の削減とか組織の再編とかアジェンダの変更とか知事や長官の入れ替わりとか説明されたよ。いまやここには最新式の設備があるのに、その能力は三パーセントしか使われていない。三パーセントだからスタッフもそんなに大勢雇われることはなかった。それで、おれは警察学校に行って警官になった」

「進路変更は残念でしたね」

「そう悪いことでもないさ。家族には以前も警官がいたから、伝統を継いだとも言える。地域に貢献しているというのも埋め合わせになる。ただ、もしも学位が役に立たなくなると知っていたら、あんなに午前八時からの講義を入れなかったかもな。あんたは最初からＦＢＩの捜査官になりたかったのか？」

「ぼくはＣＳＩの捜査官になりたかったんです。問題は、とった学位が英語学だということで」

「うーん。このまま走っていけばコンピュータ施設が見えてくる。むだになった可能性がどんなものか見物できるぞ」

一時間後、ウィンドウ・ロックのすぐ南で、特徴のない大きな建物のそばを通過した。三方向を太陽電池パネルで囲まれている。

「あれみたいですね」ぼくは言った。

「あれだ」レッドハウスが言った。「ひとつだけ明るい面もある。ここでは設置した太陽電池パネルの能力すべてを必要とするわけではないから、電力をアリゾナ州とニューメキシコ州に売っているんだ」

「少なくとも利益はあげているんですね」

「おれなら利益とは呼ばないな。コンピュータ施設の運営による出血がいくらかゆるやかになっているだけだ。おれの母親は評議会で働いている。最大でも猶予はあと二年だと言われてるらしい」

「建物はどうするつもりなんですか？」

「それが問題だよなあ、シェイン捜査官？」レッドハウスはすわり直し、ダッシュボードのボタンを押して、パトカーを手動運転に切り替えた。「さあ、署のほうであんたの到着を報告したら、ジョニー・サニの家族のところへ案内できるぞ。たぶん、うちの警部は巡査をひとり同行させようとするだろうな。なにか問題はあるか？」

「ないと思います」

「そうか、良かった」

「同行者はあなたになるんですか?」

レッドハウスはまたにっこりした。「たぶんな」


サニの家族が住んでいるのは、ソーミルの町の外にあるトレーラーハウスで、よく手入れされ、幅もふつうの二倍あったが、トレーラーパーク全体としてはとてもおしゃれとは言えなかった。家族は祖母と姉だけで、ふたりともカウチにすわり込み、呆然とぼくを見つめていた。

「なぜ弟が自殺するの?」姉のジャニスがぼくにたずねた。

「わかりません」ぼくは言った。「あなた方に教えてもらえればと思っていたんですが」

「どうやって自殺したんだい?」祖母のメイが言った。

「おばあさん(シマサニ)、それは知らないほうがいいよ」ジャニスが言った。

「知りたいんだよ」メイは力強く言った。

ぼくはレッドハウスに目を向けた——ぼくがすわっている椅子の脇に立ち、勧められた紅茶のコップを手にしている。ぼくも同じものを勧められていた。それは目のまえのテーブルで、ぼくとサニの親族とのあいだに置かれていた。

レッドハウスがぼくにうなずきかけた。「自分で喉を切り裂いたんです」ぼくは言った。

メイは不吉な目でぼくを見たが、それ以上なにも言わなかった。ジャニスが祖母の体を支えて、無表情にこちらを見つめた。ぼくは二分ほど待ってから、また話を始めた。

「われわれの記録によると——」ぼくはそこで口をつぐんだ。「いや、実を言うと、われわれにはジョンの記録がまったくないんです」

「ジョニー」ジャニスが言った。

「失礼しました。ジョニーですね。われわれのところにあるジョニーの記録は、すべてこちらから入手したものです。ナバホ・ネイションから。そこで、最初の質問は、なぜそうなるのかということです」

「去年までジョニーはここを出たことがなかった」ジャニスがこたえた。

「なるほど。しかし、どうしてそんな？」

「ジョニーはとろいの。十三歳のとき、ドクターにテストをしてもらった。知能指数は七十九とか八十とか言われた。じっくりやれば問題を解けるんだけど、すごく時間がかかるの。友達ができるようにと、なるべく学校にかよわせたんだけど、結局は続かなかった。ジョニーは登校するのをやめて、わたしたちもあきらめた」

「最初からそうだったわけじゃないんだよ」メイが言った。「赤ん坊のときは賢かった。小さいときも賢かった。五歳のときに病気になってね。そのあとは変わってしまった」

「ヘイデン症候群ですか？」ぼくはたずねた。

「ちがう！　あの子はまともな人間だよ」メイは口をつぐみ、自分が言ったことについて考えた。「すまなかったね」

ぼくは片手をあげた。「なにも問題ありません。ときにはヘイデン症候群にかかってもロックインにならない人がいます。それでもダメージは残ります。ジョニーが病気になったとき、発熱はありましたか？　その後の髄膜炎は？」

「脳が腫れたんだよ」

「それが髄膜炎です。ジョニーが亡くなったあとで脳をスキャンしたところ、脳構造がヘイデン症候群のものと一致していました。ただ、それ以外にも発見がありました。彼の脳にはニューラルネットワークと呼ばれるものがあったんです」

ジャニスがこれを聞いてレッドハウスを見あげた。

「頭の中に機械があるようなものだよ、ジャニス」レッドハウスが言った。「情報を送ったり受け取ったりできるようになる」

「家に置いてあるぼくの脳にもあります」ぼくは自分の頭をとんと叩いた。「それを使ってこのマシンを制御しているので、こうしてあなたたちといっしょに部屋にいられるわけです」

ジャニスとメイは困惑をあらわにした。「ジョニーの頭にはなにも入ってなかったよ」メイがしばらくして言った。

「失礼ですが、それは絶対に確実でしょうか？　ニューラルネットワークはまちがって人の頭に入るようなものではありません。脳の信号を送るか、受け取るかするためのものなんです」

「あの子は生まれてからずっとあたしといっしょに暮らしてきた」メイが言った。「ここで母親とジャニスと暮らしていて、母親が死んだあとは、あたしが世話をしてきたんだ。ここでそんなことが起きるはずがないよ」

「じゃあ、ジョニーが家を出てから埋め込まれたということだな」レッドハウスが言った。

「そのことですが」ぼくは言った。「ジョニーが生まれてから一度もよそへ出かけたことがなかったとしたら、なぜ家を出ようと決めたんでしょう？」

「仕事があったからよ」ジャニスが言った。

「どんな仕事です？」

「重役秘書だと言ってたわ」

「だれの？」

「それは知らない」

「ジョニーは友達に連れられてウィンドウ・ロックにあるコンピュータのビルへ行ったんだよ」メイが言った。「清掃作業員を募集していると聞いて、それなら自分でもできると。あたしを助けられるようになりたかったんだ。仕事のことをききにいったら、次の日にまた来てくれと言われたらしい。その夜に帰ってきたとき、あの子はあたしに千ドル渡して、これが新しい仕事の最初の給料の半額だと言ったんだ」

「清掃作業員で」レッドハウスが言った。

「ちがうよ、もうひとつの仕事だ。呼ばれて出かけていったら、給料も高くて旅行もできる別の仕事をする気はないかときかれたらしい。上司の仕事を手伝うだけだと。執事みたいなものだと言っていたよ」

「それで家を出たんですね」ぼくは言った。「そのあとは？」

「毎週、ジョニーからは為替が届いたし、ときどき電話もかけてきてくれた。どこかいいところへ引っ越していろいろ新調すればいいと言われたから、ここへ引っ越してきたんだ。数カ月まえから電話がなくなったんだけど、為替のほうは届いていたから、あまり心配はしていなかった」

「最後の為替が届いたのはいつですか？」

「二日まえよ」ジャニスが言った。「わたしが祖母の郵便物を受け取ってきたの」

「見せてもらえますか？」

ふたりの女性は疑いをあらわにした。

「シェイン捜査官はそれを証拠として持ち帰るつもりはないよ」レッドハウスが言った。「ただ、なにか重要な情報があるかもしれないから」

ジャニスが立ちあがって為替を取りにいった。

「ジョニーはだれのところで働いているか一度も話さなかったんですか？」ぼくはメイにたずねた。

「上司が秘密主義なんだと言ってたよ」メイがこたえた。「ジョニーに仕事をなくしてほしくなかったから、それ以上のことはきかなかった」

「ジョニーは仕事を気に入っていたんですか？」ぼくはたずねた。そのときにはジャニスが為替の証書を手に戻ってきていた。ぼくはその片面を素早くスキャンし、裏返して反対側も同じようにしてから、ジャニスに返した。「ありがとう」

「気に入ってるみたいだったよ」メイが言った。「つらいとかは一度も言わなかった」

「旅行ができて興奮していたわ」ジャニスがふたたび腰をおろしながら言った。「電話をくれた最初の二回は、カリフォルニアとワシントンにいるんだと教えてくれた」

「州かな、それともDCかな？」レッドハウスがたずねた。

「DCのほう、だと思う。でも、居場所を話すと上司にいやがられると言ってた。だから、そのあとは教えてくれなかったわ」

「最後に電話をかけてきたとき、いつもとちがうことを言ったり、なにかおかしなことをあなた方に伝えたりしませんでしたか？」ぼくはたずねた。

「それはないね」メイが言った。「気分がすぐれないとは言ってたけど……そうだ。なにか心配事があると言ってた」

「心配事というのは？」

「テストかな？　なにかしなければいけないことがあって、それで心配だとか。よくおぼえてないよ」

「かまいません」

「いつジョニーを連れ戻せるの？」ジャニスがたずねた。「つまり、ジョニーはいつ帰ってくるの？」

「わかりません。確認はできますが」

「あの子はここに埋めてあげないと」メイが言った。

「できるだけのことはします。約束します」

メイとジャニスは無表情にぼくを見つめた。

「ふたりとも落ち着いていましたね」レッドハウスといっしょにトレーラーハウスを出てパトカーへ戻りながら、ぼくは言った。

「おれたちの中には、死に直面してもあまり感情をおもてに出そうとしない者がいる」レッドハウスが言った。「騒ぎすぎると魂が旅立つのをじゃましてしまうという考えなんだ」

「あなたはそれを信じているんですか？」

「おれが信じているかどうかの問題じゃない」

「たしかに」

「為替でなにかわかったことは？」

「シリアルナンバーと経路情報ですね。教えましょうか？」

「それは助かるな。ＦＢＩが情報の共有をこころよく思うかどうかはわからないが」

「ぼくのパートナーならこう言うでしょうね。地元警察との情報共有は礼儀にかなっている——相手の警官を特に憎んでいるのでないかぎり」

「おもしろいパートナーと組んでるんだな」

「そうなんですよ」ぼくはそう言って、パトカーに乗り込んだ。「ではサーバー施設へ行きましょうか」

「ジョニー・サニね」ローレン・ビゲイが言った。彼はウィンドウ・ロック・コンピューテーショナル・ファシリティ（ＷＲＣＦ）の人事部長であり、営業や清掃も含めた、ほかのいくつかの部署の責任者でもあった。ＷＲＣＦのスタッフは、レッドハウスが言っていたとおり、必要最小限しかいなかった。「彼とは同じ学校だったよ。しばらくのあいだ」

「それよりもう少し最近のことを知りたいんです」ぼくは言った。「家族の話では、去年こちらで従業員の募集に応募したとか。それは事実ですか？」

「事実だ。仕事中に居眠りをしていた清掃作業員を解雇しなければならなかった。深夜のシフトに入れるやつが必要だったんだ。ジョニーは応募してきた。ほかに六十人いた。その仕事は別の清掃作業員の妹にあたえたよ」

「ジョニー・サニの家族の話では、その後にあんたから呼び戻されて、そのときに別の仕事の申し出があったそうだが」レッドハウスが言った。

「わたしは呼び戻してなんかいないぞ」ビゲイはこたえた。

「そうなんですか?」ぼくは言った。

「なぜ彼を呼び戻すんだ?　ひどくのろまなやつだぞ。出願書類の記入すらあやしかった」

「モップを押すのに教育はさほど必要ないだろう」レッドハウスが言った。

「それはそうだが、さわるべきではないボタンにさわったりしないだけの常識はほしいんだよ。この施設は能力をほとんど使っていないが、それでも顧客はいるからな」

「顧客というのはだれです、ミスター・ビゲイ?」ぼくはたずねた。

ビゲイはレッドハウスに目を向けた。

「大丈夫だ」レッドハウスが言った。

ビゲイはその言葉で納得したようには見えなかったが、それでも口をひらいた。「ナバホ・ネイションの政府の各部局はすべてここを使っているし、周辺にあるネイションの一部も利用している。少数だが民間の顧客もいて、その大半はこのあたりの企業か、このあたりでビジネスをしている企業だ。いちばんの大手はメディコード社だろうな」

「メディコード社というのは?」ぼくはたずねた。

「医療サービスの会社だ。ネイションの医療サービスの運営を請け負っている。もう六年か七年は続いているな」

「彼らが来たときのことはおぼえている」レッドハウスが言った。「ナバホ族の医療スタッフを訓練して育てるという約束で独占契約を結んだんだ」

「約束は果たしたんですか?」ぼくはたずねた。レッドハウスは肩をすくめた。

「準政府機関として極秘の医療情報を扱うから、メディコード社は、ナバホ族の全データを自社のネットワークにつなげる代わりにここに保管しているんだ」ビゲイが言った。

「この施設を仕事を開拓するために利用する企業はほかにないんですか？」

「利用てくれるといいんだがね。オフィススペースもあるし、ビジネスは大歓迎だ。しかし、ないな」

「民間企業の中に、代表者やIT担当者をここに送り込んでいるところはありますか？」

「ここを使っている企業は、自社のIT部門があるなら、さほどわれわれを必要としないだろう。まあ、いずれにしてもここへ来ることはないな。自分たちのサーバーとデータには、遠くからでも通常のソフトウェアでアクセスできる。われわれの役目は、ホストコンピュータを提供し、バックアップとして機能することだ——彼らのIT担当者がなにかの原因でバカなことをやらかしたときにそなえて。実際にそういうことが起こるんだよ」

「ここがハッキングされる可能性は？」

「ないと断言したいところだが、きみはヘイデンだから、こういう方面に疎いことはないだろう。はっきり言って、外の世界とつながっているかぎり、それはハッキング可能だ。とはいえ、ネイションの全データが保管されているサーバーにアクセスできるのは、GPSタグか、二種類の認証手続きか、その両方が装備されているネイションのコンピュータだけだ」

「メディコード社も例外ではないんですね」

「そうだ。なぜジョニー・サニのことをそんなに質問するんだ？」

「彼は亡くなったんです」

「それは気の毒に。いいやつだったのに」

「さっき、のろまなやつと言っていましたよね」

「のろまだったよ。だからといって、いいやつではないということにはなるまい」

「調べれば調べるほど、わけがわからなくなるような気がしない？」ヴァンがぼくに言った。DCは七時半で、背後で聞こえるざわめきからすると、彼女はまたバーにいて、前夜に続いてナンパにいそしんでいるのかもしれなかった。ぼくのほうは、ウィンドウ・ロックの警察署で、予備のデスクに向かい、内部音声で話をしていた。

「現時点で考えられる選択肢はふたつあります」ぼくは言った。「モップを押す仕事すらもらえなかった男が、実は天才的な統合者で、スリルを求めるツーリストのふりをして、どうやってかニコラス・ベルをホテルの一室へ誘い込んだ。あるいは、だれかがこの気の毒な男をだまして自宅から誘い出し、ニューラルネットワークを頭に埋め込んでから、なんだかわかりませんが、ベルが関与している彼らの計画どおりに行動しろと説得した」

「そのあとで自殺させたのよ。そこのところを忘れないで」

「忘れられるわけがないでしょう？　今日、この男の家族と話したんですよ」

「ひとつ明るい話をすると、裁判所の許可が出てベルとカーニーの記録を引き出すことができた」

「それで？」

「ベルについては、わたしたちがすでに知っていたことばかりね。ちょうどルーカス・ハバードとの長期契約にサインをしたところなんだけど、それがまさに今日のことだった。ハバードと接続していないときには、一部の裕福なヘイデンたちの第一の呼び出し先になってる。あとは、ほかの統合者たちと同じように、国立衛生研究所で出来高払いの仕事をしてる。まあ、来週の月曜日に、エイブラムズ＝ケタリング法があのささやかな事業を抹殺するまでだけど」

「カーニーのほうは？」

「彼も長期契約を結んでいるわ。偶然にも、こちらの相手は、アクセレラント社の法律顧問であるサミュエル・シュウォーツ」

「昨夜の件の説明がつきますね」

「話が見えない」

「昨夜、ハバードとシュウォーツはぼくの父のささやかな夜会に出席していました。ハバードはベルに乗っていましたが、シュウォーツは女性の統合者に乗っていたんです。いつも使っている統合者に先約があったと言って」

「ああ、ラウドン・ファーマ社を爆破する約束ね。その女性の統合者はだれなの？」

「わかりません。そういう質問が礼儀に反することは知ってるでしょう」

「DCの統合者名簿を調べてみて。見つかるはず」

「じゃあ、ベルがハバードで、カーニーがシュウォーツなんですね」

「それがどうかした？」

「なかなかの偶然だと思いませんか？」

「同じ日に謎めいた事件にかかわったふたりの統合者が、同じ会社のもっとも権力があるふたりの人物のために働いていたこと？」

「ええ」

「正直なところ？　まあね。でも、それについてひとつ教えてあげる。活動している統合者は全世界で一万人。そのうち合衆国にいるのは二千人くらい。それほど大勢がうろついているわけじゃない。DC地区にかぎれば二十人くらいだと思う。そのいっぽうで、この地区にはおそらく十万人のヘイデンがいる。なぜなら、ヘイデンは支援がしっかりしている都会に群がるものだから。統合者ひとりにつきヘイデンが五千人。重複は多いに決まってる」

「そうかもしれません」

「まちがいないわ。そこを結びつけたいのなら、もっと情報がないと」

「わかりました、もうひとつデータポイントを投入しましょう――メディコード社」

「それがなにか?」

「医療ケアとサービスを提供する会社です。ナバホ・ネイションと契約を結んでいます」

「なるほど。それで?」

「メディコード社はフォー・コーナーズ・ブルー・クロス社の子会社です。では、フォー・コーナーズ・ブルー・クロス社を所有しているのはどこだと思いますか」

「それがアクセレラント社だというなら、わたしは不幸せになる」

「お酒をおかわりしてください」

「自分のペースでやるから。今夜、もっと遅くなったときになにも感じないのは困る」

「たくさんの事実がハバードとシュウォーツとアクセレラント社につながっています。これだけ積みあがると偶然とは思えません。だって、ほら、シュウォーツはベルの弁護士でもあるんですよ」

「わかった。でも、もう一度言わせて――シュウォーツがラウドン・ファーマ社の爆破事件に加担していたと主張したいのなら、統合者の請負契約くらいじゃぜんぜん足りない。それと、あなたは忘れているみたいだけど、爆破事件が起きたときには、シュウォーツはこの地球上でもっとも有名な人物のひとりが主催するパーティに出席していて、あるFBI捜査官は、もしも法廷に引っ張り出されたときには、彼をそこで見たと証言しなければならない。あなた自身が彼のアリバイなのよ、シェイン」

「それがありましたね」

「しかも、ベアは実際にカーニーの顧客だった。この二年間に三度、彼と契約をしてるの。これは以前から関係があったという証拠になる」

「ぼくの考えがすべて大正解というわけではなさそうですね」

「今夜は考えるのをやめなさい。一日分は充分に働いたから。いつこっちへ戻るの？」

「こっちでやることはだいたい終わりました。ひょっとしたらまた来ることになるかもしれないので、ウィンドウ・ロックの警察が、ぼくの代替スリープを何日かここに置かせてくれるそうです。ぜんぶ片付いたら、新しく借りた部屋を見にいこうかと思ってます」

「たいへんね。がんばって。おやすみ、シェイン」

「待って」

「あなたと話していると、わたしが今夜予定しているお楽しみが短くなるいっぽうなんだけど」

「ジョニー・サニのことです」

「彼がどうかした？」

「家族が遺体の返却を求めています」

「こちらの作業がすんだら自由にしてかまわない。FBIから連絡が行くから、家族のほうでだれかに頼んで遺体を引き取らせればいい」

「彼の祖母と姉にそんなお金があるとは思えないんですが」

「それについてあなたに言ってあげられることはないわ、シェイン」

「わかりました。ぼくのほうで伝えます」ぼくは回線を切り、ふたたび外部音声に切り替えた。「こちらでの仕事はほぼ終わりました」ぼくはレッドハウスに言った。

「そのデスクはだれも使っていない」レッドハウスはぼくがすわっている場所を指さした。「そこでプラグをつなぎたいのなら、床にコンセントがある。警部のほうで、こっちへ来るときは事前に知らせてくれと言っていたが、それ以外は、数日なら自由に使ってかまわない」

「感謝します」

「サニの遺体について上と話したのか？」

「話しました。こちらの作業がすんだら、遺体を搬送するDCの業者の連絡先をあなたに伝えます」

「安くないだろうに」

「いくらかかるかわかったら、連絡をください。ぼくのほうで支払いをすませます」

「家族にはだれが払ったと伝えればいい？」

「匿名の友人と」

11

メトロのイースタン・マーケット駅から、ペンシルヴェニア・アヴェニューと六番ストリートの交差点まで歩いてきたとき、スワード広場から人の声が聞こえてきた。一団の、若くて、おそらくは酔っていて、ほぼ確実に無分別な男たちが、おたがいに向かってなにやらわめき合っていた。

　それ自体に興味を引かれることはなかった。無分別な、酔っ払った若い男たちは、都会の風景にはつきものだ――とりわけ夕刻になると。興味を引かれたのは、その次に聞こえてきた女性の声で、すごく幸せという響きではなかった。大勢の酔った男たちとひとりきりの女性とを足し算してみたら、あまり望ましい解答にはならなかった。そこで、ペンシルヴェニア・アヴェニューを歩き続けてスワード広場に入った。

そのグループに追い付いたのは、五番ストリートから小道が芝生を突っ切ってきているあたりだった。四人の男たちが集まってだれかを囲んでいて、そのだれかが問題の女性のようだった。近づいてみると、その女性もヘイデンだった。

これで、いま起きているできごとの力学に少し変化が生じた。すなわち、この男たちは完全な酔っ払いか、さもなければ、さっきぼくが推測した以上に無分別だということになる。あるいは、そのふたつの合わせ技か。

囲みの真ん中にいる女性は、男たちを押し分けてそこを抜け出そうとしていた。女性が動くと、四人の男たちも移動してまた囲みをつくるのだ。彼らがなにをしようとしているのかはよくわからなかったが、女性を逃がすつもりがないのも明らかだった。

女性がまた動いて、四人の男もまた位置を変え、そのとき初めて、ひとりが手にしているアルミ製のバットが目に入った。

いや、それはまずいだろう。

そこで、ぼくはスリープにできる範囲でせいいっぱい音をたてながら近づいていった。

ひとりの男がその動きに気づいて、仲間たちに注意をうながした。たちまち、四人全員がぼくに目を向けた。女性はまだ囲まれたままだ。バットを持っている男はそれを軽く揺らしていた。

「やあ」ぼくは言った。「こんな遅くにソフトボールの練習かな?」

「てめえはそのまま歩いていきゃいいんだよ」ひとりの男がぼくに言った。それが脅しであることは明白だったが、男がだいぶ酔っていて、酔っ払いレベルの脅しにしかならなかったので、あまり脅しらしく聞こえなかった。

「きみたちの友人のことが気になってね」ぼくはグループの真ん中にいるヘイデンを指さした。「大丈夫かな?」女性に向かって呼びかける。

「そうでもない」女性が言った。

「わかった」ぼくは男たちを順繰りに見つめ、目を合わせた一瞬に顔をスキャンして、その画像からFBIのデータベースで身元を確認した。「だったら、いい考えがある。その女性に帰ってもらえば、きみたちがしたがっていた話の相手をぼくがしてあげられる。楽しいぞ。きみたちみんなに一杯おごってもいい」きみたちに必要なのは酒のおかわりだからな——と思ったが、口には出さなかった。徹底して愛想良く、親しげにふるまおうとした。うまくいかないだろうとは思ったが、試してみて損はなかった。

うまくいかなかった。「てめえが消えりゃいいだろう、ガチャガチャ野郎」別の男が言った。最初の男と同じくらい酔っていたので、これもやっぱり脅しとしては効果が薄かった。

では、別のやりかたを試してみよう。「テリー・オルスン」

「なんだ?」男は言った。

「きみの名前はテリー・オルスンだ」続いて、ぼくはとなりの男を指さした。「バーニー・クレイ。ウェイン・グローヴァー。ダニエル・リンチ」最後がバットをつかんでいる男だった。「二十ドル賭けてもいいが、実際はダニーでとおっているだろうな。ラストネームのほうは、この状況では奇遇すぎる」

「どうやっておれたちの——」オルスンが言いかけた。

「黙ってろ、テリー」リンチはそう口走って、四人のうち少なくともひとりの名前をうっかり認めてしまった。やれやれ、こいつらは天才的だ。

「そのとおりだ、テリー」ぼくは言った。「きみたちにはたしかに黙っている権利がある。たぶんそうするべきだろうな。だが、質問にこたえよう。なぜきみたちの名前を知っているかというと、たったいまきみたち四人の顔スキャンをとって、接続したデータベースからそれぞれの情報をポップアップさせたからだ。FBIのデータベースだよ。そのデータベースに接続できたのは、ぼくがFBIの捜査官だからだ。名前はクリス・シェイン捜査官」

「嘘っぱちだ」リンチが言った。

ぼくはそれを無視した。「できれば穏便にすませたかったんだが、きみたちはそういうのを望んでいないようだ。だから、やりかたを変えるとしよう。ここで突っ立っておしゃべりをしていたあいだに、ぼくは市警察に通報した。署まではほんの二ブロックだが、きみたちはまちがいなくそのことを知らなかったんだろう。知っていたら、どんな愚か者でもここでだれかを殴ろうとはしないはずだ。

さて。いますぐその人を」――ぼくは女性を指さした――「ぼくのそばへ来させて、きみたち四人は家に帰るんだ。なぜなら、警官たちが到着したときにまだここにいたら、少なくともひとりは未成年者飲酒で面倒なことになるんだよ、バーニー。それに、少なくともひとりは暴行罪で逮捕歴があるな、ダニー。警官たちはどちらもこころよく思わないだろう」

四人のうちの三人はあやふやな顔でぼくを見つめた。四人目のリンチは、勝算があるかどうか計算しているようだった。

「少なくともひとりは、スリープを殴ったところでたいした罪にはならないと思っているようだ」ぼくは続けた。「だから念を押しておくが、DCの法律ではスリープに対する犯罪は人間の肉体に対する犯罪とまったく同等に扱われる。従って、きみたち全員が暴行罪に問われるだろう。しかも、きみたちは明らかにこの人がヘイデンだから標的にしているので、同時に憎悪（ヘイト）犯罪（クライム）で告発されることになる。

だからよく考えてみることだ。きみたちが考えているあいだに言っておくが、ぼくはここへ近づいてきたときから一部始終を記録していて、その映像はすでにＦＢＩのサーバーへ送られている。これまでのところは、四人の男が酔っ払ってバカなことをしているだけだ。そこまでにしておけ」

テリー・オルスンとバーニー・クレイが脇へ寄った。女性がぼくのほうへ歩き出した。彼女が囲みを抜けたとき、リンチがひと声うなり、バットを振りあげてその頭へ叩きつけようとした。

その瞬間、ぼくはリンチに電撃をくらわせた。初めから背後に職務用スタンガンを隠し持ち、標的に狙いを定めてあった。あとは、視界に見える十字線が赤くなったときに発砲しただけだ。この男のことは、バットを持った愚か者がひとりだけだったこともあり、最初に近づいた時点で〝あまり先のことは考えない〟タイプだとわかっていた。こいつは暴れに来ていた。ほかの三人はただの酔っ払った脇役だ。

リンチは体を硬直させ、地面に倒れ込むと、身もだえしながら嘔吐した。ほかの三人は走って逃げ出した。女性がリンチのかたわらに膝をつき、なにやら調べ始めた。

「なにをしているんです？」ぼくはふたりに近づきながら呼びかけた。

「自分の吐瀉物を吸い込まないようにと思って」女性がこたえた。

「あなたは？　ドクターですか？」

「実を言うとそうなの」

「手錠をかけるあいだも続けられますか？」そうたずねると、女性はうなずいた。ぼくは手錠をかけた。

「よし」ぼくは立ちあがった。「これでほんとうに警察に通報できる」

女性がぼくを見あげた。「まだしてなかったの？」

「男たちの情報をデータベースから引き出し、こいつにスタンガンの狙いをつけていたんです。ちょっと忙しくて。失礼ですが、あなたはなぜ通報しなかったんです?」

「ただの害のない酔っ払いに見えたの。背後から近づいてきたし、話しかけられるまではなにも考えなかった。まずいと気づいたのは、あんたの頭をバットで打ったらどこまで飛ぶかなあとか、こいつが言い始めたから」

「せめてその部分だけでも記録してあれば」

「してあるわ。この人にもそう言ったの。笑われただけだった」

「ミスター・リンチはあまり脳みそがあるほうではないようですね。あるいは、あなたの頭をベーブ・ルースばりにかっ飛ばしたら、記録が残ることはないと考えていたのか。さて。もう診察は終わりましたか、ドクター?」

「ええ。もう大丈夫。それはそうと、ありがとう」

「どういたしまして」ぼくは手を差し出した。「クリス・シェインです」

「あなたのことは知ってる」女性はその手をとった。

「よく聞く台詞です」

ドクターは首を横に振った。「そうじゃないの。わたしはテイラ・ギヴンス。あなたの新しいハウスメイトよ」

テイラとふたりで、逮捕にあたった巡査を相手に供述をすませたとき、だれかが近づいてくるのに気づいた。トリン刑事だ。

「トリン刑事」ぼくは彼女に呼びかけた。「こんなところでお会いするとは」

「シェイン捜査官」トリンは言った。「刺激的な夜だったみたいだね」

「ようやく終わりそうです」

「この事件もFBIの扱いにするつもりかい?」

「それはないです。被害者のヘイデンはDCに住んでいます。だから市警察の管轄になります」

「それが賢明かも」

「あなたが担当するんですか？　ここは第一分署の管轄区域ですよね。あなたは第二分署に勤めているんだと思っていました」

「勤めているのは第二だよ。でも、こっちに住んでるんだ。〈ヘンリーズ〉で飲んでたら無線で通報が入ってね。ちょっと顔を出してあんたがどうしてるか見てみようと」

「元気でやってますよ」

「ついでに、少し話でもしようかと」

「いいですよ」

「ふたりだけで」トリンはティラのほうへ顎をしゃくった。

ぼくはティラに顔を向けた。「だれかに自宅まで送らせましょうか？」

「家までは百ヤードもないわ」ティラは言った。「ひとりで大丈夫だと思う」

「わかりました」

「じゃあ、そっちでまた」ティラはそう言って、家へ帰っていった。

「いっしょに住んでるのかい？」トリンが、ティラがいなくなったあとで言った。

「新しいハウスメイトです。実は、会ったのはこれが初めてで」

「おもしろいかたちで新しいハウスメイトと出会ったもんだね。あんたがいて彼女はラッキーだったよ。今日はヘイデンの殴打事件が急増していたから」

「なぜそんなことが？」

「例のストライキとトラックによる道路封鎖のせいだけど、そんなことあんたは百も承知だね。何日も他人の仕事をじゃましていたら、八つ当たりされるもんさ。それに、大勢のヘイデンがデモ行進のために街へ流れ込んできて、格好の標的になったんだよ。スリープ狩りが解禁になったと。今日は第二分署の管轄区域だけで五件の襲撃事件があった」

「あなたはどう思ってるんです?」

「デモ行進が終わって、歩道で小便をする大学のガキどもをつかまえる仕事に戻れたらうれしいね」

「はあ。それでどんな用件なんでしょう?」

「あんたが新しいパートナーのことをどう思っているのか知りたくてね」

「ここまではうまくやってますよ」

「ヴァンの以前のパートナーの話を聞いたのかい」

「その女性がどうかしましたか?」

「ヴァンは彼女となにがあったか話した?」

「拳銃の事故があったと聞いていますが」

「そういう言い方もできる。でも、別の解釈もある」

「たとえば?」

「たとえば、ヴァンのパートナーが腹に銃弾を撃ち込もうと決めたのは、それ以上ヴァンとコンビを組んでいるよりましだったから、とか」

「過激すぎませんか」

「絶望的な気分だと、絶望的な手段に走るんだよ」

「そういうのはまったくわかりません」

「ああ、あんたはそうだろうね。ヴァンが統合者だったことも知ってるんだろ」

「それは聞きました」

「やめた理由が気になったことは?」

「知り合ってまだ二日ですよ。そのうちの一日は、時差まである山岳地でほとんどを過ごしました。まだ身の上話をする時間はとれていないんです」

「ヴァンがあんたのことを知ってるのはまちがいないけどね」

「ぼくのことはだれでも知ってます。たいしたことじゃありません」

「だったら、ヴァンのことを教えてあげるよ。あいつが統合者をやめたのは、それに耐えられなくなったからだ。政府はあいつを統合者にするためにたくさんの資金を投じたのに、あいつは他人に体を使われるのが怖くなってしまった。最後の二度の統合セッションについて本人から聞いてみるといい。噂だとかなりドラマチックな話になってるから」

「まったく知りませんでした」

「あれこれ自己治療に頼ってるのもそれで説明がつくだろ。あの喫煙や、飲酒や、バーをめぐって寝る相手を探してる姿をあんたが見逃してるなら別だけど」

「それは気づいていました」

「ヴァンはそっち方面ではそれほどえり好みをするほうじゃないからね」

「なるほど。では、それであなたの態度の説明がつくんですか？」

トリンはにやりとした。「ヴァンと寝たことがあるのかという意味なら、それはないよ。でも、あいつと以前のパートナーとの関係はわからない。あんたとのあいだで起こる問題じゃないと思うけど」

「あなたはヘイデンになにか含むところがあるんですか、トリン？　だって、いまみたいなひやかしはいきなり出てくるものじゃないですよ」

「わかっていないみたいだね。あたしはヴァンにあんたとそういうやりかたで寝るチャンスがないのは良いことだと思ってる。でも、あいつがほかのやりかたを見つけたとしても驚きはしない」

「たしかに。トリン、もう時間も遅いですし、今日はすごく長い一日だったんです。だから、このおしゃべりの本題に入ってくれるとありがたいんですが。ぼくの新しいパートナーをこきおろす以外に、ということですが」

「要するに、新しいパートナーのことをちゃんと考えろと言ってるんだよ、シェイン捜査官。あいつは頭はいいけど、自分で思っているほどじゃない。優秀だけど、やっぱり自分で思っているほどじゃない。他人のやりかたについては偉そうなことを言っても、自分のことになるとずさんになる。あんたはもう気づいているかもしれないし、気づいていないかもしれない。でも、その件で多少は経験がある立場から言わせてもらうと、たとえまだ気づいていないとしても、じきに気づくことになるはずだよ」

「つまり、ヴァンは爆発を待っている時限爆弾で、いざというときは近くにいないほうがいいということですか。いかにも陳腐な表現ですけどね。よくわかりました」

　トリンは落ち着けというように両手をあげた。「あたしがまちがってるのかもしれないよ、シェイン。あたしはただのクズで、ヴァンとの付き合いでいやな経験をしただけなのかもしれない。ひょっとしたら、あんたたちふたりは気が合って、あんたは自分の腹に銃弾を撃ち込むとか、そんな気分にはならないかもしれない。それならそれで最高だね。あんたたちふたりには幸せにやっていってほしい。でも、ひょっとしたら、あたしはまちがっていないかもしれない。その場合は、パートナーに気をつけるんだよ、シェイン」

「そうします」

「ヘイデンがらみではなにか妙なことが起きてる。ウォーターゲート・ホテルの一件とか。それに、あんたたちはラウドン・ファーマ社の事件にもかかわってるんだろ。あんたたちふたりがなにかでかいことに首を突っ込んでいるんだとしたら、ヴァンの心が壊れるというのは最悪の展開だ。あいつが倒れるとき、道連れにされないようにするんだよ」

「また陳腐な表現ですね」

　トリンはうなずいた。「陳腐だね。たしかに。けどさ、あんたは世界でもっとも有名なヘイデンのひとりだろ。とにかく、以前はそうだった。いまでも充分に有名だから、おととい職場に出勤したときにはスト破りと呼ばれた。そんなあんたがヴァンのせいでドジを踏んだらどう思われる？　あんたの親父さんは、ヴァージニア州の次の上院議員はどう思われる？」

それについては返す言葉がなかった。

「これはただの考えるきっかけだよ。どうとらえるかはあんたの勝手さ。おやすみ、シェイン。家に着くまでに、またたれかを助けるはめになったりしないことを祈るよ」トリンは歩み去った。


タウンハウスに着いてみると、スリープたちの歓迎委員会が待っていた。ドアを抜けたとたん、ぼくはみんなから紙吹雪を浴びせられた。

「うわ」ぼくは小さな紙片を払いのけた。

「最初の夜は家に帰った気分を味わってほしいと思ってな」トニーが言った。

「家に帰ったときに紙吹雪を浴びせられることはあまりないけどね」

「必ずやるべきかもな」

「それはそうと、どうして紙吹雪が？」

「新年の祝いの残りだよ。気にしなくていい。それと、テイラのトラブルに介入してくれたお礼も伝えたくて。彼女が帰ってきたときに話してくれたんだ」

「新しいハウスメイトとあんなふうに出会うのは珍しいから」テイラが言った。

「定番にするのはやめよう」ぼくは言った。

「わたしはそれでもかまわないけど」

「そして、こっちがあんたの新しいハウスメイトたちだ」トニーがほかの二体のスリープを指さした。「そっちがサムで――」

「よう」サムが片手をあげた。

「やあ」ぼくは言った。

「――こっちが例の双子、ジャスティンとジャスティーヌだ」トニーはそう言って、残った一体のスリープを指さした。ぼくが説明を求めようとすると、視界にテキストがポップアップした。トニーからだ――〈聞

き流せ、あとで説明する〉

「やあ」ぼくは双子のスリープに言った。

「こんばんは」少なくとも双子の片方が返事をした。

「くつろいでもらうために、おれたちになにかできることはあるかな？」トニーが言った。「お楽しみでいっぱいの二日間を過ごしてきたんだろ」

「正直に言うと、いまは少し睡眠をとりたい」ぼくは言った。「あまり刺激的な返事じゃないのはわかってるけど、ほんとに長い一日だったから」

「かまわないさ。あんたの部屋は、昨日ここへ来たときのまんまだ。デスクチェアに誘導式充電パッドが組み込まれている。もっといいのを入れるまでは、そいつが役に立つだろう」

「申し分ないね。そういうことなら、おやすみ、みんな」

「待って」双子が言って、ぼくに風船を渡した。「あなたが入ってきたときに投げるのを忘れたから」


「ありがとう」ぼくは風船を受け取った。

「わたしたちがふくらませたんですよ」

ぼくはその言葉がなにを意味するか考え込み、しばらくしてたずねた。「どうやって？」

「きかないで」双子は言った。

12

もちろん、眠れなかった。三時間がんばったあとで、あきらめて自分の洞窟へ向かった。

ヘイデンにとって、個人空間というのはやっかいな問題だ。物質世界では、ヘイデンがどれだけの空間を実際に必要とするかについて、常に議論がかわされている。ぼくたちの肉体は動かないし、その大半は複雑だったり簡素だったりする特殊な医療用クレードルにおさまっている。ヘイデンに必要なのは、自分のクレードルとそれにつながる医療機器が置けるだけの空間で、厳密に言えばそれがすべてだった。

同じように、スリープについても、空間は問題にならない。スリープは機械であり、機械は個人空間を必要としない。車は同じガレージにどれだけたくさんの車があっても気にしない。乗り降りするための余裕があればそれでいい。このふたつの条件を考慮して、人びとが初めてヘイデンとスリープのための空間の設計に取りかかったとき、それはラターシャ・ロビンスンが見せてくれたような効率的なワンルームばかりになってしまった――狭くて、病院っぽくて、実用一点張り。

その後、ヘイデンたちのあいだで、原因がふつうとはちがう深刻な鬱病が急増していることがわかってきた。少しでも考えてみれば理由は明白だ。ヘイデンの肉体はクレードルにおさまっていて、スリープは機械かもしれないが、ヘイデンがスリープを動かしているとき、彼らはやはり人間なのだ――そして、たいていの人間はクロゼットの中で暮らしていたら幸せな気分にはなれない。ヘイデンは、ふつうに体が動く人びとほど物理的空間を必要としないかもしれないが、それでも少しは必要だ。だからこそ、ああいう効率的なワンルームがヘイデンの住まいとしては最後の手段になるのだ。

非物質世界（仮想世界ではない――なぜなら、ヘイデンにとって非物質世界は物質世界と同じように現実なのだ）には、ヘイデンたちの広大な地球規模の集会場、アゴラがある。ドジャーたち――ヘイデンではない人びと――は、アゴラのことを、三次元のソーシャル・ネットワークみたいなものと考えがちだ。とてつもない大人数が参加する、冒険の旅のない、ただ突っ立って話をするだけのオンラインゲームだと。人びとがそう考える理由のひとつは、ドジャーたちに開放されている公共エリア（当然、そこはドジャー・スタジアムと呼ばれている）が、まさにそのような場所だからだ。

アゴラの機能をヘイデンではない人びとに説明するのは、色覚異常のある人に緑色を説明するようなものだ。なんとなくわかっても、その豊かで複雑な色合いを正しく認識することができないのは、彼らの脳がそのように働かないからだ。ぼくたちの広大な集会場を、ぼくたちの議論やゲームを、ぼくたちがどうやって性的あるいはそれ以外の関係をもつかを説明したところで、どうしても違和感を、へたをすれば不快感さえあたえることになる。究極的なまでに〝そこに行ってみるしかない〟のだ。

こうした事情により、アゴラそのものでは、はっきりしたプライバシーの感覚はない。しばらくのあいだアゴラを封鎖したり、一時的に排他的な建物や部屋をつくることはできる――人はやはり人であり、徒党やら派閥やらがあるものだ。しかし、アゴラは、常に自分の頭の中に隔離されている人びとのための共同体を築くことを目的として設計された。意図的にオープンな造りになっていたので、開設から二十年が過ぎるうちに、物質世界との直接的な類似をもたない空間へと進化してきた。そうした開放性は、ヘイデンたちが物質世界でおたがいとかかわるときのやりかたにも影響をおよぼしている。彼らは自分のＩＤを見えるようにして、共通回線を利用し、情報をやりとりするが、そうしたやりかたは、ドジャーたちには見境がないとか常軌を逸しているとか思われがちだ。

念のために言っておくが、ヘイデン全員というわけではない。もっと歳をとってから病気にかかったヘイデンたちは、人生の大半を過ごしてきた物質世界により深く結びついていた。そのため、病気にかかったあとは、ほとんどの時間をスリープで過ごし、アゴラを使うのは――そもそも使えばの話だが――装飾過多なメールシステムとしてのみだった。

これとは逆に、若いうちに病気にかかって、物質世界との結びつきが弱いヘイデンたちは、自分の意識をスリープに押し込んで物質世界をガチャガチャと歩き回るよりも、アゴラとその生活様式のほうを好んでいた。ほとんどのヘイデンたちは、ふたつの空間のあいだで、アゴラと物質世界の両方に、状況に応じて存在していた。

だが、一日が終わるとき、物質世界もアゴラも、ヘイデンたちの多くが真に必要とするものを提供することはできない。すなわち、ひとりきりになれる場所だ。隔離されるのではなく――ヘイデン症候群によって強要されるロックインではなく――みずから選んだ場所で、ひとりになって、くつろいで穏やかに思いをめぐらす。自分自身と、自分が選んで招き入れたごく少数のための、世界のはざまにある閾空間（リミナル・スペース）。

閾空間がどのような姿になるかは、その人が何者であるかということと、維持しなければならないコンピューターインフラによって決まる。型にはまったシンプルきわまりない家で、共有サーバーに保管されるものもあれば――額縁の中に表示される広告によって維持される無料の〝規格住宅〟で、ヘイデンがドアから出たとたんに、コンピュータ的には崩壊する——広大かつ永続する世界として、その所有者であるとても裕福なヘイデンがみずからの創造物の上に浮かぶ宮殿に住んでいるあいだは、ずっと成長と発展を続けるものもある。

ぼくの閾空間は、その両者の中間的なものだ。広くて暗い洞窟で、天井にはたくさんのツチボタルが張り付いて夜空を模している。実を言えば、ニュージーランドにあるワイトモ洞窟の再現で、ただ大きさが十倍ほどあって、観光客用のアトラクションの痕跡がまったくないだけだ。

この洞窟には、黒々と勢いよく流れる地下の川にせり出したプラットホームがあって、ぼくはその上にたたずみ、あるいは、ひとつだけ置いてある質素な椅子に腰をおろす。

自分の洞窟に他人を入れることはめったにない。数少ないそうした機会のひとつが、大学時代に別のヘイデンとデートしていたときのことで、その人はあたりを見回すなり、「バットマンの洞窟みたい！」と叫び、声をあげて笑い出した。すでに壊れかけていたふたりの関係は、それからさほどたたずに崩壊した。

最近は、自分で認めたい以上に、あのコメントは的確だった気がする。これまでは、どこにいようと行動を追跡される有名人として多くの時間を過ごしてきた。ぼくだけの空間は暗くて静かで、もうひとりの自分になることができる——整然と宿題に取り組んだり、あるいは、そのときは深い考えのように思えた自分の意見についてじっくりと考えたり。

あるいは、今回については、犯罪と闘ったり。

この二日間は、あまりにもたくさんのことが起きたために、それぞれのできごとのつながりを残らず洗い出し、データを処理して役に立つなにかを探すということができていなかった。いまがそのときだ。どのみち目がさえて眠れなかった。

記憶から次々と画像を引き出して、それらを暗闇へ投じていく。まずは、ジョニー・サニの画像——ウォーターゲート・ホテルのカーペットの上で死んでいる。そのあとに続くのが、ニコラス・ベルの画像で、ホテルの部屋でベッドにすわって両手をあげている。サミュエル・シュウォーツとルーカス・ハバードについては、ここで表示されるのはスリープや統合者ではなく、公認のマスコミ用資料写真だ——それらの画像は、ふたりの肉体の顔立ちを基にしていたが、動きや生気のある見た目になるよう修正されていた。あくまで模造でしかないが、それはふたりのせいではない。公認のマスコミ用資料写真があるのは彼らだけではないのだ。ぼくにもある。とにかく、以前はあった。

次のカール・ベアは、ラウドン・ファーマ社のＩＤからとった画像。ジェイ・カーニーは統合者の免許証から。ぼくはいったん作業を止めて、統合者のデータベースにアクセスし、まえの晩にシュウォーツが統合していた女性を見つけた。名前はブレンダ・リーズ。その画像も投じる。

ちょっと考えてから、ジム・ブコールドとぼくの父の画像も投じた。後者については、おもに自分の中で道しるべとするためだ。最後に、カッサンドラ・ベルの代用画像——彼女は公認のマスコミ用資料写真がなかった。

次にこれらをつないでいく。サニはニコラス・ベルとつながる。ニコラス・ベルはハバードとシュウォーツと妹のカッサンドラ。ハバードはシュウォーツとぼくの父。シュウォーツはハバードとぼくの父とブレンダ・リーズとジェイ・カーニー。カーニーはシュウォーツとベア。ベアはカーニーとブコールド。ブコールドはまた父に戻る。こぢんまりした関係図。

今度は背景だ。サニのところに、祖母へ送った最後の為替を置き、そこでいったんＦＢＩのサーバーにアクセスして、為替の送られた場所を突き止めるためにシリアルナンバーと経路情報の検索を要求した。それがすむと、ウィンドウ・ロック・コンピューテーショナル・ファシリティをポップアップさせ、そこからメディコード社まで線を引いて、さらにルーカス・ハバードへつないだ。

ブコールドからはラウドン・ファーマ社へ線をつないだ。爆破事件について当日のニュース記事を検索してみた。ベアの告白ビデオは、まず外部に流出し、そのあとで正式に公表されたので、カッサンドラ・ベルには、明白に、あるいは暗黙のうちに爆破事件に関与したのではないかという疑惑がふりかかっていた。ぼくは彼女からラウドン・ファーマ社に線を引いた。

カッサンドラ・ベルについては、ヘイデンたちのストライキともうじきナショナルモールでおこなわれるデモ行進に関する記事を検索してみた。トリンは嘘をついていなかった——昨日は、ワシントンDCだけでヘイデンがらみの襲撃事件が二十件起きていた。その大半はスリープに対する攻撃というかたちをとっていた。ぼくが阻止したような殴打事件もいくつかあったが、手動運転にした車でスリープに突っ込んだのも二件あった。スリープをバスの進路に突き飛ばし、スリープとバスの両方に損傷をあたえた事件もあった。

いったいなにを考えているのかと思わずにいられなかった。スリープを〝殺す〟というのは、交換可能な機械を壊すだけのことでしかないが、スリープを襲撃した人のほうは、生身の人を襲撃したのと同じ立場に置かれるのだ。ぼくはそこでダニー・リンチのことを思い出し、こうした争いに理屈はあまり通用しないのだと考え直した。

こうした襲撃のうち少なくとも二件で、最終的にヘイデンが勝者となっていたが、それはそれでいろいろと問題があった。アンドロイドのようなマシンが生身の人間を殴る映像は、頭の足りない、ふつうは男性で、ふつうは若い、一部の人類のあいだに、先祖返りでもしたような感情を呼び起こしてしまう。これから数日は市警察をうらやましく思うことはないだろう。

FBIのサーバーからピンが来た。為替が送られたのは、カリフォルニア州ドゥアルテにある郵便局だった。その都市に関する百科事典の項目をポップアップさせたところ、市のモットーが〝健康都市〟となっていて、なかなかの偶然だと思ったのだが、よく調べたらシティ・オブ・ホープ国立医療センターの拠点でもあった。シティ・オブ・ホープは合成インスリンの開発に協力していて、国立癌研究所とならぶ〝総合癌センター〟とみなされていた。しかも、ぼくの目的により関連の深い事実として、ヘイデン症候群の研究および治療にあたる国内の医療研究所では五本の指に入る存在だった。

もしもジョニー・サニがニューラルネットワークを導入するとしたら、ここは格好の施設だろう。

とはいえ、サニがそこでニューラルネットワークを導入していたとしたら、FBIのデータベースに情報があがっているはずだ。

カッサンドラ・ベルの調査に戻って、彼女についての検索に取りかかり、百科事典にあった経歴と、ラウドン・ファーマ社とは無関係な最近のニュース記事を引き出した。

カッサンドラ・ベルは、一度もロックインにならなかったごく少数のヘイデンのひとりだ。母親が、カッサンドラを身ごもっていたときにヘイデン症候群にかかり、子宮にいた娘を感染させた。

通常であれば、これは命取りになる。妊娠中の女性がヘイデン症候群にかかった場合、その大多数のケースで、ウイルスは胎盤関門をあっさりとすり抜けて胎児を殺してしまう。

ヘイデン症候群にかかって出生まで生き延びた胎児はわずか五パーセント。そのほとんどはロックインになった。生まれた赤ん坊の半数は、ウイルスで免疫系の働きを阻害され、あるいは病気がもたらすほかのさまざまな合併症により、最初の一年がたたないうちに死亡した。そこを生き延びた赤ん坊のほぼ全員が、ウイルスが初期の脳の発達におよぼすダメージや、ヘイデン症候群が生み出す隔離という深刻な問題を経験することで、初期の情緒面および社会面の発育を阻害された。

カッサンドラ・ベルが生きていて、高い知能を有し、しかも正気でいることは、ちょっとした奇跡と言えるのだ。

だが、カッサンドラを〝ふつうの人〟と呼ぶのは言い過ぎかもしれない。彼女はほぼアゴラの内部だけで育てられた。初めのうちは、最終的にロックインに陥った母親がその役割を担っていた。カッサンドラが十歳のときに、母親が病気とは無関係な原因で亡くなると、彼女の教育は、ヘイデンの養父母と、実の兄のニコラスにゆだねられることになった。ニコラスは母親と同じときに感染して、その後に統合者としての能力を発達させていた。

かたちはちがえど、カッサンドラはぼくと同じような有名人で、ヘイデンたちのあいだではやはり好奇の対象だった。知能の発達を阻害されるどころか、カッサンドラは驚くほどの聡明さを発揮し、十歳でハイスクール卒業資格を取得したが、マサチューセッツ工科大学とカリフォルニア工科大学からの誘いは受け入れなかった。スリープを使うことを要求されて、それを拒否したからだ。

その代わりに、カッサンドラはヘイデン分離主義の活動家となり、ヘイデンはスリープを使うことで課せられる物質世界の制約から解き放たれ、アゴラが提供するメタファーとしての生活を受け入れて拡張するべきだと主張した。ヘイデンとドジャーとの交流を否定したわけではない。自分たちのやりたいようにするべきだと言ったのだ――ドジャーたちのやりたいようにではなく。

カッサンドラ・ベルの主張を受け入れるかどうかは、その人が物質世界とアゴラのどちらで多くの時間を過ごしたかによって大きく影響される。だが、彼女の言葉を聞こうとするヘイデンの数は、エイブラムズ＝ケタリング法案が徐々に賛同者を集めて成立までいたったとたん、急激に増加していた。彼女がストライキを提案して人びとを扇動したのだ。さらに、噂では、彼女はついに物質世界へ姿をあらわして、今週末のナショナルモールでのデモ行進で演説をおこなうだろうと言われていた。

基本的に、まだ二十歳という若さでありながら、カッサンドラ・ベルは、その信奉者たちからはガンジーやマーティン・ルーサー・キングと並び称され、その批判者たちからはさまざまなテロリストやカルト集団のリーダーと同列に扱われていた。

ベアとカーニーがラウドン・ファーマ社でとった行動は、現時点ではカッサンドラのイメージを向上させることはなく、人びとは早くも、ストライキに参加するヘイデンたちを、カッサンドラ自身も含めて、攻撃し始めていた。ぼくは最近の彼女のコメントや声明をざっとながめて、あの爆破事件についてどう語っているのか探してみた。

その件について、現時点では、カッサンドラは沈黙を保っていた。これが報道で彼女に有利に働くことはなかった。それでも、なにかバカなことを口走るよりは黙っているほうがましかもしれない。

考えてみると、いままでカッサンドラ・ベルと会ったことがないのは妙な感じだ。いまいる若きヘイデンの中ではもっとも有名なふたりなのに。とはいえ、彼女が有名になり始めたのは、ぼくがスポットライトから離れて私生活のようなものを始めようとしていたころとだいたい同じだった。

〝それだけじゃない、正直になれ〟ぼくは胸の内でつぶやいた。〝おまえは体制派だ。カッサンドラは急進派だ〟

それはたしかに事実だった。父とその活動を通じて、ぼくはたいていの若いヘイデンたちよりも物質世界に身を置くことが多かった。カッサンドラ・ベルのほうは、その評判以外は、けっして物質世界に出てこなかった。

カッサンドラ・ベルのことはちょっと脇へ置いておいて、ジェイ・カーニーに戻った。カール・ベアのためにみずからを吹き飛ばした男だ。顧客リストをざっと見てみたところ、ヴァンが言ったとおり、ベアはたしかにカーニーの顧客で、過去二十一カ月に三度予約を受けていた。最後が十一カ月まえだ。カーニーの予約メモによると、ふたりはパラセーリングに出かけたようだった。

けれども、予約の内容に関する短いメモを別にすると、ふたりを結びつけるものはなにも見当たらなかった。二年間で三度の予約では、過去につながりがあったことの証拠にはなっても、それほど深い関係とは言えない。

FBIは、ベアとカーニーが爆破事件を起こしたことが明らかになるとすぐに、ふたりの生活のあらゆる断片について捜査令状をとっていた。ぼくはそのデータの山に手を伸ばして、メッセージと支払い記録を引き出した。ふたりのあいだにどれくらいのやりとりがあったのかを知りたかった。個人的なメッセージでも金銭上のちょっとした痕跡でもいいから、ふたりがなにか重要なやりとりをかわしていた手掛かりを見つけたかった。

そんなものはほとんどなかった。メッセージの内容は、統合の予約に関することと、活動内容やカーニーからの請求額といったありきたりな事柄にまつわる話し合いばかりだった。同様に、支払い記録があるのも統合の予約があるときだけで、ベアからカーニーへの支払いにかぎられていた。

痕跡がないからといって、ふたりが会っていなかったとか爆破を計画していなかったということにはならない。それが意味するのは、もしもふたりが犯人だとしたら、愚かな行動はとっていなかったということだけだ。それでも、大きな計画が進んでいるようには見えなかった。

作業を止めて顔をあげ、画像と検索結果をならべた壁から一歩あとずさり、そこに、その結びつきの中になんらかの構造を見つけようとした。おそらく、たいていの人びとにとっては、写真やニュースの断片が入り乱れる、完全なカオスにしか見えないだろう。

気持ちが安らぐのを感じた。これまでにわかっている事実はすべてここにある。すべてがなんらかのかたちで結びついている。頭の中でごちゃまぜになっていたときには見えなかったかたちで、それぞれのつながりを見ることができる。

〝先へ進んで〟頭の中でヴァンの声が聞こえた。ぼくはにやりと笑った。

一。つながりの糸が集結している場所がふたつある。ひとつはルーカス・ハバードで、ニコラス・ベル、サム・シュウォーツ、それとぼくの父がつながっている。ジム・ブコールドは、彼を相手に、おたがいのビジネスにかかわる問題について議論していた。

もうひとつはカッサンドラ・ベルで、こちらにはニコラス・ベル、ベア、カーニーがつながっている。ブコールドは彼女を敵視し、ハバードは、ブコールドとの議論から考えると、たぶん彼女に共感している。

となると――この両者に、とりわけカッサンドラ・ベルに突撃しなければ。彼女は、この中でぼくがじかに対面したことのない唯一の人物だ。可能なら面会の約束を取り付けよう。

二。ベアとカーニー――このふたりのつながりにまだ確信がもてない。もっとよく調べてみよう。

三。ジョニー・サニ。彼がドゥアルテでなにをしていたのか、そこに彼がいたことを知っていた人物がいるのかどうかを突き止めよう。彼とシティ・オブ・ホープとのつながりも調べないと。

四。この混沌からはずれている人物がふたり——ぼくの父とブレンダ・リーズだ。上院議員選挙に出馬しようというときに、父が悪事に関与するとはとても考えられない。いずれにせよ、もしも父を捜査することになったら、ぼくはとてつもない利害の衝突に直面することになる。

ブレンダ・リーズについては、本人から話を聞いて、なにか役に立つ情報があるかどうか確かめてみたほうが良さそうだ。

五。ニコラス・ベル。彼はサニと会っていたときは仕事中だったと言っていたが、そのくせ、サニと統合するためにそこにいたように見える——たとえそれが不可能なことだったとしても。なぜなら、ふたりはどちらも統合者だし、ヘッドセットは偽物だった。

では、ほんとうのところ、そこではいったいなにが起きていたのか？

そして、ジョニー・サニはなぜ自殺をしたのか？

このふたつの謎については、ぼくの頭からこれだけのデータポイントを引き出して空間へぶちまけてみても、いっこうに明確にはならなかった。

13

軽いピンが洞窟に響き渡った。それは非侵襲性の着信があったときの音で、受け手に意識があれば鳴るが、そうでなければ鳴ることはない。ヘイデンだって、ほかの人たちと同じように、真夜中に迷惑電話で叩き起こされるのは大嫌いなのだ。ぼくはウィンドウをひらいて相手を確かめた。トニーだ。

音声のみで呼び出しに応答した。「遅くまで起きているんだな」ぼくは言った。

「仕事の締め切りなんだよ」トニーは言った。「眠りたいというあんたの言葉は嘘だったんじゃないかという気がしてね」

「嘘はついてないよ。眠れないだけで」

「それでなにをしてるんだ？」

「山のような謎を解き明かそうとしてるけど、残念ながらくわしくは話せない。そっちは？」

「いま現在は、コードをコンパイルしてる。おれのほうはくわしく話してもかまわないが、あんたは興味ないだろうな」

「そんなことはないよ。ぼくの好奇心には際限がないから」

「挑戦と受け取るぞ」トニーが言うと、データパネルでボタンがひとつポップアップした。「それがドアコードだ。来いよ」

トニーは自分の闞空間へ、少なくともその共有エリアへぼくを招待していた。

ぼくはためらった。たいていのヘイデンは自分だけの空間を守ろうとする。トニーはぼくに親密な申し出をしていた。まだ知り合って間もないのに。

だが、そんなのは考えすぎだと判断して、ぼくはボタンにふれた。ボタンが広がってドアの枠になり、ぼくはそこへ踏み込んだ。

トニーの仕事場は、壁の高いレトロなテレビゲームのような立方体だった。全体が真っ黒な空間で、壁はネオンブルーの線で区切られ、そこから幾何学模様が広がっている。

「言わないで、当ててやるから」ぼくは言った。「きみは〈トロン〉のファンだな」

「一発で正解だ」トニーのそばにはスタンディングデスクがあり、その上にはネオンの縁取りがされたキーボードが浮かんでいた。となりに浮かぶスクリーンにはコードが表示されていて、ゆっくりと明滅するツールバーが、トニーのコードのコンパイルが完了するまでの時間をしめしていた。トニーの頭上では、でたらめにつながっているようにしか見えない無数の線が渦を巻き、ゆるやかに回転していた。

その正体はすぐにわかった。

「ニューラルネットワークか」ぼくは言った。

「またもや一発で正解だ」トニーの自己像は、たいていの人がそうするように、本人の物質的な姿を、よりかっこよく、より引き締めて、しゃれた服を着せたものだった。「おれをほんとに驚かせたいなら、メーカーとモデルまで当てないと」

「まったく見当もつかないね」

「アマチュアだな」トニーは明るく言った。「これはサンタ・アナ・システムズ社のダヴィンチ、モデル7だ。最新リリース版だよ。こいつのソフトウェアに適用するパッチのコーディングをしてるんだ」

「見てかまわないのか？」ぼくは表示されているコードを指さした。「これはぜんぶ社外秘じゃないかと思うんだけど」

「そのとおり。でも、あんたは優秀なプログラマには見えないから——気を悪くするなよ——そこに表示されてるダヴィンチも、あんたには芸術的に飾られたスパゲティでしかないんじゃないかと」

「たしかに」

「だったら問題ない。どのみち、ここにあるものをあんたが記録できるわけじゃないからな」そのとおりだった。個人の閾空間では、来訪者の記録機能はデフォルトでオフになっている。

ぼくはトニーの頭上に浮かんでいるニューラルネットワークのモデルを見あげた。「なんだか妙な感じがしないか？」

「ニューラルネットワーク全般のことかな？　それともダヴィンチ7のことか？　ここだけの話、D7はやっかいな代物なんだ。アーキテクチャのできが悪くてなあ」

「全般のことだよ」ぼくはまた見あげた。「こんなものがぼくたちの頭蓋骨の中にあるってことが」

「頭蓋骨の中だけじゃない。脳の中にあるんだ。ほんとに〝中〟で、神経の活動を毎秒二千回サンプリングしてる。いったん入れたら、もう取り出せない。脳のほうがそれに適応するからな。はずそうとしたら、自分自身の機能を損なうことになる。いま以上に」

「楽しい話だなあ」

「ほんとうに楽しい気分になりたいなら、こいつのソフトウェアのことを考えるべきだな。ニューラルネットワークの機能をコントロールしているわけだが、実際には、次々と出てくる問題をその場しのぎで解決している状態でね」トニーは表示されているコードを指さした。「サンタ・アナが実施した前回のソフトウェア更新で、およそ〇・五パーセントの利用者が胆囊に過剰な刺激を受けるようになってしまった」

「どうしてそんなことに？」

「D7と脳の神経信号との予期せぬ干渉だ。それが想定以上に発生している。ソフトウェアは必ず脳シミュレータでテストしてから顧客にアップロードするんだが、ほんものの脳はそれぞれちがうし、ヘイデンの脳は病気で構造が変わっているからなおさらだ。おかげで、常に予想外のことが起きる。このパッチは胆石ができるまえに問題を修復するためのものだ。たとえ胆石ができてしまったとしても、最低限、ニューラルネットワークまで原因をたどることはできなくなる」

「とんでもないな。ぼくの頭に埋め込まれているのがサンタ・アナのでなくて良かったよ」

「まあ、公平に言えば、サンタ・アナだけの話じゃないんだけどな」トニーは顎でぼくをしめした。「そこに入っているのは？」

「レイセオン」

「ほう。古いな。あそこは十年まえにニューラルネットワークの販売からは手を引いたぞ」

「聞きたくなかったなあ」

トニーはどうってことないと手を振った。「メンテナンスはハバード社が引き継いでる」

「どこだって？」ぼくは一瞬ショックを受けた。

「ハバード・テクノロジーズ。ルーカス・ハバードが最初に設立した会社だよ、アクセレラント社をつくるまえに。ハバード社はネットワークの製造はしていない——それは別のアクセレラント系列の会社でやっている——でも、当初のゴールドラッシュが過ぎたあとでこの分野を離れた他社のシステムのメンテナンスを引き継いで、大金を稼ぎ出している。会社の広報を信じるなら、初期にはハバード自身が大量のコードやパッチを書いていたそうだ」

「なるほど」ハバードがいきなり頭の中に——比喩としてだけでなく文字どおり——入り込んできたせいで、ぼくはすっかり混乱していた。

「おれもハバード社の仕事をやったことがある。実を言うと、ほんの数カ月まえのことだ。あそこにも問題はあるんだよ、マジで」

「あまり知りたくないような」

「最近、大腸が痙攣することはないか？」

「ええと、ないな」

「だったらなにも心配する必要はない」

「そりゃ良かった」

「おれはぜんぶの仕事をしてきた。すべてのネットワークだ。実は、最大の問題は神経の干渉じゃない。基本的なセキュリティだ」

「だれかがニューラルネットワークをハッキングするとか」

「ああ」

「そんな事件は聞いたことがないな」

「それには理由がある。第一に、ニューラルネットワークのアーキテクチャは、プログラムするのも、外部からアクセスするのもむずかしくなるよう、わざと複雑な設計になっている。D7がやっかいな代物なのは、その特性であって、バグじゃないんだ。ほかのネットワークもみんな、第一世代から同じような設計になっている。


第二に、やつらはおれみたいな連中を雇って、そういうことが起きないようにしている。おれが請け負う仕事の半分は、善玉ハッカーとしてネットワークへの侵入を試みることだ」

「侵入してどうするんだ？」

「おれか？　報告書をあげる。第一世代のネットワークに対して、ハッカーどもはブラックメール作戦を実行する。グロ画像を立て続けに表示させたり、〈イッツ・ア・スモール・ワールド〉をえんえんとループさせたりするんだ——被害者がそれを止めるために金を払うまで」

「ひどいな」

トニーは肩をすくめた。「やつらは考えなしだったんだ。ほんとに。脳の中にコンピュータを？　いったいなにが起こると思ってたんだ？　やつらが修正パッチについて真剣になったのは、ウクライナのハッカーが面白半分に人びとに不整脈を起こさせたときのことだった。まさに第一級殺人未遂だよ」

「修正してくれて良かった」

「まあ、いまのところはな」コードのコンパイルが完了し、トニーは手を振ってそれを実行した。頭上でニューラルネットワークが明滅した。それはただのきれいな画像ではなかった。ネットワークの実際のシミュレーションだった。

「どういう意味だ、〝いまのところ〟って？」ぼくはたずねた。

「考えてもみろよ、クリス」トニーはぼくの頭を指さした。「あんたの頭の中にあるのは、事実上、時代遅れのシステムだ。そいつを維持するための費用は、いまは国立衛生研究所の予算でまかなわれている。エイブラムズ＝ケタリング法が来週の月曜日に施行されたら、国立衛生研究所はいまの契約が切れしだい、維持費用の支払いを停止していくだろう。サンタ・アナ社やハバード社は、企業としての親切心からアップデートやパッチを提供しているわけじゃない。ちゃんと支払いを受けている。それが止まったら、ほかのだれかが支払いを続けないかぎり、アップデートの提供はなくなる」

「ぼくたちはみんなヤバいと」

「ヤバいのは一部の連中だ。おれは大丈夫だ。これがおれの仕事だから、自分のネットワークの修正はできる。あんたも大丈夫だ。おれみたいなのを雇ってネットワークのメンテナンス作業をやらせればいい。うちのハウスメイトたちも大丈夫だ。おれはあいつらが好きだから、意志に反してスパムが脳内に流れ込むような目にはあわせたくない。中流階級のヘイデンたちは、たぶん月払いでアップデートを購入できるだろう――少なくともサンタ・アナ社については、すでにそういう計画があるのを知っている。

そのいっぽうで、貧乏なヘイデンたちはかなり悲惨なことになる。アップデートをまったく入手できなくなって、ソフトウェアの陳腐化やハッキングに対して無抵抗になるか、あるいは、広告付きのアップデートとか、なにかそんなものでがまんするしかない。そうなったら、毎朝、一日の用事を始めるまえに、新しいスリープや栄養パウダーや排泄物バッグの腹立たしい広告をえんえんと見せられることになる」

「それじゃスパムだ」

「利用者が同意していればスパムにはならない。選択肢がほとんどなくなるだけだ」

「たいへんだな」

「アップデートだけの話じゃない。アゴラのことを考えてみろ。たいていの連中は、それをどこかに魔法みたいにふわふわ浮かんでる空間だと思ってる」トニーは両手で身ぶりをしてみせた。「実際には、ゲーザーズバーグ郊外にある、国立衛生研究所のサーバー施設で稼働しているんだ」

「でも、それは閉鎖の対象にはならないだろ。そんなことをしたらパニックになる」

「たしかに閉鎖はされない。だが、実は国立衛生研究所は買い手の候補と交渉を進めている」トニーはニューラルネットワークを指さした。「サンタ・アナ社も、アクセレラント社も、ゼネラルモーターズ社も、さらにはシリコンバレーにあるおもだった企業のほぼすべてが入札に加わっているんだ」

トニーは肩をすくめた。「最終的にあの施設を買う会社は、アゴラの性格を十年かそこらは変えないと約束しなければならないだろうが、そんなものにどれほどの価値があるやら。それから先はまちがいなく月払いのアクセス料金になる。アゴラの中でどうやって看板を立てるのかはわからないが、遅かれ早かれ方法は見つかるだろう」

「ずいぶんいろいろ考えているんだな」ぼくはしばらくして言った。

トニーは笑みを浮かべて、目をそらし、そっけなく手を振った。「すまん。おれの得意な話題だったもんでな。ほかのことではこんなにくそまじめに語ったりしないんだが」

「かまわないよ。それに、きみがそのことについて考えているのはいいことだ」

「まあ、副次的な影響として、こういう政府からの受注がパーになると、おれのやってる仕事も苦しくなる。だから、そんなにご立派な理由で社会的な活動をしてるわけじゃない。食べていきたいからな。いや、栄養バランスのとれた液体の注入だけど。今週のストライキに参加しているヘイデンたちは、おれたちの世界がめちゃめちゃにされようとしているのに、ほかのアメリカ人は真剣に考えているようには見えないと主張しているんだ」

「でも、きみはストライキに参加していない」

「おれは首尾一貫していないんだ。臆病なのかもしれない。あるいは、これから干上がるのがわかってるから、いまのうちにできるだけたくさんの金を貯めておきたいとか。ストライキは見識ある行動だが、いまのおれにそんな余裕はない」

「ナショナルモールでのデモ行進は？」

「ああ、そっちはまちがいなく参加する」トニーはにやりと笑った。「みんな行くんじゃないかな。あんたはどうするんだ？」

「ほぼ確実に仕事をしているだろうね」

「そうか。あんたには忙しい一週間になりそうだな」

「ちょっとだけだよ」

「なんだか深みにはまってるように見えるぞ」トニーはそう言って、コードに目を戻した。「初仕事にとんでもない週を選んだもんだ」

ぼくはにっこり笑い、明滅するニューラルネットワークを見あげて、考えた。「なあ、トニー」

「うん？」

「さっきハッカーが人びとに心臓発作を起こさせたと

言ってたよな」

「まあ、実際は不整脈だけど、だいたいそんなところだ。なぜ？」

「ハッカーが他人に自殺願望を植え付けることは可能かな？」

トニーは眉をひそめてしばらく考え込んだ。「あんたが言ってるのは、自殺願望につながるような憂鬱な気分のことなのか、それとも、〝いまから銃をくわえないと〟みたいな具体的な思考のことなのか？」

「どちらでも。両方かな」

「ニューラルネットワークを通じて憂鬱な気分にさせるのはたぶん可能だと思う。つまりは脳内の化学成分を操作するわけだから、ネットワークがすでにやっていることだ」——ネットワークのシミュレータを指さし——「もっとも、ふつうは事故なんだけどな。おれがいまやっているパッチは、まさにそういう化学操作を止めるためのものだ」

「具体的な思考については？」

「たぶんむりだろう。自分の頭で思いついたように感じられる思考ということなら。外部からの映像や音を生成するのはどうってことない——どっちもいまやっていることだ。この部屋はおたがいの合意のうえで成り立つ幻影だからな。しかし、意識をじかに操作して、あたえられた思考を自分で考えているものだと思い込ませるのは——しかもそのあとで行動に移させるのは——むずかしい」

「むずかしいのか、それとも不可能なのか？」

「〝不可能〟とは言わない。だが、ここで言う〝むずかしい〟は、おれの知るかぎりいままでだれもやっていない、という意味だ。たとえやってみたくても、おれにはどうやればいいのかわからない。やりたくもないが」

「倫理に反するから」

「そりゃそうさ。それに、もしもおれが思いつくようなら、だれかほかのやつも思いついているはずだからだ。もっと頭がきれるやつは必ずいるし、そいつは倫理とは無縁かもしれない。そうなったらもうむちゃくちゃだ。ただでさえ、自由意志を信じるのはむずかしいってのに」

「じゃあ、とてもむずかしいけど絶対に不可能ではないわけだ」

「とてもとてもとてもむずかしい。だが、理論上は可能だ。なにせ、ほら、量子物理学の宇宙だから。なぜそんなことをきくんだ、クリス？ ただの好奇心ってわけじゃなさそうだな」

「きみの仕事のスケジュールはどうなってる？」

トニーは上へ顎をしゃくった。「おれのパッチは仕様どおり機能しているようだ。ちょいと仕上げの作業をすませたら、まあ一時間もかからないはずだが、こいつを送ってしまえば体があく」

「連邦政府の仕事をしたことはあるか？」

「おれはワシントンDCに住んでいるんだぞ、クリス。もちろん政府の仕事だってやったさ。ベンダーIDもなにもかもそろってる」

「セキュリティ・クリアランスは？」

「ああ、機密事項にかかわる仕事もやったよ。あんたが考えているレベルかどうかは、調べてみないとわからないけどな」

「じゃあ、きみに仕事を頼むかもしれない」

「ニューラルネットワーク関係か？」

「そうだ。ハードウェアとソフトウェア」

「いつから取りかかればいい？」

「明日かな。たぶん、午前九時」

トニーはにやりとした。「まあ、それなら。いまやってる仕事を片づけたら少しは眠れそうだな」

「ありがとう」

「いや。礼を言うのはこっちだ。新しいハウスメイトが仕事をかかえてやってくるのは珍しいからな。あんたは正式におれのお気に入りのハウスメイトになりそうだ」

「口外はしないよ」

「いや、どんどん話してくれ。それで争奪戦が起きるかもしれない。おれにとってはありがたいよ。仕事はいくらあってもいいからな」

14

「おれがこんなことを言ったなんて、トリンには話さないでほしいんだが」デイヴィッドスン警部が、市警の留置場に入っている五人のヘイデンたちを指さしながら言った。「FBIがこのバカどもを引き受けてくれるなら、おれとしては大助かりだ」

五人のヘイデンたち、より正確に言うならそのスリープたちは、ぼくと、ヴァンと、デイヴィッドスンを留置場の中からにらみつけた。なぜにらんでいるとわかるかというと、彼らのスリープに特注の頭部がついていて、そこに顔と表情が表示されていたからだ。これらのスリープに使われていたのは、所有者のほんとうの顔ではなかった——彼らがジョージ・ワシントン、トマス・ジェファーソン、パトリック・ヘンリー、トマス・ペイン、アレクサンダー・ハミルトンの生き写しでないかぎりは。スリープたちは植民地時代の軍服も身につけていたが、史実に即しているのかどうかはわからなかった。まるで小学校にある大陸会議のジオラマが動き出したかのようだ。

もちろん、スリープはただのスリープだ。それらを操作しているヘイデンたちは、国内のどこかよその場所にいる。だが、ヘイデンがスリープを使っているときに逮捕された場合、もしも接続を切ったら、逮捕に抵抗して現場から逃走したとみなされる。このような認定がなされるようになったのは、ある若くて裕福なヘイデンの女性が、スリープを使い始めたばかりのときにうっかり老婦人を突き倒し、パニックになってスリープの接続を切ってしまったことがきっかけだった。その後、女性はただの交通違反で片付くはずの事件から逃れようとして、裁判で三年の歳月と母親の金を二十万ドル費やすはめになった。おまけに、彼女の訴訟事件票には偽証罪と贈賄罪が追加されることになった。本来なら地域奉仕活動だけですんだのに。

というわけで、この植民地時代の人びとは、ひたすら待ち続けながら、画素の目でにらみつけているのだった。

「なぜこんなことを、ジョージ？」ぼくはワシントンにたずねた。デイヴィッドスンがぼくたちを呼んだのは、市警の留置場にいる数組のヘイデンたちの相手をさせるためだった。これが最初のグループだ。

「合衆国憲法で保障されている銃器所持の権利を行使するためだ」ワシントンが返事をした。本名はウェイド・スウォープ、出身はモンタナ州ミルタウン。彼の情報がぼくの視界にポップアップした。「ここコロンビア特別区の独裁政権下では、人は明らかに銃器を携帯する権利を奪われている」

ヴァンがデイヴィッドスンに顔を向けた。「ショックだわ、銃を携えた英雄たちがなぜか刑務所に入れられるなんて」

「いや、まったく」デイヴィッドスンが言った。「我らが建国の父の言うとおり、彼には銃器を携帯する権利がある。今回の場合、各自がケンタッキーライフルを手にしていた。彼がやりすぎてしまったのは、植民地時代の勇士たちのグループでコーヒーショップ、すなわち私有地に立ち入って騒ぎを起こし、出ていけと言われたときにライフルを振り回し始めたことだ。この場面は店のカメラでとらえられていたし、当然ながら、店内にいたすべての人びとの電話でも撮影されていた」

「われわれはデモ行進にそなえる警備部隊としてここへやってきたのだ」トマス・ジェファーソンが言った。本名はゲイリー・ハイト、出身はヴァージニア州アーリントン。「われわれは合衆国憲法で認められている市民軍だ。民衆を守るためにここにいるのだ」

「あなたたちは市民軍なのかもしれません」ぼくは言った。「とはいえ、コーヒーショップで銃を振り回すのを〝規則にのっとった〟と定義するのはむりがあると思います」

「きさまがどう思おうが関係あるか?」パトリック・ヘンリーが言った。本名はアルバート・ボックス、出身はカリフォルニア州ユカイア。「きさまはやつらの味方だ。われわれを弾圧しているやつらの」彼はぼくを指さした。「きさまは卑怯な裏切り者だ」

ヘンリー/ボックスはぼくがだれなのかほんとうに気づいていないようだったが、それを知ったからといって意見が変わるかどうかはわからなかった。ぼくはヴァンとデイヴィッドスンをちらりと見た。「弾圧されているというのは、ぼくたちヘイデンのことですか、それとも、コーヒーショップで銃を振り回すあなたたちのことですか?」ぼくはたずねた。「自分がどの程度の裏切り者なのかはっきりさせたいので」

「ちょっと、かんべんして」ヴァンが言った。「こんな朝っぱらからあなたの痛ましい愛国の叫びなんか聞きたくない」

ワシントン／スウォープはびっくりして口を閉じた。

「だいぶましね」ヴァンは男たちに向かってぐいと身を乗り出した。「さて。あなたたちのスリップはここにあるけど、それぞれの肉体は別の州にある。だから、これはFBIの管轄になるわけ。つまり、あなたたちはわたしの管轄なの。二ドル紙幣の裏側みたいな格好をした五人のバカどもが、市民軍を自称してジョージタウンのコーヒーショップでライフルを振り回したら、合衆国刑法第十八編の、第二十六章、第四十三章、第百二章の侵害になるのよ」

ぼくは急いで第十八編の該当する各章を呼び出して、第四十三章は〝氏名詐称〟だと確認した。スウォープとほんもののジョージ・ワシントンを混同する人がいるとは思えなかった。黙っているべきだということも

「ひとつわからないことがあるんだが、シェイン」デイヴィッドスンが、男たちが返事をするより先に口をはさんだ。

「なんでしょう」

デイヴィッドスンは植民地時代のヘイデンたちを身ぶりでしめした。「いっぽうでは、この連中はよくいるいかれた保守的なタイプで、銃器の所持やら星条旗の帽子やらを後生大事にしているように見える。だが、そのいっぽうで、彼らは政府の給付金の引き下げに抗議するデモ行進のために警備をすると言う。それはおれにはかなりリベラルな姿勢に思える」

「謎ですね」

「わからんなあ。これは政治の問題じゃないのかもしれん。こいつらはただのろくでなしなのかも」

「いちばんシンプルな説明に思えますね」

「われわれには集会の権利が――」ワシントン／スウォープが口をひらいた。明らかに激怒している。

わかっていた。

「さあ、取引よ」ヴァンは続けた。「あなたたちにはふたつの選択肢がある。第一の選択肢では、わたしはこれを連邦管轄の事件にしない。あなたたちバカどもはスリープを分署の倉庫まで歩かせてから電源を落とし、わたしたちがそのバッテリを抜く。あなたたちが三日以内にスリープとたいせつなライフルを自宅へ送り返すための手配をすませなかったら、わたしたちはそれを市警察に寄付されたものとみなす。

第二の選択肢では、わたしはこれをまさしく連邦管轄の事件とする。その場合、あなたたちのスリープとライフルは没収され、法執行官があなたたちの自宅をおとずれて、最寄りのヘイデン対応の連邦拘置所まであなたたちをごろごろと運ぶけど、それは実際には家の近くとは言えない場所かもしれない。そのあと、あなたたちには、家族全員がこれから稼ぐすべてのお金をえんえんと弁護士に注ぎ込み続けるという楽しみが待っている。なぜなら、すでに説明した刑法第十八編の三つの章に加えて、わたしは思いつくかぎりのあらゆる罪状を起訴状に放り込むつもりだから」

「そんなの嘘っぱちだ」トマス・ペインが言った。本名はノーム・モントゴメリー、ペンシルヴェニア州ヨーク出身。

「嘘かもしれないし、嘘ではないかもしれない。いずれにせよ、わたしはあなたたちを確実に葬り去ってあげる。しかも、それを楽しんでやらせてもらう。なぜなら、あなたたちがこんな事件をわたしに処理させて貴重な時間をむだにしてくれたから。さあ、決断のときよ。第一のドアか第二のドアか。賢い選択をしなさい。十秒以内に決めなかったら、こちらは第二のドアでことを進めるから。選んで」

七秒後、我らが建国の父たちが第一のドアを選ぶと、デイヴィッドスンが護衛を呼んで、彼らを一度にひとりずつ、証拠物件の待つ倉庫へと歩かせていった。

そのあと、ぼくたちは檻の中にいる次のヘイデンのもとへ向かった。こちらの女は、自分のことを〝ガチャガチャ〟と呼んだどこかの女にパンチをくらわせていた。

「これからの四日間はたいへんよ」ヴァンが第二分署を出たところで言った。「これから、第一、第三、第六分署で収容されたスリープたちのところへ行かないと。それがすんだら、この第二分署へ戻ってきて、また最初から。それを何度も何度も、デモ行進が終わってヘイデンたちがみんな家に帰るまで繰り返す。あなたの介護者にカフェインの点滴をつなぐよう伝えておくべきかも」

「ジョニー・サニとラウドン・ファーマ社の件はどうなるんですか？」ぼくはたずねた。

「ラウドン・ファーマ社はテロ対策班の担当になった。わたしたちはその端っこにいるだけ。サニはうちの死体安置所にいて、どこへも行くことはない。どちらも月曜日まで待てるはず。あなたのほうでなにか情報があるというのなら別だけど」

「あると思います――たぶん」

「たぶん？　いまは〝たぶん〟の相手をしている時間はないの。わたしたちが処置を決めなくちゃいけないスリープが大勢待っているんだから」

「だれかにサニのニューラルネットワークを調べさせたいんです」

「うちの科学捜査チームのほうでもう調べてる」

「この分野の事情に明るい人に調べてもらいたいんです。毎日のようにその仕事をしている人に」

「だれか心当たりがあるの？」

「ぼくの新しいハウスメイトです」

ヴァンはジャケットのポケットに手を入れて電子タバコを取り出した。「縁故採用を始めるのはちょっと早すぎるんじゃない」

「そうじゃありません」ぼくはムッとした。「ジョニー・サニの知能指数は八十でした。統合者のニューラルネットワークを頭に入れる資格はありません。だれかがそれを組み込んで、だれかがサニを利用して、用がすんだら、なんらかの方法で彼に自分の喉を切り裂かせたんです。あのネットワークのソフトウェアになにかが起きていると思うんです」

「サニに自分の喉を切り裂けと強要するような？」

「たぶん」

「また〝たぶん〟なのね」ヴァンはタバコを吸った。

「トニーはずっとニューラルネットワークのソフトウェア開発にかかわっています。あちこちの企業からの依頼で、その企業のセキュリティやトラブル関連のテストをしたりしています。彼ならどこを調べればいいかわかるはずです。少なくとも、なにかがひどくまちがっているかどうかを見抜けるはずです」

「で、その〝トニー〟とやらがあなたの新しいハウスメイトなのね」

「はい。以前に政府のために機密事項にかかわる仕事もしています。ベンダーIDもなにもかもそろっています」

「その人は値が張るの？」

「それが問題ですか？」

「もちろん問題よ」今度は、ヴァンがぼくにムッとする番だった。「わたしたちが外注した費用については、どちらかが説明をしなければならない。それがとおらなかった場合、上の連中はあなたを怒鳴りつけろとわたしを怒鳴りつけるのよ」

「それだけの価値はあると思います」

ヴァンはまたタバコを吸った。それから——「わかった、その人を雇って。上から文句を言われたら、これはラウドン・ファーマ社の事件に関係があるんだと説明する」

「それでとおりますか」

「たぶん」

「こんなことをするのは、そこでなにかが起きているという確信があるからです」ぼくはヴァンに、まえの晩にやったブレインストーミングについてくわしく説明した。

「よくそういうことをするの？」ヴァンはぼくの話を聞き終えてからたずねた。「空間にいろんなものを放りあげて、そのあいだに線を引くというやつ」

「眠れないときですか？　そうですね」

「なにか別の夜のお楽しみを見つける必要があるんじゃないかな」

「そういうつもりはまったくありません」

ヴァンは苦笑して、もう一度だけタバコを吸ってから、それをしまい始めた。「まあ、ルーカス・ハバードのところへ突撃したくはないわね――突撃するだけの材料がないのなら。やるなら不意打ちでないと。カッサンドラ・ベルに会いにいくのはいいけど、ラウドン・ファーマ社の事件のあと、テロ対策班が内視鏡を彼女の大腸にまで押し込んでるから、彼女はわたしたちと話をしたがらないかもしれないし、たとえ本人がその気でも、テロ対策班はわたしたちが彼らの領分に踏み込むのをいやがるかもしれない。シュウォーツが使っていた女性の統合者の名前はなんだった？」

「ブレンダ・リーズ」

「今日、わたしが彼女をたずねてみる。なにか手掛りがつかめるかどうか」

「ぼくは行かなくていいんですか？」

「ええ。あなたはこれらすべてがなにかの計画の一部だと考えているみたいだから、カリフォルニアへ飛んで例の為替の件を追跡調査してから、シティ・オブ・ホープ国立医療センターで探りを入れてみて。それだけで大忙しになるはず」

「トニーのことはどうします？」

「その人の情報を教えてくれれば、わたしのほうで手配をして、今日、死体安置所へ来てもらう。もしも使えないやつだったら、あなたに怒りをぶつけることになるからね」

「使えるやつですよ、保証します」

「だといいけど。そいつを殺してあなたを犯人に仕立てるようなことはしたくない」

「それで思い出したんですが」

「わたしがだれかを殺すという話で、あなたがなにかを思い出すの？」ヴァンは驚いて言った。「知り合ってそんなに長くないのに、シェイン」

「昨夜、トリン刑事と会いました」

「ほんとに」

「ええ。あなたが以前のパートナーを自殺未遂へ追い込んだとほのめかしていましたよ」

「ああ。ほかになにか言ってた？」

「あなたは他人には厳しいくせに自分には厳しくないとか、ずさんだとか、仕事のやりかたがちょっと危険だとか、いろいろなものに依存してるのは、統合者として失敗した結果かもしれないし、あるいは、その原因だったのかもしれないとか」

「わたしが仔犬に火をつけた話も聞いた？」

「それは聞いてません。ほのめかしていたかもしれませんが」

「あなたはどう思う？」

「仔犬に火をつけたとは思いません」

ヴァンはにっと笑った。「トリンがほんとうに言いたかったことについてよ」

「あなたと組んでまだ三日目ですよ。ぼくはだいぶこき使われてますが――ちなみに、それはぜんぜんかまいません――あなたはさっきみたいに、銃を持ったバカどもの集団を暴行罪で告訴するのではなく見逃してやったりしています。もしも彼らが弁護士を呼んでいたら、あなたが〝氏名詐称〟の罪で脅したという事実は不利な要素になっていたはずです」

「気づいてたのね」

「はい。ですから、あれは〝ずさん〟な行動と言えるかもしれません。あなたがタバコをたくさん吸っているのは知っていますし、午後六時を過ぎて話をすると、あなたはいつもバーにいて、ナンパに励んでいるように思えます。ぼくの知るかぎり、それはあなたの仕事に影響をあたえていませんし、あなたの自由時間はあなたのものです。だから気にはしていませんが、農薬で肺を汚すのは一般的には良くないことだと思いますね」

「統合者だったころのことが関係してると思う？」

「見当もつきません。あなたが当時のことを話したがっていないのは感じていますから、なにかほんとうにきついことがあったんだというのはわかります。でも、話したくなったときに話すか、ずっと話さないかのどちらかでしょう。あなたとトリンとのあいだで起きていることも同じです。明らかに、彼女はあなたのことを尻にくっついた虫みたいに感じていますから」

「おもしろい言い方をするのね」

「トリンの話でひとつだけ心配なことがあります。彼女は、いずれあなたの心が壊れて、そのときにぼくを道連れにするだろうと考えているんです」

「あなたはどう思うの？」

「デモ行進が終わってからきいてください。そのときには返事ができるかもしれません」

ヴァンはまたにっと笑った。

「いいですか、ヴァン」ぼくは続けた。「あなたが心が壊れたりはしないと約束してくれるなら、ぼくはあなたを信じます。でも、どうなるかわからないのなら、約束はしないでください。約束できなくても、それはそれでかまいません。ただ、あらかじめ知っておきたいんです」

ヴァンはいっとき無言でぼくを見つめてから、口をひらいた。「こうしましょう。この週末が終わったら、ふたりでどこかで腰を据えて、わたしはビールを、あなたはなにか好きなものをやりながら、話をしてあげる——なぜわたしが統合者をやめたのか、なぜわたしの以前のパートナーが自分の腹を撃ったのか、なぜあのくそったれなトリンがわたしを恨んでいるのか」

「待ちきれませんね」

「それまでのあいだは——わたしの心が壊れることはないわ、シェイン。約束する」

「信じますよ」

「そう、良かった」ヴァンは電話を取り出して時刻を確かめた。「じゃあ、話は終わり。行きましょう。まだ分署をふたつ回らないと」

「ぼくはカリフォルニアへ行くんじゃないんですか」

「むこうでは午前九時まではだれも出てこない。まだ二時間ある。それまでに、トラブルメーカーの集団をもっと故郷へ蹴り戻せるかどうか試してみないと。第一分署の留置場にいるスリープたちのひとりは、酔っ払って騒ぎを起こしたそうよ。どうしてそんなことになったのか聞いてみたい」

15

あたりを見回すと、そこはロサンジェルスにあるFBI支局の証拠保管室だった。女性のFBI捜査官がぼくを見つめていた。「シェイン捜査官？」

「そうです」ぼくは立ちあがろうとした。そこでちょっとした問題に遭遇した。「動けません」しばらくたって、ぼくは言った。

「うん、そのことなんだけどね」彼女は言った。「本来の予備のスリープをうちの捜査官が使ってるの。彼女がふだん使ってるやつがメンテナンス中で。いまあなたに使ってもらえるスリープはこれだけ。しばらく保管されていたものなんだけど」

「しばらくって、どれくらいですか？」ぼくは診断ツールを見つけてそれを実行した。

「たぶん四年くらいだと思う。五年かな？　五年かもしれない」

「犯罪の証拠品のスリープを使うんですか？　そんなことをしたら、ええと、所有者の追跡ができなくなるのでは？」

「ああ、その事件は片付いたから。スリープの所有者はうちの拘置所で亡くなったの」

「どうしてそんなことに？」

「ナイフで刺されて」

「だれかがヘイデンを刺したんですか？　なんてひどいことを」

「悪い男だったのよ」

「いいですか、ええと――」ぼくはその捜査官の名前をきいていないことに気づいた。

「イサベル・イバネス捜査官」

「いいですか、イバネス捜査官、恩知らずと思われたくはないんですが、たったいま診断ツールを実行してみたところ、このスリープは両脚がまったく機能していません。重大な損傷があるようです」

「たぶん、そのスリープがショットガンで撃たれたせいね」

「ショットガンで」

「そう、FBI捜査官との銃撃戦の最中に」

「所有者はよっぽど悪い男だったんですね」

「そう、ほんとに」

「両脚を動かせないスリープでは、ぼくが今日やらなければいけない仕事の妨げになるんですが」

イバネスはわきへ寄り、自分のうしろにあった車椅子を身ぶりでしめした。

「車椅子ですか」

「そう」

「スリープが車椅子に」

「そう」

「どれだけ皮肉なことかわかってますよね？」

「このオフィスはアメリカ障害者法に準拠しているの。あなたは郵便局へ行くそうだけど、そこも法律で障害者法に準拠するよう定められている。これで充分いけるはず」

「本気で言ってるんですね」

「いますぐ使えるのはこれしかないの。スリープをレンタルしてもいいけど、いろいろと承認やら事務手続きやらが必要になる。あなたは一日中ここにいるはめになるわ」

「なるほど。ちょっと失礼していいですか、イバネス捜査官？」ぼくは相手に口をきく暇（いとま）をあたえずに、壊れたスリープとの接続を切った。

二十分後、パサデナにある〈エイビス〉の事務所を出たぼくは、ポケットマネーでレンタルした栗色のぴかぴかのケイメン・ゼファーを身にまとい、やはりレンタルした同じ栗色のフォードに乗り込んで、ドゥアルテの郵便局へ向かった。やってられるか、事務手続きなんか。

ドゥアルテの郵便局は、ベージュ色のレンガ造りの地味な箱形で、窓のアーチのせいでどことなくスペインっぽい雰囲気があった。ぼくは中に入り、ちゃんと列にならんで、三人の老婦人が切手を買ったり小包を送ったりするのを待ち、自分の番が来ると、スリープの胸に表示されているバッジを郵便局員に見せて、局長に会いたいと伝えた。

年かさの小柄な男が姿をあらわした。「ロベルト・ファアレスです。ここの郵便局長をつとめています」

「どうも」ぼくは言った。「クリス・シェイン捜査官です」

「これはおもしろい。あの有名な子と同じ名前なんですな」

「ああ。そうみたいです」

「やっぱりお仲間でしたよ。つまり、ヘイデンという意味ですが」

「おぼえています」

「迷惑なこともあるでしょうな」

「そうですね。ミスター・ファアレス、一週間ほどまえに、ある男性がこちらの郵便局で為替を購入しました。その人のことでお話をうかがいたいのです」

「まあ、為替の依頼はたくさんありますから。このあたりは移民が多くて、その人たちが故郷へ送金をするんですよ。それは国際為替ですか、それとも国内為替ですか？」

「国内です」

「まあ、それで多少は絞り込めますな。国内のほうが少ないので。写真はありますか？」

「少しだけタブレットをお借りできませんか？」ぼくはたずねた。胸のディスプレイに写真を表示することもできたが、人は相手の胸を見つめていると落ち着かなくなるのだ。さっきの郵便局員――名札によるとマリア・ウィリス——が自分のタブレットを貸してくれた。ぼくはタブレットにサインインして、サニの写真——きれいに洗浄され、目は閉じている——にアクセスし、それをふたりに見せた。「最高の写真ではありませんが」

ファアレスは写真を無表情に見つめた。だがウィリスのほうは、驚いて手を口に当てた。

「そんな」ウィリスは言った。「これはオリー・グリーンだわ」

「オリー・グリーン？」ぼくはきき返した。「オリヴァーのことですか、グリーンのほうは色で」

ウィリスはうなずき、あらためて写真を見た。「亡くなったのね」

「ええ。お気の毒です。知り合いだったんですか？」

「週に一度かそこらやってきて、為替と、封筒と、切手を買っていったわ。いい人だった。ちょっとゆっくり、していたけど」——ウィリスはぼくを見て、ほのめかしが伝わったかどうか確かめ——「でもいい人だった。列ができていないときは少しおしゃべりをすることもあったし」

「彼はどんなことを話しました？」

「ふつうのことよ。天気とか。最近見た映画やテレビ番組とか。ときには、ここへ歩いてくる途中で見かけたリスのこととか。彼はリスがとても好きだった。小さな犬を飼って追いかけさせたいなんて言ってたこともあった。だから、そんなことをしたらリスも犬も車に轢かれるよと言ったの」

「では、近くに住んでいたんですね。郵便局まで歩いてこられたということは」

「たしかブラッドベリ・パークというマンションに住んでいると言ってたわ。ブラッドベリ・パークか、ブラッドベリ・ヴィラ。なんかそんな名前」

すぐに検索をかけたところ、半マイルほど離れた場所にブラッドベリ・パーク・マンションがあった。ここが次の行き先だ。「彼は仕事について話したことはありましたか？」

「ほとんどなかった。一度そんな話になったけど、秘密の仕事だから内容は話せないと言ってた。そのときはあまり気にしなかった。ジョークだと思って」

「なるほど」

「でも、仕事は好きじゃなかったみたい」

「なぜそう思ったんです？」

「最後に顔を見せた何度かは、あまり楽しそうじゃなかった。いつになく静かで。だから、大丈夫かとたずねたの。仕事で落ち込んでるんだと言ってた。それ以外はなにも言わなかった」

「なるほど」

「それが亡くなっていたなんて。なにか仕事と関係があったの？」

「それについてはお話しできないんです。まだ捜査中なので」

ファレスが咳払いをした。振り返ると、新たにふたりの小柄な老婦人が待っていた。ぼくはファレスに向かって、わかったとうなずいた。

「そろそろ切りあげましょう」ぼくは言った。「オリヴァー・グリーンについて、ほかになにか特におぼえていることはありませんか？」

「最後のころに一度、私書箱についてきかれたわ」ウィリスが言った。「料金はいくらで、どんな手続きがいるのか知りたがってた。だから料金を説明して二種類の身分証がいると教えたの。彼はそれで興味をなくしたみたいだった。だから貸金庫にしたほうがいいんじゃないかと言ってあげた」

「なぜです？」

「どこか安全な場所に置いておきたいものがあると言ってたから」

「オリヴァー・グリーンさんね」レイチェル・スター

ンが言った。ブラッドベリ・パーク・マンションの管理人だ。「いい人ですよ。借りているのはベッドルームひとつの部屋で、一階の、果樹園と洗濯室のそばです。本人が直接借りているんじゃないです。彼の会社が借りています」

ぼくは顔をあげた。「彼の会社」

「ええ。フィラメント・デジタル社です」

「聞いたことがないですね」

「コンピュータと医療サービスの方面でなにかやっている、のかな？　よくわかりません。シティ・オブ・ホープの仕事をたくさん請け負っていて、だからうちの部屋を借りているんです。あそこで仕事をしている人たちが泊まれるように」

「では、ミスター・グリーンが初めての住人というわけではないんですね」

「ええ、そのまえにも何人か。問題のない人がほとんどでしたよ。ふたりほどまえの人には、午後十時を過ぎたら静かにしてくれと言いましたけど。大きな音で音楽をかける人だったので」

「グリーンはそんなことはなかった」

「ええ。模範的な住人でした。特に最近は旅行が多くて。部屋にいてもわからないくらい」スターンはちょっと不思議そうな顔をした。「ミスター・グリーンがFBIとなにか問題でも？」

「そういうことではないです。亡くなったので」

「まあ、そんな。どうして？」

「ミズ・スターン、グリーンの部屋を見せてもらってかまわないでしょうか？」ぼくは話題を変えた。

「もちろん。だって、彼が生きているなら令状がいるんでしょうけど、亡くなったのなら……」判断に迷ったらしく、いっとき言葉が途切れた。それから、スターンはこくりとうなずき、ぼくに顔を向けた。「けっこうですよ、シェイン捜査官。こちらへ」彼女は身ぶりでぼくを管理人室の外へとうながした。

「ここはすてきなマンションですね」ぼくは歩きながらスターンに言った。世間話に誘い込んで、彼女に本来は令状を求めるべきなのかどうか考える暇をあたえないためだ。

「お気遣いなく。すてきなマンションはよそにありますから。これはうちでは並の物件です。でも、ドゥアルテはすてきな街ですよ、ほんとに。シェイン捜査官、ひとつ質問をしてもいいかしら？」

「どうぞ」

「シエナ・シェインとなにか関係が？」

「ちがうと思いますよ。有名人なんですか？」

「はい？　いえいえ。グレンドーラでいっしょにハイスクールにかよっていた人なんですけど、十年ぶりの同窓会で、いとこがヘイデン症候群にかかったと言っていたんです。それがあなたかと思って」

「ちがいますね。ぼくはここの出身でもないです。ヴァージニアなので」

「どうして有名人なのかときいたんです？」

「だれかを知っているかと質問されるときは、有名人のことが多いので。それだけです」

「シェインという名前の有名人はいたかしら」スターンはそう言って、マンションの一室を指さした。「あそこです」

ぼくは顔をあげて、すぐさまスターンの腕をつかんだ。「ちょっと待って」

「なにか？」

ぼくはその部屋のパティオを指さした。ほとんどは目隠しの壁で隠れていたが、パティオへ出るためのスライド式のガラスドアの上部が見えていた。そのドアはほんの少しだけひらいていた。

「グリーンにルームメイトは？」ぼくは小声でたずねた。

「契約ではいません」

「パティオのドアがあんなふうになっていたことはあ

りましたか？」

「なかったと思います」

スタンガンに手を伸ばし、ホルスターの留め具をはずそうとしたところで、レンタルのスリープだったことに気づいた。「くそっ」ぼくはつぶやき、そこにないスタンガンを見おろした。

「なにか？」

「電話を持っていますか？」

「ええ」

「ここにいてください」そう言ってから、マンションのドアを指さす。「きっかり一分たってもぼくがあのドアから出てこなかったら、警察に通報してください。それから管理人室へ戻って、そこを動かないでください。わかりましたか？」

スターンは、ぼくが急にタコかなにかに変身したような顔をしていた。ぼくは彼女から離れ、パティオの壁に近づいて、それを乗り越え、できるだけ静かにがらんとしたパティオに降り立った。身をかがめたまま室内へ通じるドアに近づき、記録モードをオンにしてから、体がとおるくらいにドアをひらき、部屋へ入った。そして上体を起こした。

そこにつや消しの黒いスリープがいた。二十フィートほど先で、引っ込んだダイニングにたたずみ、手に封筒をつかんでいる。

ぼくたちはまる五秒ほど見つめ合った。ぼくは背後のパティオに通じるドアを閉じてロックした。それからスリープに向き直った。

「ＦＢＩだ」ぼくは言った。「動くな」

相手のスリープが玄関へ走り出した。

ぼくはあとを追って、カウチを飛び越え、玄関まであと三フィートのところでスリープに衝突して、そいつを壁に押しつけた。壁のやわなボードは、ひびの入る音をたてたが、なんとかもちこたえた。

そのスリープはぼくの頭を殴ろうとしたが、効果はなかった。ぼくはそいつをかかえあげ、居間とダイニングのあいだへ突き飛ばした。そいつが手にしていた封筒が床に落ちた。

「おまえを不法侵入の罪で逮捕する」ぼくはそう言いながら、弧を描くようにスリープへ歩み寄って、相手にパティオへ通じるドアから逃げる隙をあたえないようにした。「さらに連邦捜査官への暴行罪でも逮捕する。もうあきらめろ。これ以上罪を増やすな」

スリープはドアのほうへ行くふりをしてから、キッチンへ向かったが、これは失敗だった。キッチンは三方を壁で囲まれているのだ。ぼくはそのひらいた側へ回り込んだ。スリープはあたりを見回し、寄せ木のホルダーにおさまった包丁セットを見つけると、一本をつかみ、ぼくに向かってかまえた。

ぼくは包丁をちらりと見てから、スリープへ目を戻した。「なんの冗談だ?」ぼくのスリープのボディはカーボンファイバーとグラフェンでできている。包丁など歯が立たない。

スリープが包丁を投げつけてきて、ぼくは思わずひるんだ。それはぼくの頭で跳ね返り、キッチンの床に落ちた。気を取り直したとき、スリープがシンクの洗い物の山から大鍋を引っ張り出し、ぼくの頭めがけて振りおろしてきた。鍋が命中するゴーンという音と共に、ぼくの頭は横へねじれ、その一部にへこみができた。

そのとき、レンタルスリープの痛覚がとても高いレベルに設定されていることに気づいた。ぼくの頭の一部は、それが理にかなっていることをよく理解していた。レンタルショップは、顧客にスリープでバカなことをさせたくないので、痛覚レベルを高くしてそれを回避しようとするわけだ。

でも、ぼくの頭の残りの部分は〝うわなんてこったヤバい〟と叫んでいた。

スリープがまた腕を振りあげて、大鍋を振りおろそうとした。ぼくはこぶしを握って鍋をパンチで止めてから、スリープに体当たりをくらわせ、肘をそいつの首筋に叩き込んだ。

とにかく、狙いはそうだった。でも、実際にやったのは、カンフーとはほど遠く、むしろ酔っ払いの取っ組み合いに近かった。それでも、敵のスリープを押し戻してよろめかせることはできた。そこがポイントだった。

レンジの上に、スクランブルエッグの残りが入ったフライパンがあった。ぼくはそれをつかんで、スリープを振り返った。鍋を手にしたまま、体勢をととのえている。

「なあ」ぼくは言った。「本気でやるつもりか？」

スリープは手にした鍋の取っ手をくるくると回して、じっと待っていた。

「いいか」ぼくは続けた。「警察へはもう通報してあるんだ。こちらへ向かっているところだろう。もうあきらめて――」

スリープが鍋を高々と振りあげて、勢いよく振りおろしてきた。ぼくは斜め後方へ身を引いて、鍋をかわした。スリープの両腕がさがって、頭がむきだしになった。ぼくは、テニスプレーヤーのボレーショットのように、フライパンをその頭へ叩きつけた。スリープはあおむけに倒れて尻をついた。

このチャンスに、立ちあがろうともがいている敵の脇腹を蹴飛ばし、さらに右奥のキッチンのほうへ押し込んだ。鍋をつかんでいるそいつの右腕が大きくひらいた。ぼくは両脚でスリープを押さえつけて動けないようにしてから、そのボディをレンジに押しつけ、反対の腕でしっかりとかかえ込んだ。そしてフライパンを振りあげた。

スリープはまずフライパンを、次いでぼくを見た。

「ああ、知ってるよ、これはフライパンだ」ぼくは言った。

それから、敵のスリープの首筋を、フライパンのへりのほうで七、八回、カーボンファイバーが割れるまで叩き続けた。手を伸ばして床から包丁をつかみあげ、割れた外殻の隙間へ差し入れて、スリープのプロセッサからボディシステムへ伸びる制御用ケーブルの束に切っ先がふれるまで押し込んだ。

「わかるか、スリープの格闘ではこうやって包丁を使うんだ」そう言って、ぼくは包丁の柄にフライパンを叩きつけた。

包丁がケーブルの束を切断した。スリープはあらがうのをやめた。

ぼくは包丁をねじって首の割れ目をもう少しだけ広げ、バッテリパックから頭部のプロセッサへ電力を送るコードが見えるようにした。首に手を入れてそのコードに指を巻き付ける。それから、スリープへ目を向けた。

「おまえがまだそこにいて、ぼくの声を聞いていることはわかっている。このスリープがまだ話せることもわかっている。だから、手間のかからないやりかたに変えないか」ぼくはあたりの惨状を見回した。「まあ、より手間の少ないやりかただな。おまえが何者で、なぜここにいたのかを話せ。こちらにはおまえのスリープがある。内蔵されたメモリがある。遅かれ早かれぜんぶわかることだ」

スリープはなにも言わなかった。だが、それを制御しているだれかはまだそこにいて、まだぼくを見つめていた。

「好きにするさ」電源コードを引っ張ると、端子のどれかがちぎれる感触があった。スリープはこれでほんとうに停止した。

立ちあがって部屋を見回した。ふたりの大バカ者が暴れ回ったようなありさまだ。玄関へ行ってドアを開けると、レイチェル・スターンが、電話を手に、ぼくをぽかんと見つめていた。

「物音が聞こえたから」スターンは言った。「警察に通報したわ」

「すばらしい判断ですよ。ついでに、FBIのロサンジェルス支局にも連絡してください。犯行現場チームと科学捜査チームが必要だと。できるだけ早く来てもらえるとありがたいと」

「あなたは大丈夫なの？」スターンはぼくのスリープの頭部を見ながらたずねた。

「まあ、こういうことです。このスリープの保証金は戻ってこないでしょうね」ぼくは向きを変えて、部屋の中へ戻った。

床の上に、スリープが落とした封筒があった。

ぼくはそれを取りあげた。無地の白い封筒で、おもてには〈おばあちゃんとジャニスへ〉と、とても大きな、あまりおとなっぽくない字で書かれていた。口は封がされていた。ぼくはちょっと考えてからそれを開けた。中にはデータカードが入っていた。


「やあ」ぼくは言った。

視界に着信通知があらわれた。クラー・レッドハウスだ。

「シェイン捜査官です」

「ああ、クリス、こちらはレッドハウス巡査だ」

「わかっています」

「あんたが捜査している例の件なんだが」

「はい」

「実は、その件であんたと話をしたいという人たちが来ている」

「偉い人たちなんですね」

「なかなか勘がいいな」

「たったいまあなたのデスクのそばにいるんじゃないですか？」

「実を言うと、そうだ。なぜわかった？」

「声がうわずっているからです、おもに」

回線のむこうで小さな笑い声がした。「一本とられたな。とにかく、この人たちは今日中にあんたと話をしたいと言っている」

ぼくはデータカードを持ちあげて、しげしげとながめた。「大丈夫だと思います。ぼくのほうも、話をしたい人がそちらにいますから」

16

「格闘のビデオは撮影したんでしょうね」ヴァンがオフィスに戻ったぼくを見るなり言った。

「元気ですよ」ぼくはヴァンのデスクに近づきながら言った。「気を遣ってくれてありがとう」

「きかなかったのは、あなたはぶじだとわかっていたからよ。あなたはスリープの中にいた。最悪でもへこみがつくくらいでしょ」

「それは最悪ではないですね」ロサンジェルスで過ごした最後のひととき、ぼくはパサデナにある〈エイビス〉で、とても不機嫌な店長に保険の情報を伝えなければならなかった。ぼくが持ち帰った、頭部にひびが入ってへこみもできたスリープの処理をしてもらうためだった。

「生き延びたんだし」ヴァンが言った。

「相手のスリープはもっとひどいことになってましたけどね」ぼくは認めた。

「その相手のスリープがだれだったのか、もうわかったの？」

「いいえ。LA支局の科学捜査チームがいま調べているところです。でも、ぼくが見たときにはメーカーやモデルに関する情報は見当たりませんでした」

「妙な話ね」

「すごく妙ですよ。市販のスリープには、その情報の表示が法律で義務づけられています。輸送機識別番号といっしょに」ぼくは腕をあげて、腋の下の、自分のスリープの番号が刻印されている部分を見せた。「それがまったくなかったんです」

「考えられるのは？」

「一、あれは試作モデルで、まだ市場には出ていない。二、あれは市販モデルを改造したもので、メーカーやモデルの情報も識別番号も削り取られている。三、あれは忍者である」

「忍者スリープ。おもしろい」

「そいつが鍋でぼくの頭を殴ろうとしていたときには、あまりおもしろくなかったですよ。LAのチームはなにかわかったら知らせてくれるそうです。特にプロセッサとメモリに注意するよう言っておきました。ゴミを見るような目で見られましたけど」

「だれだって仕事のやりかたに口出しはされたくないものよ、シェイン」

「正直言うと、LA支局にはあまり良い印象がなかったんです。ひょっとすると、彼らが車椅子に乗ったスリープを使わせようとしたから、ちょっと腹が立ったのかもしれません」とても憤慨したイバネス捜査官からかかってきた電話を、ふと思い出した――彼女はぼくが戻るのを十分待ったあと、完全にいなくなってしまったと考えていたのだ。ぼくがあのときの口論に勝ったのは、もしもブラッドベリ・パーク・マンションに車椅子で出かけていたら、謎のスリープは重要な証拠と共にとっくに姿を消していただろうと指摘したからだった。

そういえば証拠のことがあった。「今日の午後にアリゾナへ戻らないといけないんですが」

「話の流れが行き当たりばったりだけど、かまわないわよ」

「行き当たりばったりじゃありません。ジョニー・サニが祖母と姉に宛ててデータカードを残していました。忍者スリープの狙いはそれだったんです。データが入ってるんですが、パスワードで保護されていて」

「ジョニー・サニが思いつくようなパスワードだったら、推測するのはそれほどむずかしくないはず」

「そうはいっても、まず家族にきいてみるほうが手間がないでしょう。あのふたりに宛てたのはまちがいないんですから。コピーを届けて、どうすればいいかきいてみるつもりです」

「ジョニーが偽名で暮らしていた理由についても、そのふたりにきいてみるの?」

「そのつもりですが、あのふたりが知っているとは期待していません」ぼくはそれについてちょっと思いをめぐらした。「妙なのは、オリヴァー・グリーンには身分証がないらしいということです」

「どういう意味?」

「郵便局の女性局員の話によると、サニは私書箱を借りたがっていたんですが、二種類の身分証がいると言われて興味をなくしたそうです。それに、マンションの借り主は彼ではなく、フィラメント・デジタル社でした。サニはあそこでは身分証を必要としていなかったんです」

「フィラメント・デジタル社というのは?」

「ニューラルネットワークの部品メーカーです。中国の企業です。電話をしてみましたが応答はありませんでした。中国はいまは夜中ですが」

「合衆国にオフィスはないの?」

「ぼくの知るかぎりでは、あのマンションが合衆国のオフィスでした。その件についてもLA支局に調べてもらっています」

「LA支局はいまごろあなたを呪ってるにちがいないわね」

「たしかに、ぼくは彼らのお気に入りではないと思います。そちらはどうだったんですか?」

「市警の留置場からまた少しヘイデンを追い出したわ。ほとんどの連中は〝DCからとっとと出ていく〟の選択肢を選んだけど、それを選ばなかったのがふたりと、どうしても起訴するしかなかったのがふたりいて、これから何日か連邦政府のお客さんになる。彼らの処置はデモ行進のあとね。市警の話だと、少しばかり緊張が高まってきているみたい。ああ、それと例の統合者をつついておいた」

「だれです? ブレンダ・リーズ?」

「そう、彼女。電話をかけて、自己紹介をして、いくつか質問にこたえてもらいたいから会いに来てほしいと伝えた。なぜかときかれたから、ラウドン・ファーマ社の件で追跡調査をしているところだとこたえた。そうしたら、なぜその件で彼女の話をききたいのかと質問されたから、ある匿名の通報に対応しているだけだと言っておいた」

「リーズについて匿名の通報なんてありませんよ」

「そのとおりだけど、わたしがそう言ったらリーズは動揺していた。なかなか興味深いと思う」

「だれだって動揺しますよ、爆弾事件にまつわる匿名の通報で追跡調査されていると聞けば」ぼくは指摘した。

「重要なのはどんなふうに動揺するかということ。リーズは黙り込んでから、今日の夜に会いたいと言ってきたのよ」

「ここに呼ぶんですか？」

「ジョージタウンにあるお気に入りのコーヒーショップの住所を伝えた。堅苦しくないから、リラックスして遠慮なく話してくれるはず」

「じゃあ、最初はリーズを追い込んで疑心暗鬼にさせておきながら、今度はくつろいでもらおうというんですか。あなたが〝良い警官と悪い警官〟を演じるときに、ぼくの助けはいりませんね。ひとりでぜんぶできてしまうから」

「こういうところを、あなたの友達のトリンは〝ずさん〟と呼ぶんだけどね」

「トリンがまちがっているとも言えないのでは」

「効果があるなら、トリンがまちがっているのよ」

「それは危険な考え方ですよ」ぼくは言った。ヴァンは肩をすくめた。

ぼくの視界に着信通知がポップアップした。トニーからだ。「おれがこの仕事を引き受けたとき、あんたはほんものの死体安置所にあるほんものの脳で作業をすることを教えてくれなかったな」あいさつもそこそこに、トニーが言った。

「きみの身元調査がすむまでは、慎重にならざるを得なかったんだ」ぼくは言った。「すまない」

「気にするなよ。生の脳をいままで見たことがなかっただけだ。それと、嗅覚レベルをほぼゼロにまで落とさなけりゃならなかった」

「なにか見つかったのか？」

「たくさん見つかったよ。そのことであんたと話をするべきかもしれないと思ってな。たぶん、あんたのパートナーとも」

「すぐに会おう」

「死体安置所はやめてくれよ。おれはこの大量の肉から離れる必要がありそうだ」

「よし、まずはこれだ」トニーはそう言って、ジョニー・サニの脳の画像をポップアップさせた。脳はまだ頭蓋におさまったままで、その表面に金ピカのベールのように広がっているのがニューラルネットワークだった。イメージング・ルームに集まっていたのは、ぼくと、ヴァンと、トニー。ラモン・ディアズは、彼のイメージング・コンソールをトニーが操作するのをおもしろがっているようだった。

「脳でしょ」ヴァンが言った。「それが？」

「見てほしいのは脳じゃない。ニューラルネットワークのほうだ」

「わかった。それがどうかした？」

「これはきわめて独特なものだ」

「ニューラルネットワークはどれも独特なものかと思っていた」ぼくは言った。「組み込まれる脳に合わせてあるから」

「そうなんだが、導入されるまではどのモデルも同じなんだ」トニーはぼくの頭を指さした。「あんたの頭に入っているレイセオンは、同じモデルのどのバージョンとも変わりがない。いったん頭に組み込まれると、フィラメントと受容器（レセプター）がその脳に合わせたかたちで配置される。それでも、ハードウェアは同じだし、初期ソフトウェアも同じだ」

　ヴァンがスクリーンに表示されたネットワークを指さした。「それで、これは現在流通しているどの市販モデルともちがうというのね」

「それどころじゃない。こいつはかつて製造されたどのモデルとも一致しないんだ。すべてのニューラルネットワークは、食品医薬品局か、ほかの国々でそれに相当する機関の承認を得なければならない。提出された設計は、その機関が使っている単一のデータベースにプールされ、おれみたいな連中が参照のために利用する。この設計はデータベースに登録されていないんだ」

「じゃあ試作品だとか」ヴァンが言った。

「試作品を人間の脳に組み込むことはない。それはあくまで試作品で、もしも異常が起きたら利用者を殺しかねない。コンピュータ上や動物や特別に培養された脳組織で徹底的にテストしてから承認を受ける。本来、人間の脳に入っているとしたら、それは最終版なんだ」トニーはネットワークを指さした。「だが、こいつはデータベースにない」

「血液や血糊なしでネットワークを見ることはできるのかな？」ぼくはたずねた。

トニーはうなずいた。サニの頭部の画像がすっと消えて、代わりにワイヤフレームで表現されたネットワークがあらわれた。「モデルをきれいに仕上げる時間がなくて」

「かまわないよ、ぼくにはどれもスパゲティにしか見えない」

「だったらどうして見たいんだ？」

「そうすればぱっくりひらいた人の頭を見なくてすむから」

「なるほど。すまなかった」

「これまでに見たことのないバージョンだと言ったわよね」ヴァンが言った。

「そのとおり」

「だったら、これまでに見た中で似ているものはないの？　自動車メーカーだったら、どこでも〝独自のスタイル〟というやつがある。ニューラルネットワークでも同じじゃないのかな」

「おれもそれは考えた。ところが、これを作ったやつは、たくさんの既存のモデルから設計を拝借している。たとえば、初期状態のフィラメントの広がり方はサンタ・アナ社のモデルとよく似ている。そのいっぽうで、接合点のアーキテクチャはルクターン社のモデルからほとんどそのまま流用したものだ――今朝話したアクセレラント系列の会社だよ、クリス」トニーは、おぼえているかというように、ぼくに目を向けた。ぼくはうなずいた。「ほかにも、過去または現在のいろいろなメーカーから、たくさんのちょっとした工夫が取り込まれている。たぶん、それでわかることがあるんじゃないかと思う」

「というと？」ヴァンがたずねた。

「こいつは市販を目的としたネットワークとは思えないんだ。ほんとうにすぐれたニューラルネットワークではある。効率が高く、洗練されていて、それはおそらく、脳とネットワークのインターフェースがすごくすっきりした設計になっているからだろう」

「ただし」ぼくは言った。

「ただし、それはこの脳のアーキテクチャがたくさんの既存の設計を最高のかたちで組み合わせてあるからでしかなく、それぞれの設計は特許でがっちりと固められている」トニーは手を振ってネットワークの画像をしめした。「だれかがこの設計を市場に出そうとしたら、ありとあらゆるニューラルネットワーク・メーカーから訴えられることになる。訴訟には何年もかかるだろう。市場へ出す手立てはない。皆無だ。なにをどうしようと」

「それが統合者のためのネットワークだとしたら問題になるかな？」ぼくはたずねた。「ヘイデンの市場と比べたら、ほんのちっぽけな市場だ。商業的に脅威となるものではないと主張することはできる」

「むずかしいな。ヘイデンのネットワークと統合者のネットワークには、アーキテクチャの面で実質的なちがいはない。脳内での配置がヘイデンと統合者それぞれの脳構造に合わせたものになっているのと、ネットワークを制御するソフトウェアにちがいがあるくらいだ」

「だったら、なぜそんなものを作るの？」ヴァンがたずねた。「なぜ売ることのできないネットワークを作るわけ？」

「良い質問だ。なにしろ、ニューラルネットワークの開発というやつは、自宅で暇な時間にやれるようなことじゃない。初めて実用化されたニューラルネットワークの研究と開発には、一千億ドルもの費用がかかった。それ以降、費用はずいぶんさがってきたとはいえ、最初に比べればの話でしかない。シミュレーションやテスト、モデル化に製造など、あらゆることに金がかかる」トニーはまた手を振ってネットワークをしめした。「だから、いまでもこいつは、どこかのだれかに十億ドル規模の費用をかけさせているわけだ」

「十億ドルがパーになる」ディアズが言った。

「そのとおり」トニーは、ディアズがまだそこにいたことにちょっと驚いたようだった。「そこが問題なんだよ。売ることのできないニューラルネットワークに十億ドルも注ぎ込むやつはいない。特にいまは十億ドルなんてありえない。これまではヘイデン研究のためなら政府からたっぷりと助成金が出ていた。エイブラムズ＝ケタリング法でそれが終わった。合衆国におけるヘイデン人口は四百五十万人に満たず、そのほとんどがすでに頭の中にネットワークを入れている。たとえこのアーキテクチャが合法だとしても、それだけの費用をかけるのはやっぱり筋がとおらない。なにしろ、市場はすでに飽和状態だし、合衆国で毎年発生するヘイデン症候群の新しい患者の数を見ても楽観はできない。世界全体でも厳しい状況だ」

「むだな事業なのか」ぼくは言った。

「そういうこと。とにかく、おれにわかる範囲ではそうなる。なにか見落としているのかもしれないが」

「見方を変えてみたらどう」ヴァンが言った。

「どういう意味ですか？」ぼくはたずねた。

「なぜこんなことをするのかを考えるのはとりあえずやめにして。だれならできるかを考えてみるの。だれならできるかが見えてくれば、元に戻って、なぜこんなことをするのかがわかるかもしれない。さて。だれならできる？」

「ルーカス・ハバードならできるはずです」ぼくは言った。「彼だったら十億くらいはなんでもないでしょう。何十億も失えばさすがに深刻になるでしょうが」

「まあそうだが、それはヘイデン関連企業の所有者全員に当てはまる話だろう」トニーが言った。「ヘイデン症候群にとてつもない金が投じられたのは、大統領夫人が感染したからだ。ほら、クリス、あんたが教皇とならんでいた例の古い写真も、ヘイデンへの資金拠出を一年か二年は後押しし続けたはずだ。おれはエイブラムズ＝ケタリング法に大賛成というわけじゃないが、ひとつだけまちがっていないのは、ヘイデンのために拠出される資金が、ブタどもの群がるでっかい飼い葉桶になってるということだ。ハバードもそのひとりだ。サンタ・アナ社を経営するカイ・リーも。この手の企業の経営幹部二十人くらいはみんなそうなんだ。彼らのだれでも、なんの痛みも感じることなく、これくらいの資金は出せるだろう」

「それはそうだけど、ハバードにはサニとのつながりがある」ぼくは言った。

「この死んだ男と」トニーが言った。ぼくはうなずいた。「つながりというのは？」

「アクセレラント社の所有する会社が、ナバホ・ネイションで医療ケアを提供する契約を結んでいる。サニはナバホ族なんだ」

「さほど深いつながりではないな」トニーはちょっと考えてから言った。

「まだ調査中だよ」

「いずれにせよ、ハバードだっていまは十億ドルを捨てたくはないだろう。アクセレラント社はメトロ社をシブリング＝ウォーナー社と合併させようとしているが、完全な買収を試みる可能性もある。その場合、現金での支払いも契約の一部になるからな」

「あなたはアクセレラント社の商取引に妙にくわしい

のね」ヴァンが口をはさんだ。

「仕事をしているすべての会社について、現状を把握するようにしている」トニーはヴァンに目を向けて言った。「どのクライアントのところにおれ向きの仕事が出てくるかを知る手段のひとつでもある。いまわかっているのは、ヘイデン関連の業界にいるすべての企業がいつ破綻してもおかしくないってことだ。いますぐ合併や買収に走るか、できるだけ急いで多角化を進めるか。エイブラムズ＝ケタリング法は飼い葉桶をひっくり返した。もうおしまいだ」

「つまり、ハバードかリーかほかのだれかに、こういうものに資金を注ぎ込む力があるとしても、そんなことをするはずがないと」ぼくは言った。

「いますぐにはな。これはただの推測だ。つまり、おれはＦＢＩの捜査官でもなんでもないからな」

「じゃあ、ほかにだれがいる？」ヴァンがぼくに目を向けて言った。またもやテストの時間らしい。

ぼくはしばらく考え込んだ。「まあ、われわれがいますね」

「ＦＢＩが？」ディアズが疑うような声で言った。

「ＦＢＩではなく、合衆国政府です。十億ドルも政府なら問題になりませんし、商業利用できないものを開発することも可能です――純粋な研究のためとか、単にどこかの議員の地元へ補助金を出すためとか、そういった理由で」

「つまり、これは国立衛生研究所で時間つぶしのために開発されたと」ヴァンが言った。

「合衆国政府は、作物を植えさせないために農家に金を払うことで有名ですから。そういう方針がハイテク分野に適用されない理由はありません」ぼくはトニーに顔を向けた。「データベースに登録されていないのもそのせいかもしれない。そもそも商業利用が意図されていなかったから」

「最高だな」トニーは言った。「それでもまだ説明がつかないだろう、こいつが」――ニューラルネットワークを身ぶりでしめす――「人の頭にもぐり込んだ理由が」

「調査中だよ」ぼくはもう一度言った。

「もっとがんばって調査しろよ」

「ソフトウェアのほうは?」

「まだちらっとしか見ていない。引き続き調べてみるつもりだったんだが、ハードウェアの報告を待ちきれないんじゃないかと思ってな。見たかぎりでは、チョムスキーでプログラムされていたが、あれはニューラルネットワークのために特別に設計された言語だから理にかなっている。いままでに見た、たいていの統合者用ソフトウェアと比べて、コードの行数がかなり少ない。ということは、すごく効率的なのか、プログラムしたやつが特定のことだけをさせようとしたかのどちらかだな」

「そのどちらなのかわかるまで、どれくらいかかりそう?」ヴァンがたずねた。

「夜までには概要の報告書を送れるだろう。もっとくわしいことが知りたいなら、今夜このコードをおれの家に持ち帰る必要がある」

「かまわないわ」

「あー、言っておくが、夜間に作業をするときは料金が五割増しになるぞ」

「もちろんけっこうよ。七時までに初期報告をあげてくれるなら」

「大丈夫だ」

「それとあなた」ヴァンはぼくに顔を向けた。「その時間までにアリゾナから戻ってこられる?」

「そのはずです」ぼくは言った。

「じゃあ急いで、シェイン。急いで」ヴァンは去っていった。ジャケットに手を入れて電子タバコを取り出しながら。

17

ウィンドウ・ロックの警察署には会議室がひとつあった。今日、その会議室にはディスプレイが置かれていて、パスワードで保護されたビデオファイルがひらかれるときを待っていた。

ぼくもその会議室にいた。メイとジャニス・サニもいっしょだ。クラー・レッドハウスとその上司であるアレックス・ラーフィングは、ふたりの女性のむかい側にすわっていた。部屋の奥で立っているのは、ナバホ・ネイションで評議会の議長をつとめるグロリア・ローンホースと、その大統領であるレイモンド・ベセンティだった。

この最後のふたりがいたせいで、レッドハウスは今日ぼくと電話をしたときにそわそわしていたのだった。事件のことで上司につきまとわれるのは困りものだが、ナバホ・ネイションでもっとも権力を持つふたりの人物に同じことをされるのは、それとはまったく別次元のことだった。

ぼくはレッドハウスへちらりと目を向けた。相変わらず、この部屋にいられてうれしくてしかたないという顔ではなかった。

「パスワードなんて知らないよ」メイ・サニがレッドハウスに言った。「ジャニスだってそうさ。ジョニーはあたしたちにパスワードなんか教えなかった」

「ジョニーが教えたとは思っていない」レッドハウスが言った。「たぶん、彼はあんたたちにそれを伝えようとしていたが、そのまえに死んでしまったんだ。しかし、あんたたちふたりにこれを見せようとしていたのはたしかだ。それなら、パスワードは、あんたたちにとってなにか意味のあることか、あんたたちふたりだけが知っていることかもしれない」

ジャニスがぼくに目を向けた。「パスワードを破るわけにはいかないの？」

「それはしたくないんです」ぼくは言った。「ジョニーに対しても、あなたたちふたりに対しても失礼なことですから。お望みなら、試してはみます。でも、時間がかかるかもしれません。こちらのレッドハウス巡査の言うとおり、そのまえにおふたりに少し考えてみてほしいんです」

「人がパスワードを設定するときには、家族やペットの名前を使うことがある」レッドハウスがそう言って、ディスプレイにワイヤレスで接続しているキーボードに向き直った。「たとえば〝メイ〟」彼はその単語を入力したが、正解ではなかった。「あるいは〝ジャニス〟」これも反応はなかった。「ペットを飼っているかな？」

「ジョニーが小さかったころに犬を飼っていたわ」ジャニスが言った。「名前はベントリー。ママが名前をつけてくれたの」レッドハウスがそれを試した。やはり反応はない。三つの名前をいろいろ組み合わせてみたが、結果は同じだった。

「これでは一日中かかりますよ」ローンホースがベセンティにささやきかけ、大統領はうなずいた。

「ジョニーはナバホ語を知っていましたか？」ぼくはたずねた。「なにかしゃべったり書いたりしていたことは？」

「少しだけ」ジャニスが言った。「学校で教わったけど、ジョニーは勉強があまり得意じゃなかった」

「あの子はコードトーカーたちの物語が大好きだったよ」メイが言った。「第二次世界大戦で従軍した暗号係の話さ。小さかったころには、彼らを題材にした古い映画をよく見ていたよ」

「〈ウインドトーカーズ〉かな？」レッドハウスが言った。

「だと思うよ。あたしは好きじゃなかったけどね。血が多すぎて。ある年、あの子の誕生日にコードトーカーの辞書を買ってあげたんだ。よく読んでいたよ」

ぼくはナバホ族のコードトーカーの辞書をネットで呼び出した。数百の単語が収録されていて、航空機や艦船や軍の部隊や月日など、いくつものカテゴリに分かれていた。

「ター・ソーシー」ぼくは言った。

部屋にいた全員がぼくを妙な目で見た。「なんだって？」レッドハウスがぼくにたずねた。

「ター・ソーシー」ぼくは繰り返した。「いまコードトーカーの辞書を見ていたんです。五月（メイ）はター・ソーシーだそうです。発音はひどいと思いますが」

「たしかにな」レッドハウスが笑顔で言った。

「あの辞書を買ってあげたあと、ジョニーはしばらくあたしをそう呼んでいたよ」メイが言った。

「試してみる価値はありますね」ぼくはレッドハウスに言った。彼がその単語を入力した。

ファイルがひらいた。

「メイ、ジャニス」ベセンティ大統領が言った。「初めはふたりだけで見たいかね？」

「いや」メイは言って、孫娘に手を差し伸べた。ジャニスがその手をとった。「いておくれ」

レッドハウスがまたキーボードを叩いてファイルを再生した。

するとジョニー・サニがあらわれた。生きている姿を見るのは初めてだった。

「やあ、おばあちゃん。やあ、ジャニス」ジョニーがレンズを見ながら言った。顔に近づけているため、背景はほとんど隠れていた。「電話で話すことは彼らに聞かれるかもしれないから、カメラを買ってきた。とりあえず隠しておくから、ぼくの身になにかあったら、ふたりがいずれ見つけてくれるだろう。

ぼくの体はどこかおかしくなっていると思う。彼らがなにかしたせいで病気になっているんだ。

　ぼくが清掃作業員の仕事を探しにいったことはおぼえているよね。そのあと、別の仕事の採用係をしているという人から電話があった。給料がすごくいいと言われたよ。もう一度コンピュータの施設へ来れば、運転手のいない車がぼくを待っているって。その車にぼくの名前を言えば、面接の場所まで運んでくれるからって。それで言われたとおりにしたら、車があったから名前を言ったんだ。

　車はぼくをギャラップにあるビルまで運んでくれて、そこではスリープがぼくを待っていた。彼はボブ・グレイと名乗って、仕事はある偉い人の個人的な助手として働くことだと言った。それはどういう意味かときいたら、ほとんどは使い走りかその人を望みの場所へ連れていくことだと言われた。旅行をして世界を見られるし、おまけに給料がいいという話で、どれもぼくには良さそうに聞こえたんだ。

　ぼくはボブに質問した。どうしてぼくを？　すると彼は、ぼくは自分でも気づいていないけど特別なんだと言った。それから、現金で二千ドルをくれて、それは最初の週の給料の前払いだから、たとえ返事がノーでもとっておいていいと言った。給料は現金で支払われるから税金をとられることもないと。

　それで、ぼくはすぐに仕事を引き受けた。ＣＥＯがプライバシーを大事にする人だから、仕事が決まったという以外のことはだれにも話してはいけないと言われた。だからそのとおりにした。

　それで、ふたりにお別れをしたあと、あの車でカリフォルニアへ連れていかれた。ボブが出迎えて、マンションを見せて、そこがぼくの家だと言った。それからまた少しお金をくれた。

　次の日、ボブに連れられて上司に会った。名前はテッド・ブラウンで、しかもスリープだった。彼は、自分の助手として、きみには統合者になってもらうと言った。統合者っていうのは頭の中にほかの人たちを入れてあげる人のことだ。そのためには脳の中にコンピュータを入れる必要がある。初めは怖かったけど、痛くないし、テッドがぼくを必要とするのはほんのたまにだから、それ以外のときは好きなことをしていいと言われた。でも、これは秘密の仕事だから、ぼくは別の名前を使うことになった――オリヴァー・グリーンという名前だ。

それからドクターの診療所へ連れていかれて、眠らされて、目が覚めたら、頭の毛がすっかり剃り落とされていて、コンピュータを脳の中に入れたと言われた。何日か頭が痛かった。それはコンピュータがぼくの脳になじむためだと言われた。すっかりなじむまで二週間くらいかかると。

それがすむと、テッドとボブがやってきて、そろそろ統合を試してみようと言った。テッドがぼくの脳の中に入って、ぼくの体を動かすんだと。いいよとこたえたら、少し気持ち悪くなって、それから腕が勝手に動き出した。怖かったけど、ボブが落ち着け、心配はいらないと言った。それからテッドが、マンションの中でぼくの体をしばらく歩き回らせた。

それからは、テッドが毎日ちょっとずつぼくの体を使うようになった。ぼくたちはお店や図書館に出かけて、一度なんかは、彼が郵便局でふたり宛ての為替を発送したりもした。それでぼくは、これはそんなに悪いことじゃない、リラックスするのを忘れなければいいんだと思った。

ぼくたちはそれを三カ月続けた。いつ旅行するんだとテッドにきいたら、もうじきだと言われた。

そのあと、それが起こり始めたんだ。

ある日、テレビの番組を見ていたとき、まばたきをしたら、その番組が終わって別のが流れていた。ぼくは気づかないうちに居眠りをしたんだと思った。次の日、ブリートを電子レンジに入れてスタートボタンを押して、まばたきをしたら、外が暗くなっていてブリートが冷めていた。中身がこぼれていたから調理したのはたしかだ。でも、調理してから長くたったせいでまた冷めてしまったんだ。

それはどんどんひどくなった。なにかをしていたと思ったらどこかよそにいて、なにか別のことをしていたり。シャツを着たと思ったら別のシャツを着ていたり。月曜日にテレビをつけようと思ったら火曜日になっていて、しかも夜じゃなくて朝だったり。

テッドにそのことを話さなかったのは、病気だとばれたら首になるんじゃないかと心配だったからだ。でも、そのうちにあんまり怖くなってしまって、話さずにはいられなくなった。テッドの指示でドクターのところへ行ったら、それは大丈夫だ、統合者になった人は、いわゆる〝ドロップアウト〟になることがあるんだと言われた。じきにおさまるし、そうすれば記憶も戻ると。ぼくは心配しないようにしたけど、それは起こり続けた。

ある日、顔をあげたら、ぼくは見ず知らずの男たちの中にいて、そのうちのひとりがぼくに話しかけていたけど、なにを言っているのかさっぱりわからなかった。それから、その男がだれかを殺すとかなんとか言った。名前はおぼえていない。その男がぼくに質問したけど、なんの話かわからなかったから黙っていてなにもしなかった。そうしたら、ひとりの男が〝接続が切れたんだ〟と言って、別の男が〝くそっ〟と言って、また別の男が、それはもうひとり部屋にいたという意味かとたずねた。彼がぼくのことを言っていたのはまちがいなかった。ぼくはじっと黙ってなにもしないでいて、そうしたら翌日になっていた。ボブがやってきて調子はどうだと言った。ぼくは元気でやってると嘘をついた。

わかってきた気がする。ドロップアウトが起こるのはコンピュータを頭に入れられたせいだと思っていた。

でも、ほんとうは、ボブとテッドがぼくの頭の中にあるコンピュータを使ってドロップアウトを起こさせているんだと思う。

困ったことに、ドロップアウトはますます長くなってきている。このまえのときは、まる三日消えてしまった。ぼくになんとかできるのかどうかはわからない。逃げることも考えたけど、いまは頭の中にコンピュータが入ってる。きっと見つかってしまうだろう。それに、彼らは好きなときにぼくをドロップアウトさせられる。ぼくをドロップアウトさせているとき、彼らはぼくを使って悪いことをするんだと思う。さもなければ、ぼくに悪いことをさせるつもりなんだ。

どうすればいいのかわからない。このビデオを撮っているのは、もしもぼくがなにか悪いことをしたとき、それはほんとうはぼくじゃなかったとふたりに知ってもらうためだ。ぼくがそんなことをするわけがないもの。彼らがぼくを使ってなにか悪いことをするのを止められるかどうかはわからない。でも、もしもできるなら必ず止めると約束する。

ぼくは仕事がほしかっただけだ。おばあちゃんにすてきな住まいをあげたかった。姉さんにもだよ、ジャニス。ごめんなさい。愛してる」

画面がジョニー・サニの顔からさっと離れ、ドゥアルテにある彼の寝室の内部が映し出された。そして映像は消えた。

「どこのどいつがこんなことをしたのだ?」ベセンティが言った。激怒していると言っても差し支えのない口ぶりだった。

メイとジャニス・サニはすっかり取り乱して会議室を離れていた。ラーフィング警部はふたりに付き添って出ていきながら、自分がいないあいだも話を続けてくれとレッドハウスに身ぶりで伝えていた。ベセンティ大統領はせかされる必要はなかった。

「そんなことがほんとうにできるのか？」レッドハウスがぼくにたずねた。

「だれかの意識を消して、その体をあやつるということですか？」ぼくが言うと、レッドハウスはうなずいた。「そんなことがあったという話は聞いたことがありません」

「それは不可能とはちがいますね」ローンホース議長が言った。

「はい、ちがいます」ぼくは言った。「ただ、もしもそれが実現可能な技術だとしたら、これまで実行されていないほうが驚きです。ニューラルネットワークは乗っ取りを阻止する造りになっているんです」ぼくはそう言って、口をつぐんだ。

「どうした？」レッドハウスがたずねた。

いっとき、どういうふうに説明したものかと悩んだが、すぐに思い直した。かまうものか、ここにいるのはナバホ・ネイションの指導者たちだ。そこらの相手に秘密を漏らすわけではない。「ジョニー・サニの頭部にあったニューラルネットワークは唯一無二のものでした。こういう目的のために手直しされた可能性は充分にあります。それでジョニーは特別なんです」

「なぜ彼なんだ？」ベセンティが言った。「なぜジョニー・サニにこんなことを？」

「ほかの人は痕跡を残します。ジョニー・サニはナバホ・ネイションを一度も離れたことがなかったんです。彼の医療記録はすべてここにあります。外部の身分証といえば社会保障番号だけですし、それも本人は一度も使ったことがありません。今回のような報酬が現金でこっそりと支払われることにはならない、まともな職には、一度も就いたことがないようです。友人がすごく多いわけではないですし、家族もほんのわずかです」

「言葉を換えると、もしもだれかを医学的実験台にするんだったら、ジョニーは申し分ないわけだ」レッドハウスが言った。

「そんなところです」

　ベセンティがますます憤慨した。「わたしはジョニーを知っていたのだ」彼はぼくに言った。

「はい」ぼくは言った。「それは聞いたことがあります」クラー・レッドハウスから実際に聞いたのは、まだ若かったころのベセンティが、ジョニーとジャニスの母親だったジューンに恋をしていたという話だ。人びとの知るかぎり、その恋が報われることはなかったが、現在のナバホ・ネイションの大統領にとって、そのせいで現実味が薄れることはなかった。昔の情熱はなかなか消えないものだ。

　ベセンティがディスプレイを指さした。ビデオは冒頭まで戻され、画面にはジョニー・サニの頭が映し出されていた。「だれがこんなことをしたのか突き止めてくれ」ベセンティは言った。「そいつらの首をへし折ってくれ」

「できるだけのことはします、大統領閣下」〝大統領閣下〟という呼びかけが礼儀にかなうのかどうかはわからなかったが、害になるとも思えなかった。

「われわれに協力できることがあるなら、遠慮なく言ってくれ」

「レッドハウス巡査がすでに多大な協力をしてくれています。ほかに必要なことがありましたら、巡査のほうに伝えます」

　ベセンティはうなずいて会議室から出ていった。

「遺体のほうはいつご家族のもとへ返していただけますか？」ローンホースが、ベセンティがいなくなったあとでたずねた。

「もうじきです」ぼくはローンホースに言った。「うちの専門家が、サニの頭にあるネットワークの調査をおこなっています。それが終わりしだい、遺体は返せると思います」

「サニ家のみなさんがジョニーの遺体をこちらへ取り

戻すのに、あなたが協力してくださるとか」

ぼくはレッドハウスをちらりと見た。彼はなんの表情も見せていなかった。「はい、返還の手配はさせてもらいます。協力者の方は、騒ぎになるのがいやなので匿名のままでいたいそうです」

「その匿名の人物がなぜ協力してくれることになったのか不思議なんですが」

「だれかが協力しなければならず、その人物には協力が可能だったからです」

「〝匿名〟の意味はわかっているでしょう」ローンホースが部屋を出ていったあとで、ぼくはレッドハウスに言った。

レッドハウスはローンホースが去っていったほうを指さした。「彼女はナバホ・ネイション評議会の議長で、おれのママの親友でもある。秘密を守るのはたいへんなんだよ」

「サニ家にまで伝えないでくださいよ」

「大丈夫だ。それと、なにかおれのほうで協力できることを見つけてくれ。あんたのせいで大統領に目をつけられたからな」

「あなたの印象を良くしようとしたのに！」

「その気遣いには感謝する。だが、大統領に呼び出されて進捗状況をきかれるのはあんたじゃない」

「あなたのほうで協力できることはありますよ。ネイションの医療記録を調べてください。ジョニー・サニのような人がほかにいないかどうか。ヘイデン症候群にかかって、髄膜炎を発症し、そのあとで快復した人です」

「見つけたあとはどうする？」

「たとえば、知らない人からの仕事の依頼には応じないよう伝えてください」

レッドハウスは笑みを浮かべて去っていった。ぼくはトニーに連絡をとった。

「報告書の準備をしているところだ」トニーは回線が

つながるなり言った。

「それを中断させるつもりはないけど、ちょっと調べてほしいことがあるんだ」

「追加料金を請求していいのか？」

「ぼくに関するかぎり、もちろん」

「だったら言ってくれ」

「統合者を無力化させるためのコードがないかどうか調べてほしい」

「たとえば、意識を失わせるとか？」

「ああ。肉体は機能したままで、統合者が意識を失うような」

「むりだな。統合者は顧客のいいなりになる容れ物というわけじゃない。覚醒していて補佐をする必要があるんだ」

「信じるよ。とにかく調べてくれ」

「これもやっぱり七時までに知りたいんだろうな」

「それだとありがたいね」

「休日料金で請求するからな」

「かまわないよ。始めてくれ」

「もうやってる」トニーは回線を切った。

目をあげると、ジョニー・サニの顔がこちらを見つめていた。ぼくは無言で彼を見返した。

18

「さてさて。あんたたちにはこんなクソはとても信じられないだろうな」トニーはそう言いながら、スタンディングテーブルに向かって立つぼくたちに近づいてきた。ジョージタウンのキャディズアレイにある〈アレクサンダーズ・カフェ〉の中だ。ヴァンがそこを指定したのは、ブレンダ・リーズをリラックスした雰囲気の中で尋問するためだった。スタンディングテーブルを選んだのは、カフェではスリープが椅子を占有するといやがられるからだ。ささやかなテクノロジー拒否症の一例ではあるが、ぼくにはどうでもいいことだった。

「あなたはだれ？」ヴァンが問いかけたのは、トニーといっしょに歩いてきたもう一体のスリープのほうだった。

「テイラ・ギヴンスよ」ぼくが紹介するまえに、本人がこたえた。「トニーとクリスのハウスメイト。トニーから映画に行く途中でここに寄ると言われて」

ヴァンがぼくに目を向けて、これから話すことをテイラに聞かせて大丈夫なのか確かめようとした。ぼくは〝まあいいでしょう〟と、小さな身ぶりで効率よく伝えた。ヴァンはテイラに向き直った。「これは内密の話し合いだから、口外しないで」

「ご希望なら聴覚をオフにしてもかまわないけど」テイラが言った。「どうせ、トニーのそばではよくやってることだし」

「おいおい」トニーが言った。

ヴァンはにっこりした。「けっこう。他言しないでくれればそれでいい」

「トニーはおもてむきはわたしの患者になるから」テ

イラは言った。「医師の守秘義務を適用するということで」

ヴァンはトニーに顔を戻した。「わたしたちがどんなクソを信じられないって？」

「クリス、ソフトウェアに統合者の意識を奪うコードが組み込まれていないか調べてほしいと言ってただろう」

「ああ」ぼくは言った。「見つかったのか？」

「いや。統合者は顧客を補佐する必要があると言ったが、あれはやっぱり有効だ。このソフトウェアが実際にやっているのは——というか、やれるのは——もっと異様なことだ。こいつは統合者から自由意志を奪う。そのあとで記憶を消すんだ」

「説明して」ヴァンが急に身を乗り出してきた。

「統合者が意識をたもつ理由はふたつある。ひとつは、喧嘩を売るとか飛行機からパラシュートなしで飛び降りるとか、そういう顧客がやりたがるバカげた行為を阻止するため。もうひとつ、統合というのはなにもかもきれいにいくわけじゃないだろ？　ニューラルネットワークは顧客の望みを統合者の脳に伝達する。脳はそれを受け取り、肉体を動かして顧客の望むことをさせる。だが、ときには信号の強さが足りず、統合者が介入してそれを実行させる必要がある」

「統合者が意図を読み取って補佐するわけね」ヴァンが言った。ぼくはふと、トニーはヴァンがかつて統合者だったことを知らないのだと気づいた。

「そのとおり」トニーが言った。「だから、統合者を気絶させるのは、道徳的にまちがっているだけじゃなく、顧客に人間の体を動かしている錯覚をあたえるという、統合の本来の目的から逸脱する行為になる。気絶した統合者の肉体では、歩くにしても、なにをするにしても、ふつうのレベルに近づくことさえむずかしくなるはずだ」

「ところが、だれかがそれを回避する方法を見つけたと」ヴァンが言った。

「そうだと思う」

「どうやって」

「おれが見ているコードは、統合者の固有受容感覚をいじくっている。統合者が自分の肉体を感知できなくなるように」

「それだと統合者は麻痺しちゃうわよ」ティラが言った。聴覚はオフにしていないようだ。

「いや」トニーが言った。「そこが巧妙なところなんだ。統合者を麻痺させたら、顧客はその肉体を使えないから、そうはしたくない。やりたいのは、統合者から〝肉体のあらゆる感覚〟を奪いながら、しかも入力を受け入れる能力は残しておくことだ。統合者は自分の肉体を制御できなくなるが、肉体そのものは自由に利用可能となる」

「統合者がロックインを体験するのか」ぼくは言った。

「そのとおり」トニーは言った。「統合者がヘイデンになる。ただし、おれたちとはちがって」――トニーは、ヴァンを除いた三人を身ぶりでしめし――「肉体は準備ができている」

「しかし、統合者がロックインに陥ったら、肉体は準備万端とはいかないだろう」ぼくは言った。「きみが自分で言ったじゃないか。統合者が補佐役として必要だって」

「そこがもうひとつ巧妙なところでね。このコードは、統合者をロックインに陥らせるだけでなく、脳をあざむいて顧客からの信号を統合者からの信号でもあると思い込ませる。顧客が〝腕をあげろ〟と命じたら、肉体には顧客と統合者の両方がそう命じているように聞こえる。そして腕をあげる。あるいは脚を動かす。あるいは食べ物を嚙む」

「あるいは、飛行機からパラシュートなしで飛び降りる」ヴァンが言った。

「そういうこと」

「しかも記憶を消すとか言ってたけど」

「ああ。ただし、記憶を消すというのは正確じゃないかもしれない。実際には、顧客の行動に関して統合者の脳が長期記憶を形成するのを阻害しているんだ。すべてが短期記憶にしか存在しない。顧客が離れたとたん、顧客が統合者の肉体でやっていたことは、なにもかも脳内から洗い流されてしまう」

「時間を失うような感覚か」ぼくは言った。

「でも、顧客にとってはそうではない」ヴァンが言った。

「おそらくな」トニーが言った。「顧客の脳はふつうに機能しているし、記憶もふつうに記録されていると思う」

「じゃあ、顧客が好き勝手なことをやっても、統合者はそれをおぼえていないのね」ティラが言った。

「そのとおり。だが、ほんとうにクソなのはここのところだ。統合者はなにもおぼえていない――だが、それが起きているあいだは？　統合者はそれを感じている。問題のコードは統合者の意識を抑制してはいない。必要ないんだよ、どうせ固有受容感覚を切断して、意識を短期記憶のバッファへ放り込んでしまうから。統合者の意識を抑制するコードを書くのは時間のむだでしかない。というわけで、顧客が統合者をロックインに陥らせているあいだはずっと――」

「統合者は自分が溺れているみたいに感じている」ヴァンが言った。

「ああ。あるいは、よくある夢の中で身動きがとれないような感じかな。さもなければ、まあ、ヘイデンになったような」

「ハードウェアとはどんな関係があるの？」

「深い関係がある。このハードウェアはソフトウェアに合わせて最適化されていて、その反対じゃない。たとえば、このネットワークでは濃密なフィラメントの束が背側脊髄小脳路(はいそくせきずいしょうのうろ)につながっている。脳内で意識的な固有受容をつかさどる部分だ。ソフトウェアを知れば、ハードウェアの設計は完全に理解できる。これは目的に合わせて作られたネットワークなんだ」

「他人の脳を乗っ取ることを目的とした設計ね」

「まさしく」

路地のはずれに見覚えのある顔があらわれた。「ブレンダ・リーズが来たみたいだ」ぼくはリーズが気づくまで手を振った。彼女は笑顔で手を振り返し、ぼくたちのほうへ歩き出した。

「映画に遅れたくないなら、わたしたちはもう行かないと」テイラがトニーに言った。

「もうひとつだけ質問」ヴァンが言った。「このソフトウェアを、これとは別のネットワークで作動させる方法はある？」

「つまり、別の統合者でか」トニーが言った。

「そういうこと」

「長い回答？　それとも短い回答？」トニーが言うと、テイラがうめいた。

「短い回答で」

「ないと思うよ」

ブレンダ・リーズがハンドバッグに手を入れて、銃を抜き出し、ヴァンに狙いをつけた。

ぼくは「銃だ！」と叫んで、同時にヴァンを引き倒し、その体をぼくのスリープで隠した。一発の銃弾が背中のパネルにひびを入れ、もう一発が腕ではじけた。両方で強烈な痛みを感じたので、すぐさま痛覚を遮断した。カフェのパティオは悲鳴とパニックであふれかえった。ぼくはスタンガンをつかみ、振り返って撃ち返そうとした。リーズはパニック状態の群衆といっしょに路地を走り出していた。

「ああ、くそっ」ヴァンの声がした。見おろすと、彼女の肩から血が流れていた。テイラがもうそばに来て、止血を始めていた。

ヴァンがぼくを見あげた。「なにしてるの、シェイン？　あいつをつかまえて」

「テイラ」ぼくは言った。

「まかせて」テイラはヴァンの肩から顔をあげずにこたえた。

ぼくはリーズを追って走り出した。

リーズは三十三番ストリートで左折していた。ぼくが三十三番にたどり着くと、彼女はまた左折してMストリートに駆け込んだ。ふたたび銃声がして、あちこちで悲鳴があがった。ぼくは角を曲がり、走る人びとにあやうく突き倒されそうになった。群衆をかわして通りに入ると、リーズはそのブロックを半分ほど進んだあたりにいて、ぼくを探していた。

ぼくは発砲しなかった。まわりにいる人が多すぎた。代わりに、まっすぐリーズめがけて走った。

あと二十フィートというところで、リーズがぼくの姿を見つけ、銃を持ちあげて発砲した。狙いがはずれたのか、かすめただけだったのか、そのときはなにも感じなかった。ぼくは体当たりをくらわせて、リーズを壁に叩きつけたが、その拍子に、彼女の脚の一部が消火栓に当たってえぐれてしまった。銃はどこかへ吹っ飛んだ。

勢い余って、ぼくも一瞬遅れで壁にぶつかった。リーズをつかんだ手がゆるんだ。彼女は身をふりほどき、足を引きずりながら通りへ出ると、ハンドバッグに入っている別のなにかに手を伸ばした。ぼくはスタンガンをかまえて発砲しようとした。

そこで手を止めた。振り返ったリーズは手榴弾をつかんでいた。安全ピンは抜けていた。

「冗談だろっ」ぼくは言った。

リーズはにっこり笑い、足を引きずりながら通りをさらに進んで、レバーを放した。

とたんに、その表情が変化した。

リーズは一瞬とまどった顔をしてから、自分が両手でつかんでいるものを見た。

彼女は悲鳴をあげて、手榴弾を取り落とし、きびすを返して逃げ出そうとした。ぼくは壁に向かって頭をさげ、爆発を待った。

爆風がぼくを壁に叩きつけた。

手榴弾の無数の破片が、頭上の壁にめり込み、そこらじゅうの商店のガラスを突き抜けた。

顔をあげてあたりを見回し、巻き込まれた人がいないかどうか確かめた。目についた人たちは、ものすごい勢いで走っていたので怪我をしているとは思えなかった。

それからリーズに目を向けた。

手榴弾で両脚がなくなっていた。

ぼくはそばに近づき、彼女がまだ生きていることに驚きながら、その体を見おろした。左腕はずたずたになっていた。右腕は自分の脚をさぐっていた。

リーズがぼくを見た。「なにも聞こえない」声は震えていた。「聞こえないの。助けて」

「ここにいるよ」聞こえないのはわかっていたが、ぼくは呼びかけた。右手をとって握り締めた。

リーズは泣き出した。「あたしはこんなことしたくなかった。あたしはこんなこと選ばなかった」

「大丈夫だよ」そう言いながら、ぼくは内部音声で911に通報した。

リーズは自分の無残な両脚を見るのをやめて、ぼくに目を向けた。「あなた。おぼえてる。ディナー。おぼえてる」

うなずいて、ぼくのほうも彼女をおぼえていることを伝えた。

「あの人はあそこにずっとはいなかった」リーズは言った。「あたしはあそこにずっといた。あたしは。あたしはいた。でも彼はちがう。彼はいなかった。彼はいなかった。彼——」

言葉が途切れた。ぼくは彼女が死ぬまで手を握っていた。

五分後、顔をあげるとトリン刑事がぼくを見おろしていた。彼女は銃を手にしていて、背後にいるふたりの警官たちは、どちらもぼくの頭に銃の狙いをつけていた。

「かんべんしてください」ぼくは言った。

「どういうことなのか説明してくれるかい、シェイン捜査官?」トリンが言った。

「複雑なんです」

「時間ならあるよ」

「ぼくにはないかもしれません」

トリンは銃でリーズをしめした。「その女は?」

「わかりやすく言うと、彼女の名前は〝FBIの所有物〟です」

カフェに引き返してみると、ヴァンはストレッチャーに乗せられ、顔に酸素マスクをつけていて、救急隊員たちが搬送の準備をしていた。「元気よ」ヴァンは言った。

ティラへ目を向けると、救急隊員にもらったタオルで自分のスリーブから血を拭き取っていた。「あの人は元気じゃないわ」ティラは言った。「肩に銃弾を受けたの。急所ははずれたみたいだけど、病院へ行かないと。ハワードへ運べばわたしが自分で担当できるけど、ジョージタウンのほうが近いから。いっしょにそっちへ行くわ。知り合いもいるし。きちんと面倒を見てもらえる」

「ありがとう、ティラ」ぼくは言った。

「どのみち、あの映画は見たくなかったし」

「おれはどうすればいい?」トニーが言った。

「戻って例のソフトウェアをもう少し調べてくれ」ぼくは言った。

「なぜだ?」

「きみはあのソフトウェアは別のニューラルネットワークでは作動しないだろうと言ってたよな?」

「ああ」

「それはまちがいだったと考える根拠がある。死体安置所へ戻ってくれ。あるものを送っているから」

「冗談だろ」トニーはぼくがなにを言っているのか気づいたようだった。

「だといいんだけどね」

「シェイン」ヴァンが言った。

ぼくはパートナーに向き直った。

ヴァンは指さした。「背中にひびが」

「銃弾を止めてくれました。大丈夫ですよ。パネルは明日にでも交換します」

「ありがとう」

「貸しができましたね」

ヴァンはにっと笑った。「リーズは」

「死にました」

「どんなふうに」

「手榴弾で」

「なんてことを」

「リーズは本人ではなかったと思います」

「サニと同じだと思ってるのね」

「ええ。思っています。それともうひとつ。リーズが死ぬまえに言っていました。ラウドン・ファーマ社が爆破された晩、彼女はぼくの父のディナーパーティでずっとサミュエル・シュウォーツに統合されていたわけではなかったのだと。リーズがアリバイ役をつとめていたあいだに、シュウォーツは接続を切ってなにかほかのことをしていたんです」

「ラウドン・ファーマ」

「おそらく」

「その件であなたは会社の弁護士を相手にすることになるのね。幸運を祈るわ」

「やってやりますよ」

「あなたのハウスメイトたち」

「彼らがなにか」

「もしもリーズが統合されていたなら……」

「だったら、リーズをあやつっていたやつは彼らを見たはずですね」

「あなたの住所を伝えておく。うちから捜査官を派遣するから」

「あなたのところにも何人か追加してください。彼女が狙ったのはあなただったんですから」

「たしかにわたしだけを狙ったわね、彼女は」

ヴァンがなにを言っているのか理解するまで一秒ほどかかった。「ああ、くそっ」ぼくは言って、接続を切った。


「うわっ」ジェリー・リッグスがびっくりして声をあげた。ぼくがケイメン・ゼファーで上体を起こしたからだ。「おいおい。そういうことをするなら知らせてくれ。そのスリープは、わたしがここに来てから一度も動かなかったんだから」

「ジェリー」ぼくは言った。「帰ってくれ。すぐに」

「どうした？」

「ほぼ確実にだれかがぼくを殺しに来る」

ジェリーは声をあげて笑ってから、ぴたりと口をつぐんだ。「まじめな話なんだな」

「ジェリー。頼む。いますぐ帰ってくれ」

ジェリーはぼくをぽかんと見つめ、読んでいた本を置くと、足早に部屋から出ていった。

ぼくはクレードルに静かにおさまっている自分を見つめた。それから、やはり部屋を出た。

母と父はキッチンにいて、ふたりだけで夕食をとっていた。使用人はもう帰宅していた。ぼくがキッチンに入ると、ふたりはそろってこちらを見あげた。

「クリス」父が言った。

「あなたの６６０はどうしたの？」母がぼくのスリープを見て言った。

明かりが消えた。

「家を出て」ぼくはふたりにささやきかけた。「いますぐに」ゼファーには暗視装置のオプションがついていた。ぼくはそれを起動してあたりを見回した。手を伸ばしてホルダーから包丁を一本抜き取る。ちょっと考えて、ずっしりた鉄製のフライパンもフックからはずした。両方にそなえておかないと。

自分の部屋に戻ってみると、だれかがおもてのパティオに通じるスライド式のガラスドアを開けようとしていた。ずんぐりした、背の低い男で、手にした拳銃を下向きにかまえていた。男はぼくのクレードルを星のように取り巻く明かりを見つけた。バックアップ用のバッテリで十二時間は作動し続けるのだ。それは男がぼくの脳に銃弾を撃ち込むには充分すぎるほどの明かりだった。男は背中をぼくのほうに向けたまま足を運び、拳銃をかまえた。熟練したプロに見えた。

ただし、男は六時の方向を確認しなかった。

より正確に言うと七時の方向で、ぼくはそちらから男に近づくと、その頭にまっすぐフライパンを振りおろした。

男は倒れ、その拍子に二発の銃弾がはなたれた。一発目はぼくのクレードルに穴を開けた。クレードルの小さな破片がぼくの肉体にくい込み、脇腹に刺すような痛みが走った。二発目はクレードルの上へ大きくそれて、裏手のパティオに通じるスライド式のドアに命中した。ガラスが砕け散った。

フライパンで銃撃犯を叩いたとはいえ、充分に力をこめられたわけではなかった。男が脚を突き出してぼくの膝を蹴った。これが人間の体だったら、ぼくは悲鳴をあげてくずおれていただろう。実際にはバランスを崩して倒れ込み、フライパンを取り落とした。

ぼくが倒れると、男は立ちあがり、あらためて拳銃の狙いをつけようとした。ぼくはまだ手に持っていた包丁を男のブーツの甲のあたりに思い切り突き刺した。男は悲鳴をあげて飛びすさり、包丁をつかもうと手をしれなかった。男はドアの枠から吹っ飛び、くるりと回って、ぼくから一フィートも離れていないところに顔から突っ込んだ。うめくこともなく、息もしていなかった。

男は死んでいた。

「クリス！」父の声だ。

「大丈夫だよ」ぼくは叫び返した。「どっちのぼくも。ひとりはもうひとりよりましだ」動かなくなった脚を背後へ押しやって、上体を起こした。

母が懐中電灯を手に走ってきて、ぼくの目をまともに照らしたため、なにも見えなくなった。ぼくはスリープの目を通常モードに戻した。「懐中電灯をこっちへ投げて」ぼくは言った。

母は言われたとおりにした。ぼくは暗殺者を上から下まで照らしてみた。肋骨が何本かあったところにぽっかりと穴が開いていた。父はかなり近くから発砲したようだ。

伸ばした。

ぼくは勢いよく立ちあがりながら男を突き飛ばしたが、男は銃を素早く持ちあげて、発砲した。

銃弾がぼくのスリープの左の腰に命中し、そのまま脚を貫通した。すぐにメンテナンス警報が視界にポップアップして、左脚の制御が完全に失われたことを告げた。言われなくてもわかったのは、顔から床のタイルに倒れ込んで、ゼファーのフェイスプレートにひびが入ったからだった。

ごろりと体を回して見あげると、男はぼくの部屋のドアの枠に身をもたせかけ、怪我をした足に体重をかけないようにしながら、銃の狙いをつけていた。包丁は足に刺さったままで、フライパンはぼくのうしろにあった。撃たれるまえに止めるすべはなかった。

「おい！」父の声がした。男は振り返り、そのとたんショットガンの一撃を脇腹にくらった。

銃声でぼくは驚いたが、暗殺者はもっと驚いたかも

「死んだの？」母がたずねた。

「死んだよ」ぼくは言った。

「まちがいない？」

「まちがいない」

「まいったな」父が言った。「人を殺してしまった」

「ああ、そうだね」ぼくは懐中電灯の明かりを父に向けた。「変なふうにとらないでほしいんだけど、もう上院議員選挙への出馬はできないと思う」

父はなにも返事をしなかった。少しばかりショックを受けていたのかもしれない。

ぼくは死体をごろりとあおむけにした。だれだか知らないが、若くて、髪は黒く、目も黒かった。

「だれだ？」父がたずねた。

「わからない」ぼくは言った。

「なぜあなたを殺したがる人がいるの？」母が言った。

「ぼくはＦＢＩ捜査官だよ」

「まだ仕事を始めて三日目なのに！」

「四日目だよ」ぼく自身も少しぐったりしていた。なにしろ長い一日だった。「母さん。父さん。お願いしたいことがある。警察が来たら、これは押し込み強盗が失敗したということにしてほしいんだ。ジェリーにもそう伝えて」

「そいつはおまえの部屋にいる」父が言った。「おまえのスリープが撃たれたんだぞ」

「ぼくは父さんたちと夕食をとるために帰宅した。そして物音を聞いた。ぼくはＦＢＩ捜査官だから先頭に立つと言い張った」

父は不審をあらわにした。「頼むよ、父さん」ぼくは続けた。「父さんはこの地球上でトップクラスの有名人だ。これでみんなを納得させられると思う」

「どうしてあたしたちにそんな話をさせるの？」母がたずねた。

ぼくは部屋で死んでいる男に目を向けた。「これをやった男に、ぼくがむこうの狙いに気づいていないと思わせたいんだ」

「ねえクリス」母が言った。「これをやった男は死んだのよ」

「まさにそんなふうに思わせたいんだよ」

母は、この子はどうかしてしまったのかしらという目でぼくを見つめた。

視界にメンテナンス警報とはちがうものが表示された。クラー・レッドハウスだ。ぼくは両親にちょっと待つように言って、電話の呼び出しに応じた。

「大丈夫か？」レッドハウスがたずねた。声を聞いただけでも、ぐったりしているのがわかるらしい。

「その質問は明日にしてください」

「あんたに言われたとおり、ネイションの医療記録を調べてみた。ベセンティ大統領から許可をもらって」

「なにか見つかったんですね？」

「あんたが言った条件に当てはまるやつがふたりいた。ひとりは女で、アニー・ブリグマン。三年まえに亡くなっている。彼女を乗せて車を運転していた男が、彼女といっしょに居眠りをして、道路から飛び出したんだ。彼女はシートベルトをしていなかった。車は彼女の上を走り過ぎた」

「もうひとりは？」

「名前はブルース・スコウ。会いにいこうとしたんだが、三カ月ほどまえに自宅から姿を消していた」

「ちょっと待って」ぼくは暗殺者に目を向けて、その顔の写真を撮り、レッドハウスに送った。「これがその人ですか」

「そう見えるな。知り合いなのか？」

「いま、ぼくの両親の家にいます。死んでますが」

「偶然とは思えないな」

「ええ。それはありえません」

「おれはなにをすればいい？」

「待機していてください。長くはかかりません。少しだけ時間がほしいので」

「信用してるよ。待ってる」

「ありがとう」ぼくは電話を切った。サイレンが邸内路をこちらへ近づいてくるのが聞こえた。

19

一時間ほど話をしたラウドン郡の保安官は、〝押し込み強盗が失敗した〟という説明を喜んで受け入れたようだった。ぼくはマスコミが——それと父の広報担当者たちが——到着し始めるまえに家を離れた。あとのことは彼らにまかせておけばいい。どこかの時点でスコウの遺体をＦＢＩで引き取り、その頭の中になにがあるかを確かめておく必要があった。それについてはあとで心配するとしよう。

ＤＣに置き去りにしたぼくのスリープは、そのままの場所にあって、警察の護衛がついていたが、彼らがほんとうに護衛なのか、それともぼくを逮捕しようと待ちかまえているのか、最初の数分はよくわからなかった。診断ツールによると、背中に当たった銃弾によるスリープの損傷は当初考えていたよりひどく、二時間もしたら完全に動かなくなるようだった。考えてみると、これで一日に三体のスリープに深刻な損傷をあたえてしまったことになる。

リーズの遺体をFBIへ引き渡してもらおうとして、トリンと市警察を相手に一時間ほど議論になった。リーズがFBI捜査官を暗殺しようとしたというだけでは、トリンを充分に納得させることはできないようだった。結局、FBIの上層部に助けを求めて、市警の上層部と話をつけるしかなかった。それがすんだとき、トリンはもはや永遠にぼくと友人になりたいとは考えなくなっていた。ぼくにとっては好都合だった。

さらに一時間ほどFBIで過ごして、リーズの襲撃にまつわる事情聴取を受け、現場を離れた件については両親の安否を確認するためとかなんとか適当な嘘でごまかしながら、職場へのその日のできごとの報告をおこなった。一日ぜんぶではなく、リーズの襲撃に話を絞るようにした。襲撃の理由については、自分から推測を伝えたりはしなかったし、だれかに質問されることもなかった。いまのところ、リーズの襲撃は単独の事件として扱われていて、ぼくとヴァンが担当しているほかの事件とは無関係とみなされていた。これもぼくにとっては好都合だった。

ぜんぶ片付いたとき、ぼくのスリープが機能を停止した。なんとかデスクまでたどり着いた。明日、近所のシブリング＝ウォーナー社の代理店にスリープを修理に出すための手配をしなければならなかった。そのあいだに、使用可能な来訪者用のスリープの一覧をチェックしてみた。

ひとつもなかった。例のデモ行進にそなえて増援部隊が呼ばれていた。よそから来た捜査官たちが、うちにある五体のスリープを借り出していたのだ。まあいいか、と思って、レンタルを探し始めた。

ひとつもなかった。例のデモ行進のせいで、ワシントンDCとメリーランド州とヴァージニア州北部では、レンタルのスリープがすべて月曜日まで貸し出し中になっていた。いちばん近くで手に入るやつはリッチモンドにあった。それはメトロ社のジュニア・クーリエだった。

「やってられるか」ぼくはつぶやき、とうとう金持ちの特権を行使することにした。シブリング＝ウォーナー社の担当セールスマンの個人番号に電話して、もしも四十五分以内に店へ行ってスリープをひとつ用意してくれたら、正規の代金のほかに、いまいるアダムスモーガンの独身者向けのバーかなにかから出てきてもらう手間賃として五千ドル支払うと告げた。

一時間後、ぼくはDCにあるシブリング＝ウォーナー社の代理店から、325K――660XSより数ランク落ちるが、いまの状況では、どうせまる一日勤務するだけで完全なガラクタになる可能性が高い――を着て踏み出し、タクシーをつかまえてジョージタウン病院へ向かいながら、ヴァンに電話をして、これから新しいスリープでそっちへ行くと伝えた。

ヴァンは緊急治療室にいて、腕を吊ったまま、病棟のスタッフと口論をしていた。

「建物を出るまでは車椅子に乗っていてもらわなければいけません」男が言った。

「わたしは肩を撃たれたのよ、脚じゃなくて」ヴァンが言った。

「これが病院の方針なんです」

「こっちの腕は動かせないけど、ほかはなんともないんだから、どうしても止めるというのなら覚悟することね。幸い、ここは病院だし」ヴァンはそのまま歩き出して、憤慨するスタッフを置き去りにした。

「ヴァン」ぼくは呼びかけた。

ヴァンはぼくに目を向けて、新しいスリープをじっくりとながめた。「シェインなの？」

「はい」

「証明して」

「今夜トリンをかんかんに怒らせました。彼女はあなたを憎む以上にぼくを憎んでいると思います」

「それはどうかな。でも、あなたがその半分でも憎まれているなら、一杯おごってあげる」

「ぼくは飲まないんですが」

「良かった。だったら、あなたがわたしに一杯おごって。さあ行くよ。知ってるバーがあるから」

「今夜はバーに飲みにいくべきではないと思いますよ。肩に穴が開いているんですから」

「かすり傷よ」

「肩に穴を開けたのは銃弾ですよ」

「小さな銃弾だったから」

「発砲した相手はあなたを殺そうとしたんです」

「ますます一杯やる必要があるでしょ」

「バーはだめです」


ヴァンは憎々しげにぼくを見た。

「ぼくの部屋へ戻りましょう」

「なんでそんなことをしなくちゃいけないの」

「情報を共有する必要があるからです。それに、あそこは捜査官が監視しているので、今夜あなたが殺されることはありません。うちにはカウチがあるから眠れますよ」

ヴァンはまだ納得していない顔だった。

「それなら、途中でどこかに寄ってボトルでも仕入れましょう」

「少しはましね」

タウンハウスに入るときには、公開IDを掲示して、ハウスメイトたちがぼくを見てパニックにならないようにした。ティラが近づいてきて、ヴァンの姿を見るなり足を止めた。

「退院させてくれたんだ」ティラは言った。

「わたしが入院を潔しとしなかったというほうが正確かな」ヴァンが言った。

顔の表情がなくても、テイラの不満は伝わってきたが、結局、その話はそこで終わった。「ふたりともニュースにアクセスしないと」テイラが言った。

「それはどうかな」ぼくは言った。

「ブレンダ・リーズのビデオメッセージがあるの。彼女がヴァン捜査官を撃つ直前にネットで公開されたのよ」テイラは居間を指さした。「来客用のモニタがあるわ」

「自分のグラスがあるよ」ヴァンは言ったが、ぼくたちは居間に入って、モニタを起動し、リーズのビデオのコピーがあるニュースチャンネルを選んだ。そのビデオの中で、リーズはエイブラムズ＝ケタリング法はきわめて不当なものであり、そのせいで彼女の大勢の顧客が苦しんでいて、すべての人びとにその責任があるのだと語っていた。「非ヘイデンの中に無実の者はいない。彼らがこうなることを許したのだ。カッサンドラ・ベルが言ったこと、わたしはそれを信じる——これは障害をもつマイノリティをめぐる戦争だ。そう、いまやわたしはこの戦いに身を投じた兵士だ。わたしにとっての戦いは今夜始まる」

「あなたはこれを信じる？」もう一度ビデオを再生しながら、ヴァンがぼくにたずねた。

「まさか」ぼくは言った。

「カッサンドラ・ベルの名前が出てきた」

「そうですね。またもや暴力行為が、おもてむきは彼女の命を受けたかたちで実行されたわけです」

「今夜はだれか死んだの？」

「リーズのほかにですか？」ぼくがたずねると、ヴァンはうなずいた。「それはないです。先を争って逃げたときに踏まれたとか、いろいろ怪我人は出ていますし、手榴弾による物的損害もありました。でも、リーズが撃ったのはあなただけです」

「あなたもね」

「ぼくも撃たれました。でも、それはあなたを守ろうとしたからです」

「どのみち、あなたを撃つのはリーズの主張に反することだし。となると、あなたとわたしはリーズがわたしを狙ったことを知っているけど、彼女の主張は事態を混乱させることになる。明日の朝のニュースが流れるころには、この事件はラウドン・ファーマの爆破事件と結びつけられていると」

「まあそんなところでしょうね」

ヴァンはこれには返事をせず、モニタにふれて最新のニュースを表示した。リーズ以外のトップニュースは、ぼくの両親の家で起きた発砲事件だった。ヴァンはそのレポートを呼び出して再生した。

「押し込み強盗」最後まで見てから、ヴァンが言った。「両親にそう言ってくれと頼んだんです」

「噂が広まると思って？」


「そうならない理由はありませんから」

「両親はどうしているの？」

「いまは担当者も集まって対応もできていますから大丈夫です。父は少しショックを受けていますね。人を殺してしまったせいで、上院議員選挙への出馬がありえなくなったので」

「自分の家を守ろうとしたんだから、ヴァージニア州のほとんどの場所ではそれほど悪い印象をあたえないはずだけど」

「それはそうなんですが、〝ショットガンを手にした怒れるでかい黒人〟というイメージで、ぜんぶ相殺されてしまうでしょう。母の祖先が南部連合国のために銃を密輸していたこともその埋め合わせにはなりません。ですから、ほぼまちがいなく、明日には党の代表がやってきて、だれかほかの候補者を支持してくれないかと父に告げることになると思います」

「気の毒に」

「大丈夫ですよ。すぐにはむりでも。たぶん、次のことを始められるようになるまで、一週間ほどは自分と銃撃事件にまつわる解説記事やコメントに悩まされるでしょうね。ふつうの人なら引き籠もって乗り切ることもできるでしょうが、父はそれが自分の〝栄光〟にとってなにを意味するかを心配しなければいけませんから」

「それで〝押し込み強盗〟は」

「ナバホ族で、名前はブルース・スコウです」

「彼もジョニー・サニと同じだと」

「現時点で言えるのは、可能性があるということだけです。確かめるには彼の頭をのぞいてみないと」

「遠隔操作された統合者がまたひとり」

「そのようです」

ヴァンはため息をつき、ぼくがまだ手に持っていた酒屋の袋を指さした。そこにはメーカーズマークのバーボンと、紙コップのパッケージが入っていた。「それを注いでちょうだい。多めに」

「どれくらい多めに？」

「酔っ払うほどじゃだめ。そのぎりぎり手前くらいがいいかな」

ぼくはうなずいた。「先に部屋へ行っていたらどうですか。すぐに持っていきますから」ぼくは右のほうを指さしてからキッチンに入った。栄養液のパレットがならんでいる以外にはなにもない、典型的なヘイデンのキッチンだ。

一階に部屋があるテイラが、ぼくがキッチンに入るのを見てついてきた。「あの人にお酒を飲ませるつもりなの」彼女は言った。

「ここで飲ませなかったら、バーで飲ませることになっていたんだ。少なくともここなら、たとえ彼女が節度をなくしても、飲むのをやめさせられる」

「あの人にいま必要なのは睡眠であって、バーボンじゃないわ」テイラはボトルを指さして言った。

「その点について反論するつもりはないよ」ぼくはボトルを開けながら言った。「でも、ヴァンには眠るつもりはない。それなら、少しでもくつろいでもらうほうがいい。まだ仕事があるからね」

「あなたのほうはどうなの？」

「そうだなあ」ぼくは紙コップのパッケージを破りながら言った。「今日は、忍者スリープと格闘をしたし、ふたりの女性が亡くなった家族からの最後のビデオを観賞するのを見たし、二十フィート先で女性がひとり爆死したし、父さんが侵入者をショットガンで撃ち殺すのを目の当たりにした」コップをひとつ取り出して、そこにバーボンを注ぐ。「少しでもまともな感覚が残っているなら、このボトルを自分の摂取チューブにつなぐだろうな」

「実を言うと、そういうことをする人たちを見たことがある」

「へえ？　その人たちはどうなった？」

「だいたい予想どおりよ。ヘイデンの肉体は身動きをしないし、そもそもアルコール耐性が低いの。消化器系は栄養液ばかり取り入れているから、ふつうの食べ物や飲み物には慣れていない。おまけに、病気で脳構造が変化していて、多くのヘイデンは依存症になる傾向が強くなっているの」

「だからみんな悲惨なことになると、そう言ってるわけだな」

「わたしが言ってるのは、ヘイデンのアルコール依存症ほど悲惨なものはないってこと」

「肝に銘じておこう」

「あなたにも睡眠が必要ね。これはプロの意見よ」

「その点についても反論するつもりはない。でも、たったいま説明したさまざまな理由で、いまのぼくは少し神経が高ぶってるんだ」

「いつもこんな調子なの？」

「ぼくの仕事が？」

「ええ」

「まだ最初の週なんだよ。だから、これまでのところは？　そうかな」

「あなたはそのことをどう感じているわけ？」

「ふつうの金持ちのこどもらしく両親に寄生して暮らしていればよかったという感じかな」

「本気で言ってるわけじゃないでしょ」

「ああ。でも、いまこの瞬間だけは、それも悪くなかっただろうなと思うよ」

テイラが近づいてきてぼくの腕に手を置いた。「わたしは住み込みのドクターだから。助けが必要なときはわたしのところへ来るのよ」

「わかった」

「今夜は少しでも睡眠をとると約束して」

「努力する」

「いいわ」テイラは立ち去ろうとした。

「テイラ——今夜はありがとう。きみがぼくのパートナーを助けてくれたことは、ぼくにとって大きな意味があるんだ」

「それがわたしの仕事だから。ほら、ほんの二分まえにバットでわたしの頭を殴ろうとしていた男だって助けたでしょ。あなたのたいせつな人のためなら、同じことをするのは当然よ」

があんな発見をして、それからだれかがわたしの頭に銃弾を撃ち込もうとした。だから、お話の時間は遅いより早いほうがいいと思って」

「わかりました」

「少しとりとめのない話になると思うけど」

「かまいませんよ」

「いまわたしは四十歳。病気にかかったときは十六歳だった。感染の第一波のときで、対処法についてはまだまだ解明中の段階だった。わたしはシルヴァースプリングに住んでいて、友人といっしょに行こうとしていたパーティがロックヴィルでひらかれていたんだけど、ロックヴィルはヘイデン症候群の大発生で隔離されていた。でもわたしは気にしなかった。十六歳で愚かだったから」

「どの十六歳もそうですよ」

「たしかに。それで、わたしと友人は車に乗り込んで、パーティへ道路封鎖されていないルートを見つけて、

20

「ずいぶんかかったね」ヴァンが、部屋に入ったぼくに言った。

「テイラにつかまっていたので」ぼくはバーボンをヴァンのもとへ届けながら言った。「ぼくたちのことを心配しているんですよ」

「むりもないね」ヴァンはコップを受け取った。「今夜のわたしたちは、そろって暗殺者の魔手を逃れたばかり。わたしだって自分たちが心配だもの」ひと口酒を飲む。「さて。お話をしてあげようか」

「お話の時間はデモ行進のあとにすると言ってませんでしたか」

「言ったよ。でもそのあとで、あなたの友人のトニー

出かけたの。着いてみると、パーティの参加者はだれも病気には見えなかったから、なにも問題はないと思った。三時ごろにやっと家に帰り着くと、父さんが待ちかまえていた。わたしが飲んでいると思ったらしく、においを嗅ぐから息を吐けと言われた。わたしは父さんに向かってバカみたいにゲホゲホやってからベッドに入った」

ヴァンは言葉を切って、またコップの酒をひと口飲んだ。ぼくは次に来るとわかりきっているものを待ち受けた。

「三日後、全身がむくんだみたいな感じになってきた。熱が出て、喉がしゃがれて、頭が痛かった。父さんも同じだった。母さんと妹はなんともなかったから、父さんが、うつるといけないからふたりは伯母さんのところへ行きなさいと言ったの」

「良い対応ではないですね」ふたりはおそらく感染していて、まだ症状が出ていないだけだったのだ。だからヘイデン症候群はあんなに広がったのだ。

「そうね。でも、あれはまだ初期のことで、どう対処すればいいかはっきりしていなかったの。母さんたちは出ていき、父さんとわたしはテレビを見てコーヒーを飲んで気分が良くなるのを待った。二日後、わたしたちは最悪の時期を脱したと思った」

「それから髄膜炎が襲いかかってきた」

「それから髄膜炎が襲いかかってきた。頭が爆発するかと思ったわ。父さんが911に電話して事情を話したの。防護服を着た人たちが家にやってきて、わたしたちをつかまえて、ウォルター・リード陸軍病院へ搬送した。そこがヘイデン症候群の第二段階の患者が送られる場所だったの。そこで二週間過ごした。最初のころにあやうく死にかけたわ。実験的な血清を投与されて発作が起きたの。全身がものすごく硬直して、結局は顎を骨折した」

「ひどい。お父さんはどうなったんです?」

「父さんは快復しなかった。髄膜炎の段階で脳がひどく焼けてしまって。ウォルターリードに着いた二日後に昏睡状態になって、一カ月後に死んだわ。父さんの生命維持装置をはずしたときには、わたしも立ち会っていた」

「お気の毒です」

「ありがとう」ヴァンはまたひと口飲んだ。「なによりムカついたことがある。父さんは自分が死んだら臓器を提供するんだと大騒ぎするような人だったの。でも、父さんが死んだとき、その臓器を提供することは許可されなかった。腎臓といっしょにヘイデン症候群のウイルスまでうつしてしまうわけにはいかなかったから。ウォルターリードに父さんの遺体を研究のために使うのかときいたら、もう利用しきれない数の遺体がたまっていると言われた。それで、結局は火葬になった。父さんのすべてが。きっといやでたまらなかったと思う」


「お母さんと妹さんはどうなりました？　やはり感染したんですか？」

「グウェンは三日間だけ微熱が出たけど元気になった。母さんはそもそも発症しなかった」

「それは良かった」

「ええ。それで、わたしはその後の三年間、自己破壊を続けてセラピーにかようことになった。父さんを殺したことに罪の意識をおぼえていたから」

「あなたはお父さんを殺していません」ぼくは言ったが、ヴァンは片手をあげてそれを制した。

「聞いて、シェイン。この件についてあなたがなにを言おうと、わたしは同じことを何千回も聞かされているの。いらいらするだけだから」

「わかりました。すみません」

「いいのよ。とにかく話をさせて」またひと口。「さて、こうした流れの中でひとつわかってきたことがあった。ヘイデン症候群の第二段階をロックインに陥ることなく生き延びた患者の一部に、統合のできる人が――自分の脳で他人の意識を持ち運べる人が――いると。ウォルターリードはわたしの情報を持っていたから、テストを受けてくれないかと連絡してきた。だからわたしはそうした。わたしの脳は、むこうの試験官のひとりの言葉を借りると、〝むちゃくちゃすばらしい〟そうよ」

「それはなかなかですね」

「ええ。それで、彼らはわたしに統合者になってくれと依頼してきた。当時、わたしはアメリカン大学に在籍中で、おもてむきは生物学を専攻していたけど、実際にはクスリやセックスに溺れてばかりだった。だから思ったの。いいんじゃない？　ひとつ、もしも統合者になったら、国立衛生研究所が大学の残りの学費を引き受けてくれて、学生ローンも半分は清算してくれる。ふたつ、訓練を終えたら仕事がある――当時は、たとえ大学の卒業生でも就職がどんどん厳しくなっていたし、この仕事はなくなる心配がなかった。三つ、この仕事なら父さんが誇りに思ってくれるはずだし、わたしは父さんを殺していたから、借りがあるような気がしていたの」

ヴァンはぼくを見て、父親を殺したという発言になにかコメントがあるかどうか確かめた。ぼくはなにも言わなかった。

「それで、わたしはアメリカン大学で学位の修了を目指し、そのあいだに、頭の中にニューラルネットワークを導入した。最初の数日はものすごい頭痛があって、パニック発作を起こしたわ。髄膜炎になったときと同じような頭痛」ヴァンはくるりと手を回して、自分の頭をしめした。「あのいまいましいワイヤが動いて位置につこうとしていたのよ」

「そうですね。ぼくもおぼえていますよ。まだ幼いうちに導入すると、成長するにつれてあれが動き回る感じを楽しめるんです」

「悪夢のように聞こえるけどね。ネットワークを導入していたときに、脳の中には神経終末がないと言われたから、わたしはこう言ってやったの——おかしなことを言わないで、脳というのはひとつの巨大な神経なのよって」

「もっともですね」

「でも、それから頭痛が消えて、わたしは元気になった。二週に一度、週末にウォルターリードへ出かけると、彼らはテストをして、ネットワークの調整をして、たいていはわたしの脳構造をほめてくれた——他人の意識を受け入れるよう完璧にチューニングされていると。わたしは、これが自分の仕事になるのなら、それは良いことだと思った。卒業したあと、すぐに統合者の訓練プログラムに取り組んで、統合がどのように働くのかという基礎的な脳のメカニズムについて、さらにテストと勉強を続けた。彼らの考えは、理解が深まれば、それだけ良い統合者になれるというものだった。統合は魔法や手品ではなくなる。ただのプロセスになると」

「そのとおりでしたか？」

「そうね。ある程度は。だって、どんなことでもそうでしょ？　まず理論があって、それから、現実世界での経験がある。統合の裏にある理論は、わたしには少しも苦にならなかった。思考マッピングや送信プロトコルもちゃんと理解できた。脳と脳のあいだの相互干渉の問題とか、瞑想術を学ぶことで顧客にとってより良い容れ物になれる理由とか、そういったことも。なにもかも申し分なく理にかなっていたし、わたしはバカじゃなかったし、おまけに例のすばらしい脳があった」

またひと口。

「ところが、最初の生の統合セッションで、わたしは文字どおりちびってしまった」

「待って、なんですって？」

ヴァンはうなずいた。「最初の統合セッションでは、だれでもスタッフにいるヘイデンと統合するの。ドクター・ハーパー。彼女の仕事は、新人の統合者と統合して、全体の流れのリハーサルをすること。なにをするときも、実際にやりながらそれを説明してくれるわけ。別に驚くようなことでもないし、とっぴなことでもない。片腕をあげるとか、コップを持ちあげて水を飲むとか、テーブルのまわりを歩くとか。それで、わたしはハーパーと会って、握手をして、これからどんなことがあるかについてちょっと説明を受けて、少し神経質になっているかもしれないけどそれはまったく正常なことだと言われた。そのときわたしはこう考えていた──わたしはちっとも神経質になっていないから、さっさと始めて。

ハーパーがすわったから、わたしもすわって、接続をひらいて、彼女の信号がダウンロードの許可を求めてくるのを感じた。許可をあたえたとたん、**ああなんてことわたしの頭の中に他人がいる**。わたしは彼女を感じた。ただ感じるんじゃなくて、彼女が考えていることや彼女が望んでいることを感じた。テレパシーみたいに思考が読めるんじゃなくて、望んでいることがわかるの。たとえば、彼女がほんとうに望んでいるのはセッションが終わることで、それはおなかが減っているからだとか。なにを食べたいのかはわからないけど、食べたいという気持ちはわかる。思考は読めないけど、そのひとつひとつを感じることはできる。まるで窒息しているみたいなの。でなければ溺れているような」

「そのことを彼らに話したんですか?」

「いいえ。自分が理性的にふるまっていないことはわかっていた。そういう感覚が過剰反応だということはわかっていた。だから、それまで訓練を受けていたリラクゼーションや瞑想の技術を活用しようとした。それは効果があるみたいだった。冷静さが戻ってきたの。

「そして冷静になってみたら、すべてがほんの十秒ほどのあいだに起きたんだと気づいた。でも大丈夫、なんであれ、わたしならこれに対処できる。

そのあと、ハーパーがわたしの腕を動かそうとしたとたん、わたしはめちゃくちゃびびって、括約筋がゆるでしまった」

「あなたの腕が、あなたが意図しないのに動いていたからですね」

「そうなの」ヴァンは言った。「そうなのよ」またバーボンをひと口。「これがあの最初の日に自分について学んだこと――わたしの体はわたしの体。ほかのだれにもそこに入ってほしくない。ほかのだれにもそれを制御されたくないし、制御を試されたりもしたくない。わたしの体は世界中でわたしだけの小さな空間で、わたしが持っている唯一の空間。そこにほかの人を入れたら、そこになにかをされたら、わたしはパニックを起こす」

「それでどうなったんです？」

「ハーパーはすぐに接続を切ってわたしのそばに来て、パニックを止めようとした。恥ずかしくない、そういう反応はごくふつうなのだと言って。わたしのほうは、自分のおしっこの中ですわり込んで、彼女の小さな機械の頭をもぎ取るまいとがまんしていた。気を悪くしないで」

「気にしてません」

「ハーパーは言った――いったん休憩をとるから、あなたは体を洗って、なにか食べて、そのあとでもう一度試しましょうと。わたしは体を洗ったけど、なにか食べたりはしなかった。代わりに、借り物の病院着のまままいちばん近いバーへ行って、テキーラ五杯を一列にならべさせた。そして、約九十秒で立て続けにぜんぶ飲み干した。それから病院に戻って二度目のセッションにのぞみ、みごとにやってのけた」

「テキーラを一気飲みしてきたことは気づかれなかったの？」

たんですね」

「何年か自己破壊を続けたと言ったでしょ。あれはわたしの肝臓には良くなかったけど、飲んでも動けるようになるためには良かったの」

「では、統合するために、あなたは酔っ払わなければならなかった」

「酔っ払ったわけじゃない。初めのうちは。ある程度飲めば、他人が自分の中に入ってきてもパニックは起こらない。最初の五分を乗り切ることができれば、残りのセッションはなんとかなるとわかったの。楽しくはなかったけど、侵入に耐えることはできた。セッションが終わったら、また何杯か飲んで気分を落ち着けるの」

「統合者をやめることは考えなかったんですね」

「ええ。最低限の期間、プロの統合者として過ごさなかったら、教育と訓練にかかった費用をすべて返還しなければならなかった。とてもそんなお金はなかった。それに、わたしは統合者になりたかった。仕事をしたかった。しらふのままではできなかっただけ」

「なるほど」

「それに、最初のうちは問題にならなかった。セッションを乗り切るために必要なアルコールの量をとてもうまく調整できたから。けっして酔っ払うことはなかったし、顧客も気づかなかった。評判が良くなって人気が出たけど、だれひとりわたしがなにをしているのか気づかなかった」

「しかし、永遠には続かなかった」

「ええ」ヴァンはまたひと口飲んだ。「パニックはどうしてもおさまらなかった。時間がたっても抑えやすくなったりはしなかった。むしろ悪化して、最後のほうはずっとひどくなっていた。それで、よく言っていたように〝セラピーの服用量〟を増やしたの」

「彼らは気づいたんですか」

「気づかなかった。そのころには、わたしは仕事がとても上手になっていた。統合者としての活動についていは、ほぼ自動操縦のようなものだった。うまくできなかったのはブレーキをかけること。顧客は契約外のなにかをしたがることがある。そういうときには彼らを引き止めなくちゃいけない。顧客が抵抗したら、セッションを中断して報告する。それがあんまりひどかったり、何人もの統合者で同じことをするようなら、その顧客はブラックリストに載せられて二度と統合ができなくなる。めったにあることじゃないよ。統合者はとても少ないから、たいていのヘイデンはそれを利用するチャンスを台無しにしたくない」

ヴァンはコップを飲み干した。

「それが起きたんですね」

「そう」

「なにがあったんです？」

「ある十代の顧客が、死ぬのはどんなものか知りたがった。彼女は自殺をしたかったわけじゃない。死にたくはなかった。ただ、死ぬのがどんな感じか知りたかった。死の直前、それを逃れようがないと気づく瞬間、それを味わいたいということだった。彼女は、ほとんどの人たちとはちがって、自分はその夢想を実現できる立場にいると気づいた。必要なのは統合者をその最後の瞬間へと押しやること。そうすれば彼女は望みを果たせるし、だれでも知っているとおり統合者は顧客がバカなことをするのを止められるから、それをやったのは統合者であって、顧客は被害者だと見せかけることができる。彼女としては、ほんの少し判断の遅い統合者を見つけるだけでいい」

「どうやって知ったんでしょう？」

「わたしが彼女の計画にぴったりな統合者だと？」ぼくはうなずいた。「知ってたわけじゃない。彼女は長期契約を結んでいなかったから、国立衛生研究所の統合者抽選へ出かけて相手を見つけた。それがたまたまわたしだった。

でも、それ以外の部分についてはね。そう。彼女は入念に計画していたのよ、シェイン。自分がなにをするつもりなのか、それをどうやって実現するのかをちゃんと知っていて、しかもそれを巧みに隠していたから、統合に入ったときも、わたしには彼女がなにをたくらんでいるのかまったく感じ取れなかった。わかったのは彼女がなにかで興奮しているということ。でもね、ほとんどの顧客はわたしと統合するときになにかで興奮していた。統合者を使うのはまさにそのためなんだから。ほんものの人間の体でなにか刺激的なことをするため」

「彼女はどうやってあなたを殺そうとしたんです？」

「彼女が申告した統合者の使用目的は、両親が手配してくれた国立動物園での特別なイベントに出席することだった。小さなトラのこどもを抱いて遊べることになっていたの。それは誕生日のプレゼントだった。でも、そのまえに、彼女はナショナルモールを散歩して記念碑をいくつか見てみたかった。だからわたしたちは統合して、ナショナルモールを歩き回って、それから動物園へ向かうためにメトロのスミソニアン駅へ行った。わたしたちはプラットホームの端に立って、列車が到着するのを見ていた。あと少しというところで、彼女が身を投げた。

わたしは彼女の緊張を感じ、なにをしようとしているのかを感じた。でも、反応がにぶすぎた。統合のまえにテキーラを四杯飲んでいたから。止めようと思ったときには、わたしたちはすでに空中にいて、プラットホームから離れようとしていた。わたしにできることはなにもなかった。わたしはまさに死のうとしていたの——顧客がわたしを殺したせいで。

そのとき、わたしはうしろから引っ張られてプラットホームに勢いよく倒れ、列車が目のまえを通過していった。顔をあげると、ホームレスの男がこちらを見おろしていた。あとで本人に聞いたところでは、わたしが歩きながら列車の線路を見おろしている様子を見て、注意していたらしい。わたしがなにをしているかに気づいたのは、以前、彼自身が列車のまえに身を投げようとしたことがあったから。彼は気づいていたのよ、シェイン。でもわたしは気づかなかった」

「その女の子はどうなったんです？」

「接続をぶち切ってやっただけ。それから殺人未遂の罪で告発した。彼女は身投げしようとしたのはわたしだと主張したけど、裁判所命令で彼女の所持品と記録を調べたら、日記に計画の内容が記されていた。彼女は告発され、わたしたちは、保護観察と、セラピーと、永遠に統合ができないようブラックリストに載せるという条件で手を打った」

「ずいぶん彼女に優しかったんですね」

「そうかも。とにかく、もう彼女とはかかわりたくなかっただけ。その件とはいっさいかかわりを持ちたくなかった。他人がわたしを使って死がどんなものかを知ろうとしたせいで、わたしはあやうく殺されかけた。あのパニック発作が統合についてわたしに知らせようとしていたことが現実になったのよ。だからわたしは統合者をやめた」

「国立衛生研究所から訓練の費用と大学の学費の返還を求められたんですか？」

「いいえ。あの顧客をわたしに割り当てたのは研究所のほうだったから。わたしがあやうく死にかけた原因がアルコールで反応がにぶくなっていたせいだという事実は、彼らも知らなかったし、わたしもあえて伝えなかった。傍から見るかぎり、問題は選考手続きでありふれたサイコパスをふるい落とせなかったことにあった。それは事実でもあった。わたしが訴訟を起こさないと約束すると、もめることもなく解放してもらえたし、選考手続きは統合者を危険なヘイデンから守れるように変更されたから、わたしも少しは役に立ったことになる。その後、ＦＢＩがわたしを見つけて、へイデンに特化した部局の新設を検討中だから、わたしにはぴったりじゃないかと言ってきた。それで、まあね。わたしには仕事が必要だったし」

「で、こうなっていると」

「で、こうなってる。さあ、これでわたしが統合者をやめた理由はわかったでしょ。わたしが酒やタバコやセックスに溺れる理由も――なぜなら、何年もアルコールでパニックを抑えながら働いていたら、どこかの女がわたしの体でわたしを殺そうとしたから。酒の量は以前より減っている。タバコは増えた。セックスはだいたい同じ。自分ではどれも当然のことだと思ってる」

「その件で議論するつもりはありませんよ」

「ありがとう。そこへ、このムカつく事件よ。なにもかもがわたしの脳を刺激し、悲鳴をあげさせる。わたしが死にかけたときは、自分のせいだった。わたしが不注意だったから、だれかがそこにつけ込んで、わたしに自分ではやらないことをさせた。たとえあそこで死んでいたとしても、結局のところ、それはわたしが選択したことだった。酒を飲んで統合者を続けていたせいだった。

この事件はそうじゃない。ここではだれかが統合者の選択肢を奪っている。統合者を自分の肉体に閉じ込めて、自分ではやらないことをさせている。自分では絶対にやらないことを。そして、用がすんだら捨ててしまう」ヴァンはぼくを指さした。「ブレンダ・リーズ。彼女は自殺ではなかった」

「はい。顧客に接続を切られたときのリーズの顔を見ました。彼女は手榴弾から逃げようとしました。それまでは自分ではなにもできなかったんです」

「リーズは閉じ込められていた。自分の肉体に閉じ込められ、解放されたときにはもはやそこで起きていることを止めようがなくなっていた。いったいどうやったのかを突き止めないと。なぜこんなことが起きているのかを。これは止めなければならない」

「黒幕はわかっています」

「いいえ、黒幕はわかっていると、わたしたちが思っているだけ。それは同じではない」

「いずれ突き止めますよ」

「あなたみたいに楽観的になりたいわね」ヴァンはコップを差しあげた。「それには、これがまだ足りないような気がするんだけど」

「もう充分かもしれません」

「まだよ。でも、もうちょっと。あと一杯でいけるんじゃないかな」

　ぼくはコップを受け取り、廊下を進んで階段へと向かい、トニーの部屋のまえで足を止めた。彼の肉体がそこに、眠るように横たわっていた。スリープは見当たらなかった。今日はだれかが忘れずにトニーに食事をあたえたのだろうかと思ったとき、栄養液のレベルがいちばん高い位置にあるのが見えた。

　〃ティラがやったんだな〃と、ぼくは思った。友人がいるのはいいものだ。

　キッチンに入り、バーボンをコップに注いで、それを部屋に持ち帰った。ヴァンは眠り込み、軽くいびきをかいていた。

21

朝起きたら九時半で、一瞬、仕事に遅刻したかと思ってパニックになった。それから、昨夜は二度も銃撃を受けたので、今日は休みをとれと言われたことを思い出した。さもなければメンタルヘルス担当のスタッフと話をしなければいけないので、休みのほうがよさそうだ。

メールをざっとながめながら、脳が眠りに戻りたがるかどうか待ってみた。うまくいかない。では、起きているとしよう。

マンションにあるスリープに乗り込み、あたりを見回した。ヴァンはカウチにいなかった。自分の家に帰ったのだろうと思った。ところが、下の階から彼女の声が聞こえてきた。

ヴァンは居間にいて、テイラと双子といっしょにモニタをながめていた。スクリーンでは暴動が起きていた。場所はナショナルモールだ。

「いったいなにがあったんだ?」ぼくはモニタを見ながらたずねた。

ヴァンがこちらへ目を向けた。コーヒーのカップを手にしている。「起きたのね」

ぼくはモニタを身ぶりでしめした。「寝ているべきだったかも」

「それだと、起きたときにもっとひどいことになっていたはず」

「だれかがヘイデンの団体旅行者に火炎瓶を投げつけたの」テイラが言った。

「ほんとに」ぼくは言った。

テイラはうなずいた。「ヘイデンたちが集まってリンカーン記念堂へ行こうとしていたときに、どこかのクズどもが車で走ってきて火炎瓶を彼らに放り投げたの」

「人間の体とちがってスリープが相手ではあまり効果がないな」

「クズどもがそのことに気づいたのは、スリープたちが彼らを追いかけ始めたとき」ヴァンがモニタを指さした。「ほら、またビデオが流れる」

ビデオの映像はひとりの旅行者の電話からとらえたものだった。カメラのすぐ前で、小さなこどもが両親に向かって泣き声でなにか言っていた。その背後で、一台の車が進路を変えて、きっちりと寄り集まっているヘイデンたちへ向かっていった。若い男がサンルーフから身を乗り出し、火炎瓶に火をつけて、それをヘイデンたちに投げつけた。

旅行者はいまや炎のほうに注意を向けていた。数体のヘイデンが炎に包まれ、腕をばたつかせ体をころがしてそれを消そうとしていた。ほかのヘイデンたちは車を追って走り出していた。運転者は――明らかに手動運転だ――パニックを起こし、友人がまだサンルーフから上体を出していたのに車を発進させて、まえにいた車に追突した。ヘイデンたちは車に追い付き、若い男をサンルーフから、運転者を車内から引きずり出した。

それから制裁が本格的に始まった。このときには火炎瓶をぶつけられたヘイデンも車にたどり着いていた。そいつはまだ燃えている両脚で火炎瓶を投げた男を蹴りつけた。

「ナショナルモールとキャピトルヒル全域が封鎖されたりしていなければ笑えるシーンなんだけど」ヴァンが言った。

「あの若者たちは自業自得としか言えないでしょう」ぼくは言った。

「ま、たしかに自業自得だね。それでも、だれにとっても腹立たしいできごとではある」

「ぼくたちも出動するんですか？」

「いや。実はさっき電話があって、あなたとわたしは月曜日まで医療休暇になったと言われた。わたしたちの仕事はぜんぶジェンキンズとズィーが引き継ぐことになってる」

「ジェンキンズとズィーというのは？」

「あなたはまだ会ってないよ。どうしようもないバカども」ヴァンはスクリーンを指さした。「ありがたいのは、わたしたちが今週対応するはずだったこういうしょうもない事件を、彼らがぜんぶ引き受けてくれるから、こっちは重要な問題に集中できる」

「じゃあ、やっぱり医療休暇はとらないんですね」

「あなたは休んでもかまわない。個人的に、わたしは撃たれたことにけっこうムカついてる。犯人どもをつかまえて壁にねじ込んでやりたい。そうだ、あなたが寝ていたあいだにね、シェイン、お待ちかねの情報が入ってきたよ」

「どういう意味です？」

ヴァンはテイラと双子たちに顔を向けた。「いいかな？」手を伸ばしてモニタを記事の一覧に切り替える。いくつか飛ばしたあと、ひとつを拡大してフルスクリーンにした。その記事についている画像はアクセラント社のロゴだった。

「あのハバードのクソ野郎」ヴァンは言った。「政府からアゴラを買い取ろうとしている。サーバーも、ビルも、なにもかも。ヘイデンの空間を私物化しようとしているの」

返事をしようとしたとき、視界に着信ウィンドウがひらいた。トニーだ。

ぼくは応答した。「どこにいるんだ？」

「FBIビルだ」トニーが言った。「そっちは？」

「家にいる。医療休暇だ」

「そうか。じゃあ、おれもそっちへ向かう」

「なにがあった？」

向ける。「で、それがあなたの姿なんだ」

「驚きましたか？」

「これまではあなたに顔があるとは思っていなかったから、そうね、でも、別に驚きはないわ」

ぼくはにっこり笑い、そこで気づいた。ヴァンがぼくの笑顔を見るのはこれが初めてなのだ。

ヴァンはあたりを見回した。「なんだかバットマンの洞窟みたい」

ぼくは声をあげて笑った。

「なに？」

「ここに来た別の人のことを思い出したので。ちょっと待ってください、トニーを呼ばないと」ぼくはトニーへドアをピンした。

トニーはドアを抜けてあたりを見回し、しばらくして言った。「広いなあ」

「ありがとう」

「見た感じはちょうどバットー――」

「この件については、できればどこかで内密に話しあいたいんだが」

「どれくらい内密に？」

「できるかぎり内密に」

「どういうことだ？」

「あんたの言ったとおりだったよ。おれがまちがっているという話。だが、それどころじゃなかった。はるかにひどかった」

「グラスを」ぼくはヴァンに言った。

ヴァンがモニタグラスを装着した。「やって」

ぼくは彼女へピンを打って、ぼくの閾空間へ招き入れた。それから自分も入った。

一体のスリープがぼくのプラットホームに立っていた。それがヴァンだった。

ヴァンは両手をあげて、描画された自分の姿をながめた。「こういう感じなのね」と言って、ぼくに目を

「悪い知らせというのを教えてくれ」ぼくはせかした。

「わかった」ニューラルネットワークがぼくたちの頭上にポップアップした。「これはブレンダ・リーズのニューラルネットワークだ。ルクターン社のモデルで、名称はオヴィッド6・4。八年まえからあるかなり普及したモデルで、稼働している――いや、稼働していた――ソフトウェアは、このモデル用の最新版だ。おれも何度かこのネットワークにはパッチをあてたから、その設計と能力については熟知している」

トニーはヴァンを指さした。「あんたはおれに、市販のネットワークを使う統合者を閉じ込める（ロックイン）ことは可能だと思うかと質問した」

「あなたはできないとこたえた」ヴァンが言った。

「できないと思うと言ったんだ。そう思ったのは、サニの脳でそれを可能にしていたコードが、ひとつのネットワーク用に最適化されていて、そのネットワーク自体も、統合者を閉じ込めて顧客に制御を渡すという目的のために最適化されていたからだ。特定用途向けハードウェアのための特定用途向けソフトウェアというわけだ」

「でも、きみはまちがっていた」ぼくは言った。

「おれはまちがっていた」

「なぜまちがったんだ？」

「ジョニー・サニのネットワークについて考えちがいをしていたからだ。おれはあんたに、あれは試作品ではないと言った。完成品レベルだと。まあ、そうなんだが。ただし、あれはコンセプトを実証するためのものでもあった。そのコンセプトとは、ハードウェアとソフトウェアをほんとうに熟知していれば、顧客に統合者の完全な制御を渡せるということだ。そんなことを試すやつはまずいない――まあ、おれたちの知るかぎりではな。国家安全保障局のバカげた戦略構想ではそんなこともあるかもしれないが」

「話がずれてる」ヴァンが言った。

「すまん。サニはそれが可能だと実証した。あとはその実証されたコンセプトを既存の一般的なネットワークへ適用させるだけでいい。そのためには、必要なものがふたつある。ひとつは、利用しているネットワークを深く理解していること。ハードウェアを熟知していないとだめだ。もうひとつは、プログラミング方面でとてつもない天才であること」

「ハバードか」ぼくは言った。

トニーは指で自分の鼻にふれた。大当たりだ。「ルクターン社は、ヘイデンのニューラルネットワークのメーカーとしては、サンタ・アナ社に次いで業界第二位の地位にある。ハバードがその設計プロセスにかかわっていることはよく知られている。プログラミング関係のフォーラムには、ハバードがやってきてエンジニアの初期設計を優雅ではないという理由で引き裂いたとか、そういう彼にまつわる恐ろしい逸話があふれてるよ」

「ハバードはプログラマとしてはどうなの？」ヴァンがたずねた。

「業界に入ってきたときはプログラマだった。ハバード・テクノロジーズを設立して、企業の時代遅れのコンピュータシステムのメンテナンスをしていたが、ヘイデン症候群にかかってからは、メーカーが業界から撤退して見捨てられたスリープやニューラルネットワークのためのプログラミングに力を注ぎ始めた。そのころは自分で膨大なプログラミングをこなしていたらしい。ニューラルネットワークが使うプログラミングシステムはチョムスキーと呼ばれている。ハバードがそれを考案したわけじゃないが、バージョン2・0はほとんど彼が書いたものだし、彼は新しいバージョンのコードを承認するヘイデン・コンソーシアムの理事もつとめている」

「ヘイデン・コンソーシアム」ぼくは言った。

「それがどうかしたか」

「ちょっと待って」ぼくはメールをあさり、一通を引き出してトニーとヴァンに見せた。「LA支局からやっと忍者スリープに関する情報が届いたんだ」

「忍者スリープ？」トニーはきょとんとした。

「あとで説明する。ポイントは、あのスリープの設計が市販用の設計じゃなかったということだ——低価格のライセンス版で、ヘイデン・コンソーシアムが発展途上国の有望なメーカーに、その国だけで使用するという条件で提供しているものだ。北米や、ヨーロッパや、アジアの先進国では購入も販売もできない」

「つまり、あなたを襲ったのは輸入品のスリープだったのね」ヴァンが言った。

「こっちで一体だけ作られた可能性もありますね。必要なのは産業用3Dプリンタと組立ロボットだけですから」

「それができるだけの設備を持っているのは？」

「フルスケールモデリングをやっているほとんどの設計事務所やメーカーが該当します。LA支局の話では、そちらの調査にはしばらくかかるそうです。ぼくが言いたいのは、ハバードが、チョムスキーと、ぼくに忍者攻撃をしかけたスリープの設計と、両方にかかわっていたということです」

「偶然かもしれない」

ぼくは返事をしようと口を開けたが、そこへトニーが割り込んできた。「ちょっと待った。なぜハバードが黒幕なのかを説明したいんだが、そのまえにいくつか理解しておいてほしいことがある」

「わかった」ヴァンが言った。「先へ進んで」

トニーはぼくに顔を向けた。「以前あんたに話したことだが、初期のネットワーク製造業者は、ハッカーによるネットワークへの攻撃という問題をかかえていた」ぼくはうなずいた。「そこで、彼らはハッキングをやりにくくした。第一に、ネットワークのアーキテクチャをより複雑にして、プログラム開発をむずかしくし、気楽なハッキングを困難にした。だが、それはとても低レベルな対策でしかない。意欲あるハッカーはだいたいが一流のプログラマだ。だからもうひとつのやりかたは、ソフトウェアのアップデートやパッチを承認された業者からのものに限定し、その業者かどうかはパッチのヘッダに挿入されたハッシュ値によって確認する。パッチがダウンロードされるときにはハッシュ値がチェックされる。パッチの照合が成功したら、ダウンロードがぶじに完了してインストールされる。さもなければ、パッチは排除されてレポートが作成される」

「それを回避するのは不可能なのね」ヴァンが言った。

「不可能ではない。しかし困難ではある。回避するためにはハッシュ値を盗み出さなければならず、しかもそれがまだ使用可能でなければならない。おれが善玉ハッカーとしてこういうシステムに侵入するときには、仕事の半分は照合に使えるコードを手に入れる作業になる。これは心理的な成りすましだ。人びとにこっちがボスで彼らのハッシュ値が必要だと思い込ませるとか、彼らがコードを書いているあいだに肩越しにのぞき込む方法を見つけるとか、そんな感じだ」

「どうやってやるんだ？」ぼくはたずねた。

「方法はたくさんある。おれのお気に入りのひとつは、遠隔操作のおもちゃのクワッドコプターにバスケットをつけて、そのバスケットをキャンデーでいっぱいにして、サンタ・アナ本社のプログラマ棟へ飛ばしたときのやつだな。クワッドコプターは仕切りから仕切りへと移動し、プログラマたちがキャンデーをつかみ取っているあいだに、おれは彼らの作業中のスクリーンを撮影していった。その日だけで八人のプログラマのハッシュ値が手に入った」

「うまいもんだ」

「だれでもキャンデーは好きだからな」

「じゃあ、だれかがハッシュ値を盗んで他人のネットワークに侵入することはあり得るのね」ヴァンが話を本筋に引き戻した。

「そうだ。ハッカーにとって問題なのは、たとえハッシュ値を手に入れたとしても、玄関から入らなければならないということだ。だれでも盗まれたり偽造されたりしたハッシュ値や悪意あるコードには目を光らせている。だからこそ、どんなパッチも、まず最初にサンドボックスという安全な仮想マシンの中で解凍されて実行される。コードに悪意あるなにかが仕込まれていたら、そこで実行されて見破られる仕組みだ。同じような安全対策はほかにもある。

ここで言いたいのは、怪しいコードを既定のルートでニューラルネットワークに入れるのはとてもむずかしいということだ。有能なハッカーにとってさえ、それは干上がった井戸への長い行軍になる」トニーはヴァンに顔を向けた。「まずありえないと言ったのはそういうわけだ」

「でも、リーズはわたしを殺そうとしたのよ」ヴァンは言った。

「実を言うと、おれがまちがっていたと確信したのはそのためじゃなかった。リーズが手榴弾のピンをわざと抜いておきながら、爆発に巻き込まれるのを避けるために逃げようとしたとクリスから聞いたためだ。制御が玄関から奪われた可能性はあるが、もしそうなら記録が残ったはずだ――予定外のタイミングでパッチがインストールされたとか、サンドボックスがパッチをテストするために起動したとか、パッチやそれを送ったプログラマと企業のハッシュ値の検証依頼を受け取った記録とか。だが、なにひとつ変わったことはなかった」

「じゃあ、別の方法があるわけだ」ぼくは言った。

「ある。考えてみろ」

思いついたのはヴァンだった。「クソ野郎は統合したときにやったのね」

「そうだ。顧客が統合者と接続するときには、おたがいに情報の確認をして、それから双方向のデータストリームが開通する。この部分は、ネットワークの内部操作からは完全に独立したプロセスでなければならない……だが、コードは完璧ではない。見るべき場所がわかっていれば、ネットワークのソフトウェアにアクセスする箇所を見つけることができる。まさにそういうことが起きたんだ」

トニーは、ニューラルネットワークにズームインして、顧客のデータストリームの受信機が含まれる小結節に焦点を合わせた。それからひとつの構造を指さした。「これが補間器だ。データストリームに一ミリ秒以下の短い途絶が生じたとき、補間器はそのギャップの両側のデータを取得し、平均化したデータでそのギャップを埋める。だが、そのためには、補間器はニューラルネットワークのプロセッサにアクセスしなければならない。これはファイアウォールにあるひび割れだ。ハバードはそこを悪用したんだ」

イメージが変化して概略図になった。「やつがやったのはこういうことだと思う。まず初めに、統合者とデータのやりとりについて確認する。それから、データストリームに補間器が起動するくらいの長さのギャップをわざとまぎれ込ませる。補間器がもつプロセッサへの経路を利用して、そこへ実行ファイルを送り込む。これをやるのはファイルをダウンロードするために必要なあいだだけ。その後、実行ファイルは自己解凍してネットワークのソフトウェアを書き換える。

じかにプロセッサへ投入されるからサンドボックスは起動しない。照合プロセスを回避しているからハッシュ値も必要ない。小さなファイルだから統合者のネットワークはそれを実行するためにセッションを閉じる必要がない。統合者は侵入されたことに気づくことさえない」

「どうしてこんな欠陥がいまだに修正されていないわ

け?」ヴァンがたずねた。トニーから聞かされた話にひどい気味の悪さを感じているようだった。

「まあ、考えてみてくれ。これはかなりでかいバグだが、たどり着くまでの道筋がすごく狭いバグでもある。まずは、その存在を知らなければならない。利用できるだけの技術力もいる。さらに、利用するための技術的な手段も必要だ——つまり、データストリームに意図的な途絶をまぎれ込ませる能力というのは、平均的なヘイデンが自分の頭だけでどうにかできることじゃない。そのためには顧客と統合者とのあいだに特殊な道具が必要になる。ここで言う〝特殊〟は、おれの知るかぎり現実には存在していないという意味だ。いちから作らなけりゃならない。

だれもこのバグを修正しなかったのは、いままでは実際にはバグではなかったからだ。せいぜいが害のない奇癖といったところだ。基本的には、ルーカス・ハバードでなければ悪用できないものなんだ」

「しかし、ブレンダ・リーズはハバードと統合したことはなかった」ぼくは言った。「リーズが統合した相手はサム・シュウォーツだ」

「ハバードはプロセスと道具を作った。いったんできあがってしまえば、だれにでも利用できる」

「サム・シュウォーツはハバードの弁護士よ」ヴァンが言った。「まさに彼を補佐する立場にある」

「倫理意識の高い弁護士とは言えない。だが、そうだな。ハバードが自分のマシンにシュウォーツをつないで試しにやってみさせることはできたはずだ」

「きみはハバードが黒幕だと確信しているんだな」ぼくは言った。

「あんたも確信しているみたいだけどな、クリス」

「それはわかってるけど、ぼくが知りたいのは、きみが確信しているのがぼくのせいなのか、それとも、ほかになにか理由があるのかということだ」

「おれが確信しているのは、あんたがそう確信しているからだ。それだけでなく、おれたちがここで話しているようなことや、ジョニー・サニの身に起きたようなことを実現するには、小さな国家あるいはきわめて裕福な人物の資源および資金が必要だからだ。しかし、おれが確信しているいちばんの理由はコードだ」

「コード」ヴァンが言った。

「そうだ」概略図が消えて、代わりに一連のコードがあらわれた。「あんたたちはチョムスキーについてどれくらい知ってる？　人じゃなくて、プログラミング言語のほうだ」

「どちらについてもなにも知らない」ヴァンが言った。

「クリスは？」

「ぜんぜんだね」ぼくは言った。

トニーはうなずいた。「このプログラミング言語がチョムスキーと呼ばれているのは、脳の深層構造（ディープ・ストラクチャー）に語りかける設計になっているからだ。〝深層言語（ディープ・ランゲージ）〟というしゃれだな。チョムスキーのプログラミング言語としての長所は、驚くほどの柔軟性だ。いったんそれを習得したら――ほんとうに習得したら――どんな問題や目的に対しても、あらゆる種類の取り組み方があることがわかる。これはニューラルネットワークにとって必要不可欠なことだ。脳はどれひとつとして同じではないから、ニューラルネットワークには柔軟性がいる。だから、プログラミング言語にも同じような柔軟性が求められる。ここまではいいかな？」

「いささか難解だけど」ぼくは言った。

「まさにそこがポイントなんだ。チョムスキーという言語は難解でなければならない。なぜなら、脳とじかにやりとりをするからだ。

　さて、その副作用として、チョムスキーでは個々の問題に対処する方法があまりにも多くあるために、チョムスキーに真に堪能なプログラマたちは、やがて自分の声を生み出すようになっていく。つまり、目的やパラメータへの取り組み方に自分特有の色が出てくる。

コードをじっくりながめれば、いずれはだれがそれを書いたのかわかってくる」

「小説を書く人みたいに」

「ああ、そのとおりだ。情景描写の多い小説家もいれば台詞ばかりの小説家もいる。それと同じだ。そして小説家と同じように、チョムスキーのプログラマにも、善人もいれば、有能な者も、愚劣なやつもいる。以前に彼らのコードを見たことがあれば、コードの最初の行を見るだけでどのプログラマが書いたのかわかるんだ」

トニーは表示されているコードを指さした。「これはブレンダ・リーズの脳にあったコードで、オヴィッド6・4の最新リリース版を改造したものだ」さらにコードを表示する。「ここにジョニー・サニの頭にあったソフトウェアのコードがある。同じだ。サニのコードを書いたやつがリーズのコードを書いたんだ」

トニーは第三のコードの列を表示した。「これはハバードが、まだハバード・テクノロジーズでパッチやアップデートを送り出していたころに書いたコードだ。信じてもらいたいんだが、この三つのコードをチョムスキーに対応する意味解析・文法解析システムにかければ、なにもかも明瞭になるはずだ。これらはすべて同一人物によって書かれている。ルーカス・ハバードによって書かれているんだ」

「それは法廷で証拠になるようなもの？」ヴァンがたずねた。

「それを主張するには弁護士が必要だな。しかし、あんたに呼ばれて証人席に立ったら、おれは、これはぜんぶ同じやつが書いたものだと証言するよ」

「それで充分なんですか？」ぼくはヴァンにたずねた。

「ハバードを有罪にするのに？」ヴァンが言った。ぼくはうなずいた。「なんの罪で？」

「ひとつにはブレンダ・リーズの殺害で。もうひとつ、ジョニー・サニの殺害でも」

「わたしたちはハバードがリーズを殺したとは考えていない。シュウォーツがやったと考えている。いまはまだ、ハバードをサニと結びつける、法廷で通用するような証拠はないし」

「なにを言ってるんですか、ヴァン。こいつはまちがいなく犯人ですよ」

「いまある証拠で逮捕しようとしたら、シュウォーツを初めとするハバードの弁護士たちはわたしたちの頭を吹き飛ばすでしょうね。あなたがこの仕事を特に必要としていないのはわかってるけどね、シェイン、わたしにはそれなりに必要なの。たしかに、ハバードはまちがいなく犯人。だから絶対確実な証拠をつかむのよ」ヴァンはトニーに顔を向けた。「ほかになにかわかったことは？」

「あとふたつある」トニーが言った。「ひとつ目はリーズのコードだ」

「それがなにか？」

「こいつは長期記憶を迂回していないんだ。ハバードがそれを実現する手段を見つけられなかった可能性はある——ニューラルネットワークのレイアウトにはそれぞれ些細とは言えないちがいがあるからな。あるいは、そんなことで時間をむだにはしないと決めたのかもしれない。なぜなら——」

「なぜなら、ハバードあるいはシュウォーツが利用したあとは、もうリーズを生かしておくつもりがなかったから」ぼくは言った。

「ああ。これでリーズが手榴弾を持ち歩いていた理由もわかる」

「じゃあ、リーズはずっとわかっていたのね」ヴァンが言った。「意識があって、なにもかもわかっていたのに、自分の体がすることを止められなかった」

「そのとおり」トニーが言った。「そして顧客を自分の頭から追い出すすべもなかった」

「くそっ」ヴァンはそう言って、いっとき顔をそむけた。トニーがとまどった顔でぼくを見た。ぼくは〝あとで〟と口を動かした。

「大丈夫ですか？」ぼくはヴァンに言った。

「すべてが片付いて、わたしたちがハバードの肉体を護送するようなことがあったら、わたしのことをよく見張っていてね」ヴァンは言った。「さもないと、あのクズ野郎のタマを蹴り飛ばしてしまいそう」

ぼくは満面に笑みを浮かべた。「約束します」

ヴァンはトニーに顔を戻した。「もうひとつは」

「ハバードがどうやってリーズの脳をハッキングしたかを突き止めたあと、サニの脳に戻って、それまで状況が把握できていなかったせいで見落としていたことはないか確かめてみた」トニーは言った。「そうしたらこれがあった」彼はコードを急速にスクロールさせて、かなりまとまった分量の行を表示させた。

「それは？」ぼくは言った。

「初めはわからなかった。まるで筋がとおらなかったからだ。たぶん、ニューラルネットワークの一部を中継器として使うためのコードだと思う」

「なんですって？」ヴァンが言った。

「そりゃ驚くよな。これは送信機だ。統合者のデータ信号を送り出すんだが、ネットワークの中へじゃない。これはネットワークを模倣するんだ」

「送り出すのは統合者のデータ信号でなければいけないの？」ヴァンがたずねた。

「それはどういう――」トニーの声が途切れた。意味がわかったらしい。「なーるほど」

「え？」この闘空間の中ですっかり取り残されているのはぼくだけだった。

「ハバードのクソ野郎」ヴァンが言った。「わたしたちは、ジョニー・サニがなぜニコラス・ベルと統合しようとしていたのか悩んでいた。サニはそんなことはしていなかった。彼はハバードのためのムカつく中継所にされていたのよ」

ぼくはしばらく考え込んだ。「ということは、あなたがベルを尋問していたとき――」

「あれはそもそもベルじゃなかった。ハバードだった。ずっとハバードだったのよ。あいつは最初からわたしたちをコケにしていたのよ」

「カッサンドラ・ベルに近づくために」

「そう」

「なんの目的で？」

「ニュースは見てるんでしょ？」ヴァンはぴしゃりと言った。「噂では、日曜日にデモ行進がある。もしもカッサンドラ・ベルが自分の兄に殺されて、その兄が反ヘイデンのたわごとをまくし立てたら、デモ行進がどうなるか想像してみて。DCは焼け野原になりかねない」

「たしかに。でも、それでなんの意味があるんでしょう？　なぜ暴動を起こすんです？」

「市場を壊滅させるためだ」トニーが言った。

ぼくとヴァンはまたトニーに顔を向けた。

「あんたに話したとおり、おれは業界の動向を追っている」トニーは言った。「そうやって顧客を確保しているんだ。エイブラムズ＝ケタリング法のせいで、ヘイデン関連の各企業はすでに合併したり業界から撤退したりしている。投資家たちは手持ちの株を売り始めている。DCで大規模な暴動が起きたら、それらの企業やその投資家たちはあわてふためくだろう。いっせいに逃げ出すはずだ。そうなれば、アクセレラント社はどの企業を手に入れてどの企業をつぶれるにまかせるかの選別ができる。それは業界に安定をもたらしたと称賛されるだろうが、実際には競争相手の頭をちょん切っているだけだ。シブリング＝ウォーナー社との合併だけでも何十億ドルもの節約ができるはずだ」

「でも、それになんの意味が？」ぼくは言った。「エイブラムズ＝ケタリング法はそういう企業の収益を削り取っている。もはや労せずに金が入る状況じゃない。

きみが言っていたことだ」

「ＡＯＬって知ってるか？」トニーは言った。

「なに？」ヴァンが言った。

「ＡＯＬだよ。世紀の変わり目ごろにあった情報サービス企業だ。人びとを電話回線を通じてネットに接続させて何十億ドルも稼いだ。〝ダイヤルアップ〟というサービスだ。当時は世界最大の企業のひとつだった。その後、電話回線でネットに接続するのが廃れて、ＡＯＬも縮小した。だが、何年ものあいだ数十億ドルの利益をあげ続けた。なぜなら、ダイヤルアップの業界は死滅しても、ダイヤルアップのサービスを使い続ける顧客は何百万人も残っていたからだ。変化を求めない高齢者たちもいた。そのサービスをバックアップ用としてとっておく人びともいた。単に解約を忘れている人びともいて、たとえ思い出しても、ＡＯＬの解約手続きはやる気が起こらなくなるほど面倒だった」

「すてきな話ね」ヴァンが言った。「それで？」

「それで、結局のところ、合衆国にいるヘイデンの人数はケンタッキー州に住んでいる人びとの数よりも多い。平均すると、毎年三万人が病気にかかってロックインに陥る。彼らがいなくなることはない。たとえ縮小する市場でも、ちゃんと搾り出せば莫大な金を生む。その搾り出すのがハバードになるわけだ」

「なぜならハバード自身がヘイデンだから」ぼくは言った。「彼はぼくたちの一員だ」

「当たりだ。いきなりアゴラを救おうとしているのもそういうことだろう。ヘイデンたちと友好関係を築きたいんだ」

「いったんアゴラを手に入れたら、ハバードはほかのあらゆる企業へ手を広げていく。なぜなら、そのころにはヘイデンたちがひとり残らず彼の顧客になっているから。アゴラを足がかりとして利用するわけだ」

「またもや当たりだ。その後、アクセレラント社はふたつのことをする。ヘイデンたちから荒稼ぎした金を使って事業の多角化を進め——アクセレラント社のポートフォリオでは、すでにヘイデン関連の各社は少数派だ——さらに、食品医薬品局がニューラルネットワークとスリープはヘイデン専用の医療機器ではないと宣言する日にそなえて準備を進める。なぜなら、それがほんとうの大詰めだからだ。ハバードは、すべての人びとがスリープを手に入れ、すべての人びとがアゴラに集まり、もはやだれも老化を感じることがなくなる日を見据えているんだ」

「だからハバードは市販するつもりがない製品のために十億ドルを費やすことができるのか」

「そのほかに、いまはただの金食い虫としか思えないさまざまな企業に多額の資金を投じている。ハバードが見ているのは縮小するヘイデン市場じゃない。そのあとにやってくる市場だ。彼がつくりだそうとしている市場だ。いまは彼が閉じ込めている市場だ」

「あなたはほんとうにそんなことが進行していると思っているのね」ヴァンが言った。

「こう言ったらどうかな、ヴァン捜査官。あんたたちふたりがこの週末にハバードを逮捕しないのなら、月曜日に、おれは手持ちの資金すべてをアクセレラント社の株に注ぎ込むよ」

ヴァンはそこに立ったまましょっと考え込んだ。それからぼくに顔を向けた。「選択肢は？」

「本気ですか？」ぼくは言った。「いまそんなことをしなくても」

「まだあなたにとっては最初の週だから」

「多忙な一週間ですけどね」

「あなたの考えを聞きたいのよ、わかる？　こんな質問をしているのは、しょうもない実地訓練のためだけじゃないの。これはぜんぶあなたに影響がある。これはあなたの事件なの。それと、あなたと同じような人びとの。だからあなたがどうしたいのか教えて、クリス」

「ぼくはクズ野郎を追いかけたいです。ハバードとシュウォーツのふたりを」

「ふたりを逮捕したいのね」

「そうです。でも、いますぐではなく」

「説明して」

ぼくは返事をする代わりに笑みを浮かべ、トニーに目を向けた。「ハバードのコード」

「それがどうした？」トニーがたずねた。

「パッチをあてられるか？」

「つまり、補間器にある穴をふさぐということか？」

「ああ」

「もちろん。そこにあるとわかれば、ふさぐのはなんの問題もない」

「それ以上のことができるかな？」

「それ以上のことをさせるために、おれに報酬を支払うというのか？」

ぼくはにやりとした。「そうだよ、トニー。これは仕事の話だ」

「それなら、あんたが要求することはなんでもやってやるよ。ハバードは優秀だが、おれだって捨てたもんじゃない」

「なにをたくらんでいるの？」ヴァンがぼくにたずねた。

「これまでは、ぼくたちはあらゆる面でハバードに遅れをとっていました」ぼくは言った。

「それは正確な評価ね。これから彼を追い抜こうというわけ？」

「追い抜く必要はありません。でも、せめて同時に到着したいなと」

「で、そのためにどんな提案をするつもり？」

「まあ、ぼくたちの友人のトリンが言うように、あなたには少し〝ずさん〟になってもらう必要があるかもしれません」

22

十一時十五分に、ぼくはクラー・レッドハウスに電話をして、彼と、その上司と、ナバホ・ネイションの議長と大統領を集めて、ジョニー・サニとブルース・スコウについて最新の状況を説明したいと伝えた。会合は正午に始まった。

彼らはぼくの報告に不満をあらわにした。ぼくの仕事ぶりに対してではなく——それは論点にならなかった——彼らの同胞ふたりが不当に扱われたことに対する不満だった。

「きみがこの事件の捜査をしているのか」ベセンティ大統領が、質問ではない口ぶりで言った。

「はい」ぼくはこたえた。「ジョニー・サニとブルース・スコウについては司法の裁きがあるでしょう。それは約束します」ぼくはそのまま待った。

「どうした?」

「昨日、あなたは協力できることがあるならなんでもするとおっしゃいました」

「そうだ」

「あれは捜査の範囲内のことだったんでしょうか、それとも、もっと広い範囲のことでしょうか?」

ベセンティは疑いの目でぼくを見た。「どういう意味だ?」

「司法の裁きという手立てもあれば、だれかのあばらにナイフを突き刺すという手立てもあります。どうなろうとも司法の裁きはあるでしょう。いま言ったように、それは約束します。しかし、ナイフで刺せば、ナバホ・ネイションに追加の利益がもたらされるかもしれません」

ベセンティは議長と警部に目を向けてから、あらためてぼくを見た。「くわしく話してくれ」

ぼくは説明をしながらレッドハウスをちらりと見た。彼は笑みを浮かべていた。


一時半には、ぼくは両親の家にいて、トロフィー部屋で父といっしょに腰をおろしていた。父はバスローブ姿で、ストレートのスコッチを注いだタンブラーを、長くて大きな手からぶらさげていた。

「調子はどう、父さん？」ぼくはたずねた。

父はにっこりした。「完璧だよ。昨夜はだれかがわたしの家に押し入って息子を殺そうとしたし、わたしはそいつをショットガンで撃ち殺したし、いまこうしてトロフィー部屋に身をひそめているのは、外にいるカメラマンたちがうまく撮影できない数少ない部屋のひとつだからだ。まったく最高だよ」

「警察は発砲したことをなんて言ってた？」

「保安官が今朝やってきたんだが、彼と保安局の考えとしては、あの発砲は正当防衛だから告発されることはないし、ショットガンも今日中に返却されるだろうとのことだった」

「それは良かった」

「わたしもそう言ったよ。それと、午前中にＦＢＩが男の遺体を引き取りに来たと言っていた。おまえとなにか関係があるのかな？」

「あるよ。公式には、父さんが上院議員選挙に出馬しようとしていたという事実があるから、襲撃者がどこかの差別主義者やテロリストグループとつながりがあったのかどうかをＦＢＩが調査している」

「しかし、あれはそういうことではないんだろう？」

「それについてはいずれ説明するけどね、父さん、まずは話を聞く心構えができたと言ってくれないと」

「おいおい、クリス。だれかが昨夜おまえをこの家の中で殺そうとしたんだ。おまえが理由を話してくれないというのなら、わたしがこの手でおまえを絞め殺すぞ」

　そこで、ぼくは父になにもかも説明した。午前中のナバホ・ネイションへの訪問まで含めて。

　話を聞き終えたあと、父はじっと黙っていた。それからスコッチを飲み干し、「おかわりがいるな」と言って、銃器室へ入っていった。戻ってきたとき、父のタンブラーには指二本分よりかなり多めのスコッチが注がれていた。

「控えめにしておくほうがいいんじゃないかな、父さん」ぼくは言った。

「クリス、わたしがストローをさしたボトルを持ち帰らなかったのは奇跡なんだぞ」父はそう言って、スコッチをひと口飲んだ。「あの愚劣なやつは三日まえの晩にわたしの家にいた」ハバードのことだ。「この部屋に。仲良しのふりをして」

「公平に言うと、三日まえの晩には、ハバードもぼくを殺すつもりはなかったと思うよ。それはもっとあとのことだ」

　父はこれを聞いてスコッチにむせた。ぼくは父の背中を咳がおさまるまでなでた。

「大丈夫？」ぼくは言った。

「平気だ、平気だ」父は手を振ってぼくを追い払った。

　それからグラスをおろしてぼくを見た。

「どうかした？」

「わたしがなにをすればいいのか教えてくれ」

「どういう意味？」

「あいつはおまえを殺そうとしたんだ」父は大声で力をこめて言った。「わたしのひとり息子を。血を分けた子を。なにをすればいいか言ってくれ、クリス。あいつを撃てというなら、いますぐやってやる」

「頼むからそれはやめて」

「刺し殺してやる。溺れ死にさせてやる。トラックで轢き殺してやる」

「どれも心をそそるね。でも、どれも良い考えではないよ」

「だったら教えてくれ。わたしになにができるのか」

「そのまえにひとつ質問させて。上院議員の件は？」

「ああ。うん。あれか」父はそう言って、スコッチに手を伸ばした。ぼくはグラスを取りあげて、その手が届かないところへ移した。父はぼくをいぶかしげに見つめたが、おとなしく椅子に背をもたせかけた。「ウィリアムが今朝いちばんにうちへ来た」州の党委員長のことだ。「あれこれわたしを気遣ってくれて、わたしが家と家族のために立ち向かったこともべた褒めしていたんだが、やがてその称賛が途切れると、党が今回の選挙戦でわたしを支持することはありえないという話になった。それと、これはおそらくわたしだけの感じ方だろうが、今後あるかもしれないどの選挙戦でもわたしは支持を得られないだろうとほのめかされている気がしたな」

「残念だったね」

父は肩をすくめた。「それが現実さ、ぼうず。クズどもの集団にいい顔をする必要がなくなったのはありがたい。最初からいやだったんだ」

「わかった。それでね、父さん。ひとつぼくのためにやってほしいことがあるんだ」

「ほう？　それはなんだ、クリス？」

「ある商取引をまとめてほしい」

父はぼくに向かって眉をしかめた。「なぜ商取引が出てくるんだ？　たしか復讐と政治の話をしていたと思ったんだが」

「いまでもそうさ。それをやり遂げるための手段として商取引が必要なんだ」

「相手は？」

「ナバホ族だよ、父さん」

父は居心地が悪そうに上体を起こした。「おまえが大忙しなのはわかっている。だが、わたしは昨夜、彼らの同胞を撃ち殺したばかりだ。今日、ナバホ族がわたしと商売をしたがるとは思えないんだが」

「だれもそのことで父さんを責めたりしないよ」

「わたしが自分を責めるのだ」

「父さんが撃ったのは、あの男がナバホ族だったからじゃない。あの男がぼくを撃とうとしたからだ。あの男がうちへ来たのも悪人だったからじゃない。悪人に利用されていたからだ」

「それならわたしは無実の男を撃ったことになる」

「そうだね。そのことは残念だよ。でも、父さんが彼を殺したわけじゃない。ルーカス・ハバードがやったんだ。彼が父さんを利用してやったんだ。それに、父さんが撃っていなかったら、死んでいたのはぼくだった」

父は両手で頭をかかえた。ぼくは少し間をとった。

「ブルース・スコウは無実だった。ジョニー・サニも無実だった。ふたりとも戻ってはこない。でも、父さんはふたりの死に責任がある人物を罰することができる。おまけに、ナバホ・ネイションの大勢の人びとを助けることができる。ここからほんとうにすばらしいものが生まれるかもしれないんだ。父さんにやってもらうのは、父さんがほかのだれよりもうまくやっていること。ちょっとした商取引だ」

「いったいどんな商取引の話をしているんだ？」

「不動産だよ。ある種の」

三時半、ぼくはジム・ブコールドの自宅のオフィスにいた。「ビルは両方とも取り壊している」ブコールドが言ったのはラウドン・ファーマ社の爆破されたビルのことだった。「オフィス棟はいま取り壊しているが、ラウドン郡の検査官の話では、基礎の大部分が割れてしまっているそうだ。研究棟はすでになくなった。いまはその瓦礫を片付けているだけだ」

「ラウドン・ファーマ社はどうなるんですか？」ぼくはたずねた。

「とりあえず、明日はうちの清掃作業員たちの追悼式に出席する。六人全員のを同時にやるんだ。みんな友人どうしだったからな。そうするのが理にかなっている。月曜日になったら、社員全員を一時解雇して、買い手の入札を待つ」

ぼくは首をかしげた。「だれかがラウドン・ファーマ社を買いたがっているんですか?」

「うちには数多くの貴重な特許があるし、進めていた研究のかなりの部分は回収できたし、その一部はおそらく再現できるだろう。会社を買うだれかがうちの研究者たちを雇ってくれるなら、もっと迅速に再現できるかもしれない。それに、まだ政府との契約が残っているから、うちの弁護士たちにそれらをくわしく調べさせて、テロ行為を理由にした解除はできないことを確認しているところだ」

「それなら、どうして売るんですか?」

「わたしが燃え尽きたからだ。二十年をこの会社に費やしてきたのに、たったひと晩ですべてが崩壊してしまった。それがどんな気持ちか想像できるか?」

「いいえ。できません」

「もちろんできないだろう。きみにわかるはずがない。わたしだってわからなかったんだ——だれかがわたしの人生の二十年を奪ってそれを瓦礫の山に変えるまでは。ゼロから再建してみようかと考えてもみたが、気持ちが萎えただけだった。だから、むりだな。そろそろリックといっしょにアウターバンクスへ引っ込んで、ビーチハウスでも買って、コーギーたちを砂浜で倒れるまで走り回らせてやるさ」

「それほど悪い話には聞こえませんね」

「最高だろうな。初めの一週間は。そのあとは、なにをして過ごすか考えなけりゃならん」

「父のパーティで、あなたはヘイデン症候群の人びとを解放（アンロック）するための治療法を開発していると話していましたね」

「きみを議論に巻き込んでしまったな。リックが昨日そのことを思い出して、あれこれ言っていたよ。あのときはすまなかった」

「いいんですよ。あの晩、あなたは開発中の薬についても話していましたよね」

「ニューロリースだな」

「それです。開発はどれくらい進んでいたんでしょうか？」

「つまり、ニューロリースが市場に出るまでの期間ということかな？」

「はい」

「薬の開発状況から見て年内には臨床試験に取りかかれるだろうと楽観的に考えていたよ。その結果が有望なものであれば、食品医薬品局から早急に認可がおりるのはほぼまちがいなかった。なにしろ四百五十万人がロックインで苦しんでいるのだ。エイブラムズ＝ケタリング法が成立したいま、できるだけ早く解放できればそれに越したことはない」

「いまはどうなんでしょう？」

「まあ、研究主任が会社を爆破して、それといっしょに大量のデータと書類が失われたからな。それから自殺して。わたしがあのときそのことをどう感じたにせよ、残ったものからもっとも容易にデータを再構築できたのは彼だったろうな。いまの状況では、ふたたび臨床試験の段階までたどり着くのに五年から七年はかかるだろう。楽観的に見ても」

「ほかに同じくらい開発を進めているところはあるんでしょうか？」

「ロシェ社が複合薬と脳刺激セラピーに取り組んでいるのは知っている。だが、まだまだ臨床試験にはほど遠い段階だ。それ以外の連中は同じフィールドに足を踏み入れてもいないな」ブコールドは顔をしかめてぼくを見た。「おもしろい話を聞きたいかね？」

「もちろん」

「あのハバードの野郎だよ。やつはきみのお父さんのパーティで、ヘイデンの文化とか彼らは病気からの解放を望んでいないとかいった話でわたしをさんざん糾弾した。わたしが大量虐殺を助長していると言わんばかりだった」

「おぼえています」

「昨日、あの野郎から連絡があって、ラウドン・ファーマ社を買いたいと言ってきやがった！」

「いくらくらいで？」

「お話にならない金額だ！　だからわたしはそう言ってやった。やつは提示額については検討の余地があるが、急いで話を進めたいと言った。だからわたしは言ったんだ。二日まえにわれわれの研究を非難しておきながら、いまになってそれを買いたいだと？　やつがなんて言ったかわかるか？」

「わかりません」ぼくは言ったが、なんとなく予想はついた。

「やつはこう言ったんだ——〝ビジネスはビジネスですから〟ってな！」ブコールドは叫んだ。「まったく。その場で電話を叩き切りそうになったよ」

「でも切らなかったんですね」

「ああ。やつの言うとおりだからな。ビジネスはビジネスだ。三日後に失業する六百人の従業員がいて、たとえリックが、わたしは彼らと〝仲良く〟する必要はないという考えだとしても」——ブコールドはあきれたような顔をして、夫が近くにいるかどうかあたりを見回してから——「わたしは彼らに責任を感じている。従業員たちの一部でも仕事を続けられるならありがたいし、それ以外の者についても退職金に上乗せができるだろう」

「では、ハバードに売るんですか？」

「ほかにもっといいオファーがなければ、そうするかもしれない。なぜだ？　きみはわたしがこのオファーを蹴るべきだというのか？」

「あなたのビジネスのやりかたについて意見を言ったりはしませんよ、ミスター・ブコールド」

「ビジネスの残骸だがな。まあ、これだけは言っておこう、シェイン捜査官。態度を保留にするべきだというまっとうな理由をきみが教えてくれるなら、わたしもその意見に従うかもしれない」

「わかりました。なにができるか考えてみます」

五時に、わたしはカッサンドラ・ベルの閾空間にいた。

そこは殺風景だった。ここで言う殺風景は、ほんとうになにもないということだ。果てしない空間がえんえんと広がっているわけではない。その正反対の、閉じられた狭い暗闇だった。まるで黒インクの大海の底にいるみたいだ。ぼくは生まれて初めて閉所恐怖を理解した。

「たいていの人はわたしの閾空間を居心地悪く感じてしまうのですよ、シェイン捜査官」カッサンドラが言った。出所の見えない、あらゆるところから聞こえてくる声は、しかし穏やかだった。とても内気な人の頭の中にいるみたいだ。たぶん、まさにそのとおりなのだろう。

「それはよくわかります」ぼくは言った。

「気になりますか？」

「なるべく気にしないようにしています」

「わたしには居心地が良いのです。これは子宮を思わせます。人は子宮にいたときのことはおぼえていないと言われますが、わたしはそうは思いません。心の奥深くで常に知っているのです。だからこそ、こどもは毛布の下にもぐり込み、猫は人のそばにいるときに肘の内側に頭を突っ込むのです。わたし自身にはそういう経験はありませんが、なぜそうなるかはわかっています。わたしの閾空間は墓所の闇のようだと言われています。しかし、わたしはこれを人生の始まりの端にある闇と考えています。すべてをあとにする闇ではなく、すべてが行く手にある闇なのです」

「その表現はいいですね。ぼくもそういうふうに考えてみることにします」

「その調子です。闇を呪うよりもロウソクをともすほうがいいでしょう、シェイン捜査官」

そのとたん、カッサンドラが目のまえにあらわれた。ロウソクがその顔を照らし、光が闇を息が苦しくない程度の距離まで押しやってくれた。

「ありがとう」ぼくは安堵で身が震えるのを感じた。

「どういたしまして」カッサンドラはにっこり笑った。まだ二十歳にもなっていないように見えたが、もちろん、ここでは本人が望む年齢に見せることができるのだった。

「こんなに早く会ってくださったことにも感謝します。お忙しいでしょうに」

「わたしはいつだって多忙です」カッサンドラは言った。自慢ではなく、うぬぼれでもなく、ただの事実として。「でも、あなたのことはもちろん知っていますよ、シェイン捜査官。クリス・シェイン。〝ヘイデンの子〟。わたしたちがこれまで会っていなかったのはとても不思議な気がします」

「ぼくもこのまえ同じことを思いました」

「なぜだと思いますか、いまになってようやく会えたのは」

「それぞれ別の円を描いて走っていたんでしょう」

「別の円を描いて走る――いまわたしの頭に浮かぶのは、あなたとわたしが別々の星で別々の軌道をめぐっているというイメージです」

「同じ比喩ですね。表現がちがうだけで」

「ほんとに！」カッサンドラはそう言って、短く笑い声をたてた。「あなたの星はだれです？　だれのまわりをめぐっているのですか？」

「父、だと思います」

「良い人ですね」それは質問ではなかった。

「はい」ぼくは今日会った父のことを思い出した。バスローブ姿で、スコッチを手に、ブルース・スコウの死を嘆いていた。

「なにがあったかは知っています。お父さんの身に起きたことも、お父さんがやったことも。残念なことでした」

「ありがとう」ぼくはカッサンドラの話し方に不思議なほど心動かされていた。かしこまっているのに親しげな語り。「もしよければ、あなたの星がだれなのか教えてもらえませんか?」

「わかりません。いまだにわからないのです。人ではなくて観念なのではないかと思えてきました。そのせいでわたしは変わっていて、しかも力を得ることができるのでしょう」

「そうかもしれません」ぼくはできるだけそつなくこたえた。

カッサンドラはこれに気づいて、にっこりし、声をあげて笑った。「話を難解にしたりわざと妙なことを言ったりしているわけではないんですよ、シェイン捜査官、ほんとうにちがうんです。ただ、わたしは軽いおしゃべりがとても苦手で。話せば話すほどコミューンからの亡命者のようになってしまうんです」

「大丈夫です。ぼくもインテンショナル・コミュニティで暮らしていますから」

「わたしに共感してくれるなんて優しいこと。あなたはわたしよりも軽いおしゃべりが上手ですね。これは必ずしも褒め言葉ではありませんが、いまの場合はそうです」

「ありがとう」

「わたしと軽いおしゃべりをしにきたわけではないでしょう。それだけではないはずです」

「そうです。ぼくが話をしにきたのはあなたのお兄さんのことです」

「そうですか。あなたが聞いてくださるなら、兄のことを話したいと思いますが」

「もちろん」

「わたしが生まれたとき、兄は小さな少年で、わたしが自分の中にこもっていることを知りました。兄はわたしのところへ来て、額にキスをして、何時間も歌をうたってくれました。想像してみてください。そんなことができる七歳の少年がほかにいますか。あなたには姉妹も兄弟もいませんね」

「はい」

「寂しいと思いますか？」

「もともといないのに寂しく思うことはできません」

「それはまったくちがいます。でも、わたしの言い方が良くなかったですね。つまり、兄弟姉妹がいないことでなにかを逃したような感じがするか、ということです」

「いたらおもしろかっただろうなとは思います」

「ご両親はあなたのあとにこどもをつくらなかった」

「たぶん、もしもこどもをつくったら、どちらか片方をないがしろにしてしまうと心配したんじゃないかと思います。そして、ないがしろにされた子は、いずれ恨みをいだくようになると。ひとりがヘイデンで、ひとりがそうではないというのはきついんでしょう。想像ですが」ぼくは言葉を切った。

「わたしと兄のことで質問があるのですね」

「あなたはお兄さんと統合したことがありますか」

「まさか。あまりにも親密すぎます。わたしは兄を愛していますし、兄もわたしを愛しています。でも、兄の頭に入りたいとは思いませんし、兄もわたしを入れたくはないでしょう。ふたりが同時にひとつの頭にいるなんて！　わたしたちの両親のようになってしまいますよ」

「そういうイメージですか」

「わたしは統合したことがありません。自分の頭の中にいるだけで充分です。他人の頭の中にまでいたいとは思いません」

ぼくはにっこりした。「ぼくのパートナーに会ってほしいですね。彼女は統合者だったんですが、他人が頭の中にいることに耐えられなかったんです」

「わたしと兄は磁石のようになるでしょうね。引き付け合うか、押しのけ合うかのどちらか」

「それもおもしろいイメージですね」

「わたしの兄のことを話してください」

「最後にお兄さんと会ったのはいつですか？」

「それは兄の話ではありませんが、いいでしょう。このまえ話をしました。土曜日の午後、いっしょに過ごしたいとのことでした」

「会うんですか？」

「あなたは自分の家族のために時間をつくらないのですか？　返事はわかっているので必要ありませんが」

「ぼくなら家族のために時間をつくります」ぼくはそれでも返事をした。「お兄さんとはここで会うんですか？」

「はい、兄のほうはわたしの肉体にも会います。いまでもわたしに、わたしの耳に歌いかけるのが好きなんです」

「ほかにだれかいっしょに？」

「兄は家族ですよ」

「つまり、いないと」

「シェイン捜査官、そろそろ軽いおしゃべりはやめにしませんか」

「われわれはあなたのお兄さんが顧客に体を乗っ取られたと考えています。この顧客は、その高い技術力により、お兄さんのニューラルネットワークのプログラムを書き換えました——お兄さんを閉じ込めて、その体を自分の目的のために使おうとしているんです。おそらく、お兄さんの体を使ってあなたを殺し、それからお兄さんも殺すつもりです。無理心中のように見せかけて」

「あなたはなぜそう考えているのです？」

「その男が別の体を乗っ取ったからです。同じやりかたで。彼とその共犯者がふたりでやったんです。その結果、三人の統合者が命を落としました」

　カッサンドラ・ベルがひどく重々しい顔つきになった。ロウソクの明かりがふいにゆらめき、また落ち着いた輝きに戻った。「では、あなたは兄がすでに取り憑かれたと考えているのですね」

「取り憑かれた」ぼくは言った。ジョニー・サニやブルース・スコウやブレンダ・リーズの身に起きたことをそんなふうに考えたことはなかった。「はい。彼はすでに取り憑かれています」

「いつからですか？」

「遅くとも火曜日の午前中からだと思われます」

「わたしに伝えるまでどうしてこんなにかかったのですか？」

「昨日まではそんなことが可能だとは思っていませんでした。今日まではあなたのお兄さんが取り憑かれているとは考えませんでした。それはありえないことでした。ありえないことだからこそ、われわれもいままで気づかなかったのです」

「死んだのですか？」

「お兄さんですか？　いいえ」

「兄の肉体が死んでいないのはわかっています。わたしが言っているのは兄自身のことです。わたしの兄の魂のことです」

「われわれはそうは考えていません。お兄さんはまだ生きていて、閉じ込められているのだと確信しています。話すことも、外の世界と意思を通じることもできないまま。ちょうど……ぼくやあなたのように。ただし、スリープも閾空間もアゴラもありません。そして、他人に体をあやつられたまま、自分で選ぶことのない行動をとっているのです」

「兄がわたしを殺すことを選ぶはずがありません」カッサンドラは同意した。「あなたは兄が生きていると確信していると言いましたね」

「はい」

「その確信の強さを表現してください」

「鉄のような強さです。オークのような堅さです」

「鉄は錆びます。オークは燃えます」

「絶対とは言えません。しかし、われわれの知るかぎりでは、取り憑かれた人は存在しています。同じように取り憑かれた人を見ましたが、顧客が去ったあともそこにいました」

「みんな死んだのでは」

「彼女は死にました。顧客が去りぎわに手榴弾の安全ピンを抜いたんです」

「どういう人たちなのですか?」

「言わないほうがいいでしょう。あなたを保護するためです」

カッサンドラ・ベルのロウソクが強烈な輝きをはなち、それと同時に、ぼくのまわりの闇がより間近に迫ってきた。「シェイン捜査官、わたしをこどもとまちがえないでください。わたしは傷つけられてもいませんし、無力でもありません。何十万という仲間たちに、世界に向かってわたしたちの声を届けさせているのです。もしもわたしが軟弱なものだったら、こんなことはできなかったでしょう。わたしに保護は必要ありません。必要なのは情報です」

「ルーカス・ハバードです」

「ああ」ロウソクが元の状態に戻った。「彼ですか」

「ご存じですか」

「あなたは例外ですけどね、シェイン捜査官、わたしはたいていの重要人物と知り合いなのですよ」自慢ではない、ただの事実。

「ハバードのことをどう思っていますか?」

「いまですか、それとも、彼がわたしの兄を自分の体の中で奴隷にしていると知るまえですか？」

　ぼくは苦笑した。「まえです」

「聡明で。野心家で。ヘイデンについて情熱をこめて語るのは、そうすることが自分にとって都合が良いときだけであり、メリットがなければ動かない」

「標準仕様の億万長者ですね」

　カッサンドラはぼくをまっすぐ見据えた。「ほかならぬあなたなら、すべての億万長者が心貧しい人間というわけではないと知っているものかと」

「ぼくの経験では、うちの父のような人間はほとんどいません」

「悲しいことですね。いつわたしの兄を助けてくれるのですか？」

「すぐに」

「その単一の音節の背後にはたくさんの文章がひそんでいますね。あるいは、単にこう言いたいのでしょうか――〝すぐに、でもいまではなく〟」

「いろいろ面倒なことがありまして」

「あなたに閉じ込められる恐怖を想像してくれと頼むつもりはありませんよ、シェイン捜査官。いやというほど知っているはずですから。あなたにききたいのは、なぜ必要以上に長く他人にそのような苦しみをあたえ続けるのかということです」

「ほかの人たちが同じ苦しみにあうのをふせぐためです。そしてハバードを、ただ逮捕するのではなく、もっと完全なかたちで罰するためです。そしてあなたのお兄さんの安全を守るためです」

　カッサンドラはぼくを無表情に見つめた。

「いますぐにハバードを逮捕しても、彼を告発して罰するだけの証拠はあります」ぼくは続けた。「しかし、彼はバカではありません。ほぼまちがいなく、逮捕という不測の事態にそなえているはずです。彼は裕福で、かかえている弁護士の人数は一部の国々の人口よりも多いほどです。何年も引き延ばしをはかって、あれこれ取引をして、疑いを差し挟ませようとするでしょう。そして、ハバードがいちばん最初にやるのは、可能なかぎり証拠を消すことです。そこには、今週のハバードの行動を逐一証言することができる唯一の人物も含まれます」

「わたしの兄ですね」

「あなたのお兄さんです。ハバードは頭が切れますが、その聡明さと野心は彼の死角でもあります。彼はあらゆる側面とあらゆる不測の事態を把握していると信じています。しかし、われわれは彼には見えない側面がいくつかあるのを知っています」

「そこがハバードの死角の中だから」

「そうです」

「わたしの兄について約束してください」

「ぼくがお兄さんを救うためにできることはすべてやると約束します。われわれにできることはすべてやると約束します」


「では、どうやってハバードをとらえるのか教えてください」

「彼はあなたを殺すつもりです」

「そのようですね」

「それをやらせてみようと思っているんです」

23

土曜日の朝、サミュエル・シュウォーツはぼくたちの姿を見ても少しもうれしそうではなかったが、それでも自宅のオフィスへ招き入れてくれた。腰をおろしたぼくたちのまえにはデスクがあり、ふたりの幼いこどもたちの写真がずらりと飾られていた。

「あなたのお子さん?」ヴァンがたずねた。

「ええ」シュウォーツはそう言って、デスクのむこう側で腰をおろした。

「なんてかわいらしい」

「ありがとう。次の質問にあらかじめこたえておきますが、アンナとケンドラ、七歳と五歳、妊娠の手段は精液採取と体外受精、母親たちはわたしの知人で、結婚しているカップルで、そのうちのひとりはロースクールの同級生、こどもたちはわたしのことを知っていますし、わたしはふたりの人生に積極的にかかわっています。実を言うと、これからサッカーの試合を見にいかなければなりません。あなた方はニコラス・ベルの件で見えたんでしょうね」

「実を言うと、ジェイ・カーニーの件で来たの」ヴァンが言った。

「ジェイの件なら、お仲間のFBI捜査官たちにもう話しましたよ。彼らに話したことをあらためてお伝えしますと、仕事上あるいは個人的な付き合いのどの時点においても、ジェイが自分の計画やドクター・ベアとの関係を明かしたりほのめかしたりしたことは一度もありませんでした。あの晩のわたしの居場所については」——シュウォーツはぼくに向かってうなずきかけ——「こちらにいるあなたのお仲間が、マーカス・シェインの自宅にいたということを証明してくれるでしょう。ラウドン・ファーマ社が爆破されたとき、わたしたちはディナーで同席していたのです」

「うちの鑑識の話では、カーニーは――あるいはベアは――車にしかけた爆弾を硝酸アンモニウムから製造していたそうよ」

「なるほど。それで？」

「おそらく関係ないんだろうけど、アグラリオット社はアクセレラント社の関連会社よね。製品は、乾燥食品、冷凍食品、家畜飼料、それと肥料」

「アクセレラント社は多国籍複合企業で、所有または多額の投資をしている会社は二百近くに達するのですよ、ヴァン捜査官。あなたの言うとおり、おそらく関係ないことでしょう」

「アグラリオット社はウォレントンに倉庫を所有している。リーズバーグから15号線をまっすぐ南下した先よ。そして、いくつかの肥料のパレットが在庫目録から消えている。昨日確認したの」

「でしたら、もっと直接的に捜査に関与しているあなたのお仲間たちに伝えてあげたらいいのでは」

「伝えてあるわ」

「アクセレラント社はラウドン・ファーマ社に買収を持ちかけていますね」ぼくは言った。

シュウォーツはぼくに顔を向けた。「それは初耳ですね。噂話を信じるのはいかがなものでしょう」

「CEOからじかに出てきた情報を噂話と言っていいのかどうか。実は昨日の午後、ミスター・ブコールドと話したんです」

「ミスター・ブコールドも軽率ですね。話し合いはしていますが、本格的なものではありません」

「ディナーの席で、ルーカス・ハバードがラウドン・ファーマ社の事業に強い異議をとなえていたのをおぼえています。いまになって彼があの会社の買収を検討しているというのはおもしろいですね――それも、あそこがクレーターに変わってしまったあとに」

「ルーカスはラウドン郡でビジネスを維持することを重視しています。ラウドン・ファーマ社にはわれわれのポートフォリオに適合する製品があるのです」

「でしょうね」ヴァンが言った。「それと、たぶんあなたたちが市場へ寄せ付けたくない製品も」

「ニューロリース」ぼくは助け船を出した。

「それそれ。大勢のヘイデンが解放（アンロック）されるのはうれしくないわよね。そんなことになったらアクセレラント社の関連会社すべての利益が削られてしまう。でも、あなたたちは最低でもあと数年間はそこからどんどん利益をあげる必要がある」

「残念ながらニューロリースのことはよく知らないんですよ」シュウォーツは立ちあがった。「さて、先ほど言いましたが、サッカーの試合が――」

「この人たちのことはよく知ってる？　サルヴァトーレ・オデル、マイクル・クロウ、グレゴリー・バフォード、ジェイムズ・マルティネズ、スティーヴ・ゲイテン、セザール・バーク」

「知らない人たちですが」

「ラウドン・ファーマ社が爆破されたときに死んだ清掃作業員たちよ。このまえやっと掘り出すことができたの。今日、彼らの追悼式がひらかれる」

「ちょうどいまごろです」ぼくは言った。

「そうね」ヴァンはぼくに言ってから、シュウォーツに顔を戻した。「うちの医師たちの話だと、彼らのうちふたりはビルが爆発したときに死んだけど、ほかの人たちは爆発を生き延びていた。彼らは四階分のコンクリートの下敷きになって死んだの。ぺちゃんこに押しつぶされて」

「追悼式では棺（ひつぎ）は閉じられたままです」ぼくは言った。

「そうでしょうね」

「たいへん気の毒なことだと思います」シュウォーツが言った。

「あなたがそう思うんだ」ヴァンが言った。

「どうやら時間切れのようですね」

「あなたはルーカス・ハバードとどれくらい親しいんですか?」ぼくはたずねた。

「どういう意味でしょう?」

「つまり、先日のディナーの席で、ハバードがあなたになにか質問をして、あなたが一瞬こたえられなかったことがあったんです。そんなあなたを見て、ハバードは元気づけるように手を伸ばし、あなたの手を軽く叩きました。男女の役割分担をやみくもに信奉しているわけではありませんが、あれは〝男性〟に対するしぐさには見えませんでした。あなたは励ましを必要とするようなタイプには見えませんし、ハバードもあなたにそんなことをするタイプには見えません。あなたはハバードの会社の主任弁護士であって、彼のガールフレンドではないのですから」

「それは深読みをしすぎだと思いますがね」

「それと、あなたのスリープについて話をしていたとき、あなたは一瞬、ぼくがなにを言っているのかわからないような顔をしました。そのときもハバードが代わりに返事をしました。分署の取調室でベルのことを話していたとき、あなたはわれわれに警告を発しましたよね。だれかに代わりにしゃべってもらうというのは、あなたらしくないと思います」

「話していたのがこの人じゃなかったのかも」ヴァンが言った。

「そうかもしれません」ぼくはシュウォーツを見つめながら言った。

「あなたとわたしはたしかに話しました」シュウォーツが言った。「はっきりとおぼえていますよ、あなたのお父さんのトロフィー部屋で、わたしが女性の統合者を使っている話をしたことを」

「ブレンダ・リーズですね」ぼくは言った。

「彼女はもう死んだ」ヴァンが言った。

「そうです」

「カフェで発砲してから、手榴弾で自分を吹き飛ばした」

「ぼくはその場にいました」

「わたしもいた」ヴァンは吊っている自分の腕をしめした。「これは彼女に撃たれた」

「ぼくも撃たれました」

「なんだか妙ね」

「撃たれたことが？」

「そう」ヴァンはそう言って、シュウォーツを指さした。「でも、それよりわたしが考えていたのは、こちらのミスター・シュウォーツが使っていたふたりの統合者が、同じ週に自殺したということ」

「それはたしかに妙ですね」

「だって、確率はどれくらい？」ヴァンはぼくにたずねた。

「かなり低いと思います」

「わたしもかなり低いと思う。この統合者たちが熊に食われたり小麦の脱穀機に転落したりする確率ほど低くはないかもしれない。それでも、一般的に見て、なかなか驚くべき偶然と言える」

「ヴァン捜査官」シュウォーツが言った。「シェイン捜査官。もうこれくらいで――」

「彼女はあなたがいなかったと言いました」ぼくは言った。

「なんだって？」シュウォーツは気もそぞろだった。

「ブレンダ・リーズです。彼女はぼくに、あなたはディナーの席にいなかったと言いました。あなたは消えていたと」

「ジェイ・カーニーが犯行におよんでいたちょうどそのころに」ヴァンが言った。

「ジェイ・カーニーはドクター・ベアと統合されていたんだ」シュウォーツは言った。「ベアが自分で撮影したビデオでそう言っていただろう」

「いえ、ちがいます」ぼくは言った。「カーニーの口、がそう言ったんです。ベアがしゃべっていたように見えたのは、ベアが背景にいたからです。しかし、われわれには別の仮説があります」

「つまりこういうこと」ヴァンが言った。「あなたはカーニーと統合してベアのマンションへ行った。ベアはカーニーが来ると思っていた。あなたはベアに薬を投与して意識を失わせ、ビデオを撮影して、彼のこめかみにナイフを突き刺し、自殺に見える位置にスリープを置いてから、カーニーといっしょにラウドン・ファーマ社へ短い旅に出た」

「それから、デザートに間に合うようにディナーの席へ戻ってきた」ぼくは言った。「デザートがあったとすればの話ですけどね。ぼくはそのころにはいなかったので」

「そうね、ラウドン・ファーマ社が爆破されたから」

「わたしがベアを殺したと言っているのか」シュウォーツが言った。

「そうです」ぼくは言った。

「それと六人の清掃作業員」ヴァンが言った。

「それとジェイ・カーニー」

「ぜんぶで八人ね」

「もうきみたちと話すことはない」シュウォーツは言った。「弁護士抜きではなにもしゃべらないぞ。わたしを逮捕するつもりなら、いますぐやりたまえ。そうでないなら、わたしの家から出ていってくれ」

「ミスター・シュウォーツ、あとひとことだけ」ヴァンが言った。

シュウォーツはヴァンに顔を向けた。スリープならではの表情のなさだった。

「〝補間器〟」ヴァンは言った。

「なんだって？」

「あら、ちゃんと聞こえたはずだけど」

「その単語がどういう意味かわからないんだ」

「もうそういう段階は過ぎたと思わない、ミスター・

シュウォーツ？　あなたはこの単語の意味を完璧に把握している。それに、わたしたちがそれを知っていることがなにを意味するかも知っている。それはすなわち、あなたが破滅するということ。壮絶なまでに」

シュウォーツはまた黙り込んだ。

「選択肢をあげる」ヴァンはそう言って、指を一本立てた。「第一のドア。あなたは黙秘権と弁護士を呼ぶ権利を行使する。おめでとう。あなたのがんばりに拍手を送るわ。わたしたちはさっき言った八件の殺人罪にブルース・スコウとブレンダ・リーズの殺人を追加してあなたを逮捕する。それ以外に、カーニーとスコウとリーズの誘拐でも告発する。わたしとシェイン捜査官に対する殺人未遂は言うまでもない。ほかに、種々雑多な告発が山のようにあって、わたしはいちいちあげないけど、あなたはもう頭の中でリストに目をとおしているんでしょうね——なぜならあなたは弁護士だから。裁判になって、あなたが負けたら、あなたの体は連邦政府のヘイデン拘置所へ送られて、あなたがほかの人間と話をするのは週に一時間だけになる。永遠に」

「ちなみに、こちらはその選択肢でもいっこうにかまいません」ぼくは言った。

「そのとおり」ヴァンはもう一本指を立てた。「第二のドア。あなたは自白する」

ヴァンは手をおろした。「どちらかを選んで。五秒だけあげる。それが過ぎたら、第一のドアを選んだと判断させてもらうから」

「それでもいっこうにかまいませんよ」ぼくはもう一度言った。

「そのとおり」ヴァンも言った。

シュウォーツは腰をおろし、カウント4、いや4・5まで待った。「取引がしたい」

「もちろんかまわない」ヴァンが言った。

「完全な免責」シュウォーツは言いかけた。

「だめです」ぼくは彼の言葉をさえぎった。「それはありえません」

「あなたは刑務所に入るのよ、シュウォーツ」ヴァンが言った。「そのことを自覚して。ここで話し合っているのは、場所と、期間と、どれほどきつくなるかということ」

「完全な免責でなければ取引もなしだ」シュウォーツは言った。

「こちらとしては、〝なし〟で好都合なんですが」ぼくは言った。

「ミスター・シュウォーツ、わたしはあなたが壮絶に破滅すると言ったけど、あなたはその意味をきちんと理解していないみたいね」ヴァンが言った。「要するに、いまそろっている証拠だけでも、わたしたちはあなたを葬り去ることができるの。永遠に。実際にそうするつもりよ。永遠に。でも、正直なところ、わたしたちのほんとうの標的はあなたじゃない。あなたはメインアトラクションじゃないの。いまだれの話をしているかは、あなたもよくわかっているはず」

「でも、あの男をつかまえられない場合、われわれは喜んであなたに矛先を向けますよ」

「そういうこと。現実を見なさい、シュウォーツ。あの男は喜んでわたしたちにあなたを差し出す。ほかならぬあなたなら、彼がどれだけの弁護士をかかえていて、その連中がどれほど優秀かを知っているはず。あなたの逮捕が明らかになったその瞬間に、すべての罪が——なにもかもぜんぶ——あなたに押しつけられるのよ。いまから報道発表が目に浮かぶわ」

「彼は申し立ての内容にショックを受け動揺して、当局に、つまりわれわれに、全面的に協力すると誓うんでしょうね」

「言っておくけど、その時点で、わたしたちはむだなあがきをやめて、いまあるもので満足しようと決めるかもしれない。わたしたちにとってはそれでも立派な成果だし、正直な話、あなたにとっても良い教訓になるでしょう――あなたを喜んで犬の餌にするような男にやみくもな忠誠を誓うとどうなるかという」

シュウォーツはまた黙り込んだ。それから、「わたしからなにを聞き出したいんだ？」

「もちろん、なにもかもよ」ヴァンが言った。「日時。計画。目的を果たすためにアクセレラント社のさまざまな関連会社をどんなふうに使ったのか。ほかにだれが関与しているのか。最終的な目標はなんだったのか。あなたとハバードはどうやってこれだけの罪をまぬがれるつもりでいたのか」

「なぜサニとスコウを選んだのか」ぼくは言った。

「そのとおり。ナバホ・ネイションのお偉いさんたちは、車であなたを轢き殺そうと待ちかまえてる。サニを選んだのはまちがいだったね。しばらくあなたの身柄を保護するほうがいいかもしれない」

「どれくらいだ？」シュウォーツはいまや完全に打ちのめされていた。「いったいどれくらいの期間を考えているんだ？」

「正確に何年かを知りたいということですか？」ぼくは言った。

シュウォーツはぼくに顔を向けた。「わたしには娘がふたりいるんだ、シェイン捜査官」

「もうサッカーの試合はあきらめて、ミスター・シュウォーツ」ヴァンがびっくりするほど穏やかな声で言った。「ハイスクールの卒業式もあきらめて。あなたがわたしたちにどれだけ協力してくれるかによっては、どちらかの娘さんの結婚式には出席させてあげられるかもしれない」

24

ニコラス・ベルは、二階にあるカッサンドラ・ベルのマンションに着くと、まっすぐ居間に入った。カッサンドラが実際に住んでいるのはこちらで、寝室のほうは物置と介護者用の休憩室になっていた。午前中の介護者はすでに仕事を終えて帰っていた。午後の介護者が来るのはまだ一時間ほど先だった。ニコラスは居間を占拠しているものに近づいた——一台のクレードルと、その中に横たわる若い女性。ヘイデンがみなそうであるように、彼女も眠っているように見えた。

「会いに来てくれてうれしいわ、兄さん」カッサンドラが言った。「先週は一度も会えなかったから」声の出所はクレードルの脇に置かれたスピーカーで、そこには小型カメラも組み込まれ、彼女はそれを使って部屋の中を見ることができた。カッサンドラは現実世界の見た目をシンプルにすることを好んでいた。だからこそ、ニコラスも部屋にある見慣れないものに気づいて足を止めたのかもしれなかった。それは一体のスリープだった。

「信奉者からの贈り物なの」カッサンドラがニコラスの視線を追って言った。「それほど熱心な信奉者ではないから、わたしが個人輸送機を使わないことも、いままで使ったことがないということも知らなかったのね。でも、介護者のひとりが、それを必要としている人を知っていたの。いまは彼女が引き取りに来るのを待っているところ」

ニコラスはうなずき、にっこり笑って、小ぶりのバックパックを肩からおろした。ジッパーを開けて中に手を入れる。

「なあに、兄さん」カッサンドラが言った。「贈り物でもあるの?」

「ああ」ニコラスはバックパックから大きな包丁を抜き出すと、それをクレードルに横たわる若い女に突き刺し、腹の奥深くまで押し込んだ。

さらに二度、腹を深々と、押し上げるようにえぐる。荒っぽく下向きに突き出して、左の太ももの付け根をつらぬく——大腿動脈を狙ったひと刺しだ。

真っ白な肉がぱっくりとひらく。

包丁を三度ふるって、胸骨のすぐ下にゆがんだ三角形の切れ目をつくりあげる。首の左側を激しく切り裂き、右側の同じ位置も切り裂いて、脳へ血液を運ぶ動脈とそれをまた引き取る静脈とを切断する。

ニコラス・ベルは包丁を床に落とし、あとずさりして、荒い息をつく。なにかがおかしいという顔で、無残な肉体を凝視する。

たとえば——たったいま包丁を八度突き立てた肉体は、一滴も血を流していなかった。


「兄さん」カッサンドラ・ベルがささやいた。「そんなことをしてもむだよ」

ぼくはすわっていた椅子から飛び出してニコラス・ベルに組み付き、じたばたと暴れる男といっしょに倒れ込んだ。

ニコラスはなんとか身をふりほどいて、バックパックへ駆け寄った。ぼくが起きあがったとき、彼は銃を手にして、こちらに狙いをつけていた。

「かんべんしてくれ」ぼくは言った。「このスリープは新品なんだ」

背後でなにかがぶつかる音がして——FBIの捜査官たちがニコラスを逮捕するためにドアを破ろうとしている——相手が気をそらした隙に、ぼくは突っ込んだが、狙いをはずさせるのには間に合わなかった。ニコラスが発砲し、銃弾が肩に当たって、ぼくの体はくるりと回った。

ニコラスは向きを変えて、居間とバルコニーをへだてるスライド式のガラスドアに三発撃ち込み、両手をあげて顔を守りながら、砕けたガラスの中へ駆け込んだ。ガラスはシート状に引きちぎられ、突っ切ったニコラスは、ふらつく脚でそのままバルコニーから飛び降りていった。

「くそっ」ぼくは男のあとを追った。

そのとき、撃たれたせいで右腕が動きにくくなっているのに気づいた。バルコニーの手すりをころがるように乗り越えて、下の歩道のコンクリートに勢いよく落下した。これが人間の体だったら、死ぬか動けなくなるかしていただろう。

だが、ぼくはそうではなかった。

立ちあがり、あたりを見回して、三十ヤード先にニコラスを見つけた。足を引きずっているがびっくりするほど速い。銃はまだ右手につかんだままだ。

「どうなったの?」ヴァンの声がぼくの頭の中で響き渡った。

「ニコラスはバルコニーから飛び降りました。走って逃げています。九番ストリート。ウェルバーン広場へ向かっています。ぼくもあとを追います」

「今度こそは逃がさないで」

「〝今度こそは〟!?」ぼくは走り出した。

ウェルバーン広場の手前で追い付いたとき、ニコラスはさらに大きく足を引きずっていた。ぼくは彼に飛びかかり、赤レンガの歩道にふたりで倒れ込んだ。動くほうの手でつかもうとすると、ニコラスはそれを蹴り飛ばし、銃を振り回してその床尾をぼくに叩きつけた。

これにはニコラスが望んだような効き目はなかった。ぼくは痛覚レベルを絞っていたのだ。彼が銃を向けてきたので、ぼくは体をころがして逃れた。ニコラスはまた逃げ出して、足を引きずりながら、広場の中央にある円形の芝生を突っ切った。通行人たちが彼の銃を見てちりぢりになった。

ぼくはふたたび追跡を始め、テイラー・ストリートの手前でニコラスの足を引っかけた。彼はよろめきながら振り返り、発砲した。銃弾が腰に命中して、ぼくは左脚からくずおれた。顔をあげると、ニコラスはかすかに勝利の笑みを浮かべ、テイラー・ストリートへ駆け出して――

――そのとたん、一台の車にはねられた。ニコラスは車のボンネットを斜めに華々しく飛び越えて、道路にぐしゃっと突っ込んだ。自分の脚をつかんだまま。

ヴァンが運転席から降りてきて、ニコラスに歩み寄り、命に別状はないことを確かめてから、手錠をかけた。

二分後に、ほかのＦＢＩ捜査官たちがやっと追い付いてきた。ヴァンがまだ歩道に倒れているぼくに近づいた。かたわらにしゃがみ込み、ジャケットのポケットから電子タバコを抜き出す。

「それはあなたがこの二日間で壊した三体目のスリープね」ヴァンは言った。

「四体目です」ぼくは言った。

「あなたの仕事のやりかたについて指図はしたくない。でも、わたしがあなたの保険屋だったら、ただじゃすまさないと思う」

「あなたは容疑者を車ではねましたけどね」

「おっと」ヴァンは電子タバコを吸った。

「死んでいたかもしれないんですよ」

「時速五マイルだった。どのみち、あれは事故だし」

「いまはあんなふうな事故を起こせるはずがないんですが」

「自動運転を切るとびっくりするようなことができるのよ」

「カッサンドラ・ベルにお兄さんを傷つけないと約束したじゃないですか」

「わかってる。あれは無用なリスクだった。とはいっても、あのクソ野郎はわたしのパートナーを撃ったわけだし。二回も」

「ぼくを撃ったのはニコラスじゃありません」

「わたしが言ってるクズ野郎は別のやつ」ヴァンはタバコをしまった。

「知りたいことはたくさんある」ヴァンがニコラス・ベルに言った。ふたりはFBIの取調室でテーブルをはさんで腰をおろしていた。ヴァンは紙のフォルダを自分のまえに置いていた。「でも、たったいま知りたいことがひとつ。こうして逮捕されてFBIの取調室にいるのに、あなたは断固として黙秘権を主張することもなければ弁護士を呼ぶこともしない。そうするべきなのに。両方ともするべきなのに」

「たしかに」ぼくはヴァンの背後に立っていた。使っているスリープは、FBIがよその捜査官のために用意しているものだ。三十分まえにこれを使っていた捜査官は、ぼくのせいで仕事を中断させられて、いまごろシカゴでやきもきしているだろう。彼女にはもうしばらくやきもきしてもらおう。「でも、ぼくだったらサム・シュウォーツを呼ぼうとはしませんね」

「なぜだ？」ベルがぼくを見あげて言った。

「今日の午前中に逮捕しました。ラウドン・ファーマ社の爆破事件に関連する殺人と共同謀議の罪で。彼の上役は驚くでしょうね」

「ハバードの疑いは晴れた」ヴァンが言った。「すべてがシュウォーツの単独犯行をしめしている。すばらしい社外活動とは言えないけどね」ヴァンはベルに顔を戻した。「さて。黙秘権を行使する？　こたえるときは、あなたが自宅のマンションを出てこちらへ向かっていたあいだに、わたしたちが捜査令状にもとづいてあなたの住まいと所持品の捜査をおこなったことを忘れないで。つまり、あなたが撮影したビデオはすでに発見されている——殺人と、あなたの自殺について告白したビデオ」

「それで銃の説明がつきました」ぼくは言った。「あなたの妹さんのほうは包丁で片付きますが、あなたは手っ取り早く、もっとも痛みの少ない方法で自殺したかった。ぼくが飛びかかったことで計画が少し狂ってしまったんでしょうね」

「それで」ヴァンがもう一度言った。「黙秘権を行使するの？　弁護士を呼ぶの？」

「ビデオがあるんだろう」ベルはヴァンに言った。そしてぼくをしめした。「あんたのパートナーは襲撃の現場を見た。なんの意味がある？」

「確認するけど、黙秘権も弁護士を呼ぶ権利も放棄するのね。そのとおりなら、はっきり口に出してもらう必要があるの」

「そのとおりだ。放棄する。おれは妹のカッサンドラを殺そうとした。それが目的だった」

「そう、おかげでわたしたちの人生はずっと楽になったわ。ありがとう」

「あんたたちのためにやったわけじゃない。おれは妹が危険だと人びとに知らせたかったんだ」

「そのことは自殺ビデオに記録されているの？　もし記録されていて、内容がぜんぶ同じなら、さっさとあなたを連邦拘置所へ収容して判決を待ってもらうことができるんだけど」

「まあ、もうひとつありますが」ぼくは言った。

ヴァンは左手で指をぱちんと鳴らした。「そうそう。もうひとつ質問があるのよ、ニコラス」

「なんだ？」ベルがたずねた。

「いつまでこんなことを続けるつもり？」

ベルはとまどったようにヴァンを見た。「どういう意味かわからないな」

「だからね、いつまでニコラス・ベルのふりを続けるつもりなの、ミスター・シェイン・ハバード？　なんでそんなことをきくかというと、シェインとわたしは賭けをしているの。シェインは、あなたは拘置所へ収容されたらもこっそり抜け出して、二週間ほど休暇をとるとメモを残すんでしょう。会社はあなた抜きでもやっていけるから」

「法務部はたいへんかもしれません」ぼくは言った。「弁護士は大勢いるから。なんとかするでしょ」

「あんたたちがなにを言っているのかさっぱりわからない」ベルが言った。

「まだ続けるみたいですよ」ぼくは言った。

「そりゃあ、いまはそうするしかないもの」ヴァンは言った。「でも、話を進めましょう。ミスター・ベル、この写真を見てほしいの」ヴァンはフォルダをひらき、一枚の写真を抜き出して、それをニコラス・ベルのほうへすべらせた。

「カミル・ハモンド」ヴァンはベルに説明した。「二十三歳、オッコクアンにあるレディバード・ジョンソン・ヘイデン養護施設の住人よ。国立衛生研究所が、ヘイデンたちの中で、別の深刻な脳疾患をかかえてい

もうやめるだろうと思っている。なにしろ、あなたには日々の生活と多国籍複合企業の経営があるし、こうしてベルとして自白して罪を認めたいま、むずかしい部分は終わったわけだから」

「そうですよ」ぼくは言った。「ほんもののベルが浮上して拘置所で証言を撤回しても、だれも信じません。自分の決断を後悔して、精神障害の裁定でも期待しているんじゃないかと思われるだけです」

「いい判断だと思う。でも、わたしはちがうと言った。あなたはここまでやったんだから、いまさら中途半端にはできないはず。だから判決がおりて刑務所に入るまでずっと続けると思う。ベルの目のまえで六×九フィートの独房の扉が閉じて初めて、あなたは逃げ切れたと確信できる。だから、あなたはこれを続けなければならない——今週ずっとそうしてきたように。となると、アクセレラント社には指揮官がいないということになる。でもあなたは、ベルが眠っているときにで

ながら、家族もなく、ほかに支援の手段もない人たちを収容しているの。もっと正確に言うと、カミルは住人だった――水曜日の夜に持続性の肺感染症で亡くなるまでは。残念なことに、彼女のような状況にある人には珍しいことじゃないわ」

ベルは写真を見たがなにも言わなかった。

「国立衛生研究所は、わたしたちが今日のお祭り騒ぎのためにカミルを借りたいと頼んだとき、あまりいい顔をしなかった」ヴァンは続けた。「とはいえ、この十年でもっとも大規模な公民権デモ行進の前日にカッサンドラ・ベルが自分の兄に無残に殺されるのを見るのもいやだった。それで、結局はわたしたちに協力してくれることになった」

ヴァンはテーブル越しにぐいと身を乗り出した。

「そこで知りたいことがあるの。あなたは妹を殺すためにあの部屋にやってきた。生まれたときからずっと知っている妹を。よくわからないんだけど、あなたはどうして包丁で八回も刺した相手が、二十年ずっと付き合ってきた女性とはちがうということに気づかなかったのかな」

ベルは顔をあげたがなにも言わなかった。

「待って、返事はしないで」ヴァンはそう言って、ぼくを振り返った。「トニーを連れてくるよう伝えて」

ぼくはそのメッセージを内部音声で伝えた。一分後に、トニーが取調室に入ってきた。

「トニー・ウィルトン、こちらがルーカス・ハバードです」ぼくはそれぞれを紹介した。「ルーカス・ハバード、こちらがトニー・ウィルトンです」

「これが一週間まえだったら、会えて光栄ですと言うところだったんだがな」トニーがベルに言った。「それでも、あんたのコーディング技術はたいしたもんだと思うよ」

「トニー」ヴァンが言った。「ミスター・ハバードにあなたの最近の冒険について話してくれるとありがたいんだけど」

「さて、あんたが補間器を通じてコードをプロセッサにダウンロードした部分については、ほんとに天才レベルの仕事だった」トニーは言った。「だが、それはきわめて危険なことでもあった。まあ」――ベルを身ぶりでしめして――「理由は明らかだな。そこで、昨夜おれがその経路をふさぐパッチを書き、いまでも強制パッチ適用を命じることができる国立衛生研究所が、それを優先待ち行列のてっぺんに入れた。ちょうどあんたがカッサンドラ・ベルのマンションに踏み込んだころに、それが合衆国のすべての統合者たちのもとへ送られ始めた。統合者たちのパッチあてが完了したら、同じものがヘイデンを対象とする一般待ち行列にも入れられる。つまり、あんたが統合者を相手にやったような手段で、ヘイデンを相手にそれを悪用することはできなくなるわけだ。とはいえ、あんたが悪用するまでは、統合者でこんなことができるなんてだれも考えなかった。邪悪ではあるがすばらしい。だから念には念を入れることにしたんだ」

「なにを言っているのかまったく理解できない」ベルが言った。「補間器ってなんだ？」

トニーはぼくに顔を向けた。「こいつはほんとにこんなことやってるんだな」

「ほかにどうしようもないだろ」ぼくは言った。「ここでやめたら、ほんもののニコラス・ベルが浮上して、なにもかも暴露するんだから」

「そういえば」トニーはベルに顔を戻した。「ほかならぬあんたなら、ニューラルネットワーク用のパッチは、一般的な仕様にもできるし、すごく、すごく特殊な仕様にもできると知っているはずだ。たとえば、たったひとつのニューラルネットワークを対象にするとかな」

ベルはトニーをぽかんと見つめた。

「いいだろう、あんたがなにも理解できないふりを続けたけるなら、思い切り簡単に説明してやる。昨夜は、ごく一般的なパッチを書いただけじゃなく、きわめて特殊なパッチも書いた——ここにあるニューラルネットワーク向けのやつだ」トニーはベルの頭のてっぺんをとんと叩いた。「機能はふたつ。ひとつはデータストリームの制御だ」

「よく聞きなさい」ヴァンがベルに言った。「いい話だから」

「ふつう、統合のあいだは、統合者か顧客のどちらかがデータの流れを止めることができる——顧客がセッションを終了するときか、統合者が顧客に耐えきれなくなったときだ。いまあんたは、ベルがあんたを頭から叩き出す能力を、巧みに無効化している」

「正しいこととは思えない」ヴァンが言った。

「そうだ。だから、おれがベルのネットワークへ自動的にダウンロードさせたパッチは、あんたがデータの流れを断ち切る能力を削除する。あんたはベルを彼自身の頭の中に閉じ込めた。いまおれは、あんたを同じ場所に閉じ込めたんだ。ほら、切ってみろよ」

「ちょっと、彼がそんなことをするわけないわ」ヴァンが言った。「はったりをかけて、彼をベルの頭から立ち去らせようとしているんでしょ」

「ははあ」トニーは言った。「それは考えなかったな。たしかにありそうな話だ」

「すぐに彼にもわかることです」ぼくは言った。「彼はニコラス・ベルに妹を殺させようとしました」自分の頭をとんと叩く。「ここにしっかり記録してあります。六×九フィートの独房の扉が閉じるとき、彼はベルといっしょにそこにいるんですから」

「で、それがパッチの第一の機能だ」トニーは話を続けた。「もうひとつのほうは、あんたにすごく気に入ってもらえるんじゃないかと思ってる」

「ちょっと待って」ヴァンが言った。トニーは口をつぐんだ。ヴァンはベルに顔を向けた。「ここまででなにか言うことはある、ミスター・ハバード？」

「嘘じゃなく、あんたたちがなんの話をしているのかまったくわからないんだ」ベルは懇願するように言った。「もう頭がぐちゃぐちゃだよ」

「じゃあ少し頭をはっきりさせましょ」ヴァンがそう言って、ぼくにうなずきかけた。「次のお客さんをお願い」

さらに一分たって、メイとジャニス・サニが取調室に入ってきた。ヴァンが立ちあがって自分の席をメイに明け渡した。ジャニスは祖母の背後に立ち、その肩に手をそっとのせた。

「こいつがそうなのかい？」メイがヴァンを見ながら言った。

「そうよ」ヴァンが言った。「とにかく内側は」

「おれはこんな女性たちは知らない」ベルが言った。

「あなたがほんとうのことを言ったのは、この午後になってから初めてね」

「ルーカス・ハバード、こちらはメイとジャニス・サニです」ぼくは言った。「ラストネームに聞き覚えがあるかもしれませんが、それはあなたがふたりの孫であり弟であるジョニー・サニを利用したからです」

「こんなのどうかしてる」ベルが言った。

「前置きはもう充分だと思う」ヴァンが言った。「それに、たわごとは聞き飽きた。だから核心に入りましょう」彼女は足をベルの椅子にかけて、テーブルから押しやった。

「わたしたちはシュウォーツのことであなたに嘘をつかれた」ヴァンはベルに言った。「たしかに殺人と共同謀議の罪で逮捕はしたけど、シュウォーツはわたしたちと取引をしたの。そして、あなたがヘイデン市場を支配するためにやったことを残らず話してくれた。彼の話はあなたにとってはうれしくないことばかり。わたしたちは科学捜査オタクの大部隊でアクセレラント社を襲撃する準備をととのえている。さらに二十名があなたの自宅のそばで待機して、わたしの突入の合図を待っている。あなたと関連企業のそれぞれに対する捜査令状が多すぎて、それを執行する捜査官が足りなくなりそうだった。もう少しで」

　ヴァンはベルの椅子を軽く蹴飛ばした。それはベルをのせたままほんのわずかに浮きあがった。

「それなのに、あなたはいまだにここで、〝おれはハバードじゃない〟というバカげたゲームを続けている。そろそろゲームはやめないと。これからなにをするべきかを教えてあげる。あなたはベルのふりをするのをやめなさい」ヴァンはメイとジャニス・サニを指さした。「手始めに、このふたりにジョニー・サニの身にほんとうはなにが起きたのかを話して。ふたりには知る権利がある。

　あるいは、そのままベルのふりを続けることもできるけど、その場合は、ここにいるトニーが次になにが起こるかを話してくれる」ヴァンはトニーに目を向けた。「あなたのパッチのもうひとつの機能を教えてあげて」

「筋書きをひっくり返すんだ」トニーが言った。

「もう少し技術的にお願い」ヴァンがベルを見ながら言った。「この人ならついていけると思う」

「顧客が統合者を使うときは、統合者は背後にさがって、顧客の意識に肉体の運転をまかせる」トニーは続けた。「統合者は補佐はするが、本来は引っ込んでいるわけだ」ベルを身ぶりでしめす。「あんたの改造版ニューラルネットワークでは、統合者の意識は完全に追いやられてしまう。肉体の制御がまったくできなくなるんだ。おれがベルの肉体に導入したパッチはそいつを逆転させる。統合者に全面的な肉体の制御があたえられるいっぽうで、顧客は背後へ追いやられ、ただ見ていることしかできなくなる」

「顧客が閉じ込め(ロックイン)を体験することになると」ぼくは言った。

「そのとおり。もちろん、ふつうの顧客と統合者の関係でこんなことをしても意味はない。だが」――トニーはベルを見おろし――「これはふつうの関係じゃないからな」

「ベルは人生を取り戻し、ハバードは内側に閉じ込められる。永遠に」

「しかも、いい話というのはそこじゃない」ヴァンがベルにぐいと近づいた。「ほんとうにいい話なのはこっち。ベルはいまやハバードが使用中の統合者とみなされている。だったらいっそ……そのままにしておいたら？」

「ベルに自分はハバードだと言わせるんですか？」ぼくは言った。

「ベルをハバードそのものにするの」ヴァンはトニーとぼくを見あげた。「令状をぜんぶ撤回して、シュウォーツはそのまま破滅させ、ベルをアクセレラント社のトップに据える。それから、彼が会社の解体を開始する。ひとつひとつ切り売りして。その売却で得た利益でヘイデンに投資する。手始めに、あなたのお父さんの新しい事業はどうかな、クリス」

「ああ、なるほど」ぼくはテーブル越しに、ベルに向かって身を乗り出した。「ぼくの父は、ナバホ・ネイションとの合意により、アゴラと競合する非営利組織に投資することになりました。ナバホ・ネイションには巨大なサーバー施設があります。ヘイデンの国家をまるごとおさめられるだけの余裕があります。スタッフはナバホ族の技術者たち。手頃な賃金で調達できる労働力です。しかも、厳密には合衆国の領土ではありません。それを明日のデモ行進で発表するつもりです。ヘイデンのコミュニティとして、市場の独占を狙うやつらに搾取されることのない、別の選択肢が生まれることを伝えるために」

「考えてみて」ヴァンが言った。「カッサンドラ・ベルがそれを宣言し、マーカス・シェインがその片側に、ルーカス・ハバードがその反対側に立つのよ。すべてのヘイデンたちのために結集するの。それから、ハバードが自分の会社を少しずつ解体して、この目標のために投資を続ける。なにも残らなくなるまで」

「夢ですね」ぼくはテーブルから身を引いて言った。

「そうよ」

「少しだけ不道徳な夢です」

「競合相手を爆弾でつぶし、連邦捜査官を襲い、ヘイデン活動家の暗殺をはかるよりも不道徳?」

「いえ、ちがいますね」

「だったら、わたしはそれでかまわない。この件を知ることになるのは、たったいまこの部屋にいる人たちだけ。異議のある人はいる?」

だれもなにも言わなかった。

「というわけで、あなたには次の選択肢があるわ、ハバード」ヴァンはベルに顔を戻して言った。「自分が何者であるかを認めて、ジョニー・サニの身になにが起きたかをメイとジャニスに伝える。あなたは有罪になるけれど、あなたの会社は生き延びる。あなたがいまやっていることを続けるなら、わたしたちは筋書きをひっくり返す。ベルは自分の人生をあなたから取り戻し、あなたの人生を乗っ取る。そしてあなたは、自分が築きあげたすべてのものが崩壊するのを見守ることになる。選んで」

ベルは、まる一分以上、無言ですわっていた。

それから——

「初めは、ただの思考実験でしかなかった」ハバードが言った。それはまちがいなくハバードだった。手錠で椅子につながれていても、そこにいるのはあの自信満々な男だった。「わたしがコードを書いてネットワークをモデル化し、顧客がフルタイムで統合できる設計にした。好奇心を満たす以外の意味はなかった。

ところが、エイブラムズ=ケタリング法があらわれて、わたしが築きあげたビジネスモデルが変わり始めていた。ほかの企業はパニックを起こしたが、わたしはそこにチャンスがあるとわかっていた。必要なのは方向をしめすことだった。効果的だが痕跡を残さない、しかも再現不可能な手段によって。わたしが設計したネットワークを使えば、ほかの企業にはできないやりかたで人びとやできごとを操作できる。しかも、わたし自身までさかのぼって追及されることはない。

メディコード社がナバホ・ネイションの医療記録にアクセスすることができて、しかもそれが合衆国の医療データベースに登録されていないということを指摘したのはサムだった。われわれがそこで見つけた被験者は、そこ以外では目に見えない人間だった――ほかのどこにも記録はなく、なんの痕跡も残さない。見つけたのはふたり。ジョニーとブルースだ。まずはジョニーから始めた。彼は……」

ハバードは言葉を切った。自分が言おうとしていることが、ジョニー・サニの家族にどう聞こえるか気づいたのだ。

「話して」ヴァンが言った。

「ジョニーは精神面が不充分だった。だましやすかった。あやつりやすかった。われわれはカリフォルニアで、アクセレラント社とほんの少しだけつながりのある中国企業を通じて彼を罠にかけた。連絡は独自のスリープを通じておこなった。たとえジョニーにそれを察知する頭がなかったにしても、いっさい痕跡は残さなかった。念には念を入れた。すべてを可能なかぎりコンパクトにした。全貌を知っているのはサムとわたしだけだった。

ニューラルネットワークを組み込んだあと、まずは一度に数分ずつから始めて、それから一時間、二時間と伸ばしていった。徐々にジョニーをいろいろなことに使うのに慣れていった。彼を操作して簡単な仕事をさせた。会社のちょっとしたスパイ活動とか。ささやかな妨害工作とか。重要なことではない。ただ能力をテストするためだった。

　ジョニーには限界があることがわかった。脳の中身のことではない――わたしが彼を操作していれば、それは問題にならなかった。そうではなく、そもそもの利点だった身元がないという事実が、逆に制約になったのだ。身元がないと、この社会で行動するのはむずかしくなるばかりで、簡単になることはない。

　ジョニーで学んだことを活用して、市販用のネットワークの開発に取りかかった。わたしたちはルクターン社を所有していたので、参考になるネットワークのデータベースがあった。わたしが思いついたのは、ネットワークをハッキングして扉を開けっ放しにするために補間器を利用する手法だった。あとはチャンスを待つだけだった。

　やがてエイブラムズ＝ケタリング法が成立して、ストライキとデモ行進が計画された。それは市場を不安定にして、わたしたちの望む企業を選び取るチャンスだった。

　ニコラス・ベルが統合者だということは知っていた。彼を使っている人びとも知っていた。エイブラムズ＝ケタリング法が成立したら、ベルが長期契約を求めることもわかっていた。だが、じかに接近したくはなかった。そこでジョニー・サニの最後の出番だ。わたしはジョニーを操作してDCへ行き、ツーリストのふりをしてベルと連絡をとった。わたしはジョニーを使ってベルの精神に侵入したんだ。

　わたしがベルに入ったら、サムがただちにジョニーと接続して乗っ取ることになっていた。ところが、サムは何分か注意をそらしてしまった。ジョニーは自分を取り戻し、あたりを見回すと、ソファをかかえて窓へ走り、外の通りへ投げ出した。それから引き返してきて、グラスをつかみ、ドレッサーに叩きつけた。わたしは彼がその破片で襲ってくると思った。それで両手をあげた。

ジョニーはわたしに向かって、これでだれかが様子を見に来るぞと叫んだ。彼はそれ以上利用されたくなかった。自分がなんのために利用されているのかを知りたがった。そして家に帰りたいと言った」

ハバードはまた言葉を切った。

「続けなさい」ヴァンが言った。「たとえあなたが話さなくても、ベルが話すことになる。なにもかも明らかになるのよ、ハバード」

「わたしは声をあげて笑った。すぐにサムがジョニーに接続して、それで片が付くとわかっていた。だから彼に、おまえが利用されているのはわたしを大金持ちにするためだと告げた。ジョニーは自分がだれかを傷つけたことがあるのかどうか知りたがった。わたしは彼に、どうせおぼえていないのだからなにも心配することはないと言った。

するとジョニーはこう言った——〝あんたが悪い男だとわかったし、あんたがぼくを家に帰すつもりがないのもわかったから、ぼくはあんたを困らせてやる〟そして、自分の喉を切り裂いたんだ」

メイとジャニスはハバードを無表情に見つめた。そういえばクラー・レッドハウスが、ふたりはあまり悲しみをおもてに出さないようにしているのだと言っていた。

「残念だが——」ハバードがメイとジャニスを見ながら言った。

「よくもそんなことを」ジャニスが吐き捨てるように言った。「あんたはジョニーが死んだことを残念に思ってなんかいない。今日だって人を殺すつもりだったくせに。あんたは自分がつかまったのが残念なだけよ。でも、あんたはこうしてつかまった。あんたがつかまったのは、あんたが罪をまぬがれようとするのをジョニーが止めたから。自分で言ったとおり、あんたを困らせてやったのよ。わたしの弟はとろかったけど、時間さえかければ答えを見つけることができた。あんたの正体も見抜いたのよ。ほら、自分の姿を見るがいいわ。わたしの弟はあんたよりずっと立派よ」

　ジャニスは手を貸してメイを椅子から立ちあがらせた。ふたりは振り返ることなく部屋を出ていった。

「あなたはジョニーが喉を切るのを見たけど、そこでパニックになったのね」ヴァンが、ジャニスたちが去ったあとで口をひらいた。「少なくとも何分かはベルの肉体を離れていた」

「そうだ」ハバードは言った。「いったん離れたんだが、サムに戻れと言われた。もしもベルが自分の体験をだれかに話したら、わたしたちがやっていたことがばれて、遅かれ早かれしっぺ返しをくらうことになると。わたしは片が付くまでベルにとどまるしかなかった」ふんと鼻を鳴らす。「サムは、土曜日までもつ表向きの話をなにかでっちあげるから、それで充分だと言ったんだ。ふたりのどちらにとっても、なにもいいことはなかったが」

「あなたがしばらく離れたおかげで、ベルは手掛かりを残すことができた。彼はそこで起きたことにひどく混乱して、なにかがまちがっているとわたしたちに伝えてくれた。ありがたいことに」

　ハバードは悲しげな笑みを浮かべて、ヴァンを見あげた。「さて、どうする」

「そろそろあなたをほんとうに逮捕しないとね、ミスター・ハバード」ヴァンは言った。「自分の体に戻りなさい。いますぐに」

「なんだ？」

「例のパッチを書き換えないと」ハバードは言った。

「そのことだが」トニーが言った。

「あれは嘘だったの」ヴァンが言った。「パッチなんてなかった」

「補間器の裏口（バックドア）をふさぐ一般的なパッチはあった」トニーが言った。「それはほんとうだ。だから、あんたはいったんベルから離れたら、二度と入り直すことはできない」

「でも、あなたが離れないことはわかっていた。だから運試しをすることにしたわけ」

「筋書きをひっくり返すなんてこともできなかったんだな」ハバードが言った。

「そんなことができるんだったら、そうしていたと思います」ぼくは言った。「そして、あなたに自分の会社が燃え尽きるのを見物させていたでしょう」

「さあ行きなさい、ハバード」ヴァンが言った。「わたしの同僚たちが待ってる。説明しなければいけないことが山のようにあるから」

ハバードは去った。わかるような変化はなかった。彼はニコラス・ベルが浮上したのはよくわかった。彼は身震いし、あやうく椅子を倒しそうになりながら、大きく息を吸い込んだ。「うわ」

「ニコラス・ベルね」ヴァンが言った。

「ああ」ベルがこたえた。「ああ。そうだ」


「はじめまして」

「ちょっと待って」ぼくはベルの肩にそっと手を置いた。「この手錠をはずさないと」そしていましめを解いた。ベルは両腕を振って、手首をこすった。

「ミスター・ベル」ヴァンが言った。

「ああ」

「ハバードがジョニー・サニについてしゃべったことだけど」

ベルはうなずいた。「あれは事実だよ」

「そんなものを見せられて気の毒だったわね」

ベルは震える声で笑った。「長い一週間だった」

「そうね。ほんとに」

「こんなことは言いたくないんですが」ぼくはベルに言った。「いくつか質問にこたえてもらう必要があります。ハバードがあなたの体をコントロールしていたあいだに、あなたが見たり聞いたりしたことを、すべて話してもらいたいんです」

「ご心配なく、あのクソ野郎について知っていることはぜんぶ話すから」ベルは言った。「ただ、そのまえにどうしてもやっておきたいことがある。できるなら。きみたちさえ良ければ」

「もちろん」ヴァンが言った。「なにをしたいのか教えて」

「いますぐ妹に会いたいんだ」

25

ヴァンがリンカーン記念堂のまえに設置されたステージを指さした。そこにはヘイデンのデモ行進のために集まった演説者たちが立っていた。「あなたのお父さん、あそこにいるとずいぶん立派に見えるね」ヴァンはぼくの父を顎でしめした。父は、ナバホ・ネイションのベセンティ大統領と、可搬型クレードルにおさまったカッサンドラ・ベルのとなりに立っていた。

「まるでアリみたいです」ぼくは言った。「ぼくの父としてはかなり印象的なことですが」

「そうしたければもっとステージに近づいてもいいのよ。噂によると、知り合いがいるとか」

「はいはい。でも、ここでいいと思います」

ヴァンとぼくは群衆の端のほうに立っていた。ステージと演説者たちからは、ナショナルモール沿いにだいぶ離れた場所だ。

「暴動はないね」ヴァンが言った。「これが昨日の朝だったら、そっちに賭ける気にはならなかったと思うけど」

「ハバードの件で出鼻をくじかれたんでしょう」ぼくは言った。ハバードとシュウォーツの逮捕に関するニュースには、土曜日の午後遅くというニュースが目立ちにくい時間帯を抜け出すだけのインパクトがあった。当局は人びとに望むだけの情報を提供できるよう努力した。DCでこの土曜日の夜に起きた事件は、たいていの土曜日の夜と変わりがなかった。日曜日はいつもどおりの日曜日だった。

「わたしたちは銃弾をかわしたわけね」ヴァンはうなずいた。「だいたいのところは。あなたは何発かくらったけど」

「ええ。今週なにか学んだことがあるとしたら、スリープを買うなら安物にしておけということです。こんな調子で壊れたらやっていけませんよ」

「あなたならいけるでしょ」

「まあ、そうですね。いけます。でも、そうはしたくないので」

ぼくたちはナショナルモールを歩いた。ヴァンは腕を吊っていたし、ぼくは借り物のスリープを使っていた。ヴァンがちらりとステージに目を戻した。「あなただってあそこにいたかもしれない。お父さんのとなりに立って。あなたはいまでも充分に有名なんだから、お父さんとナバホ族との契約への信頼度をもっと高めることができたのに」

「いいえ。あんな事件があったあとでも、父への信頼度はすごく高いんです。それに、ぼくはもうそういう人生を望んでいません。FBI捜査官になったのには理由があるんですよ、ヴァン。広告塔以外でも役に立ちたいんです」

ヴァンはにっと笑い、ぼくの肩を軽く叩いた。「リラックスして、シェイン。これからましになっていくから」

「そう願いたいです」

「すみません」だれかの声がした。そちらへ目をやると、一体のスリープが、ほかの何人かといっしょに立っていた。そいつはヴァンを指さした。「あなたは例のFBIの捜査官ですよね。ルーカス・ハバードを逮捕した」

「そうよ」ヴァンはこたえた。「その中のひとり」

「すごい！」スリープはそう言って、仲間たちのほうを身ぶりでしめした。「かまいませんか？　写真を撮っても？」

「もちろん」ヴァンは言った。「喜んで」

「やった」スリープはそう言って、仲間たちといっしょにヴァンのまわりに集まってきた。ひとりがぼくにカメラを渡した。


つ人間になりたいんです」

「ヘイデンはいまでも広告塔を必要としているわ。エイブラムズ＝ケタリング法は予定どおり真夜中すぎに施行される。情勢はこれから厳しくなるのよ。はるかに厳しく」

「その仕事はほかの人にもできます。ぼくはこの仕事のほうがうまくやれると思います」

「そうね。少なくとも、この一週間はそうだった」

「いつもこうではないんですよね？　つまり、これからの週のことですが」

「もしそうだったら、そんなにつらい？」

「ええ。つらいですね」

「あなたにはたくさんのことを求めるつもりだと言ったよね。あの最初の日に。おぼえてるはず」

「ちゃんとおぼえています。正直に言いますよ。あのときは、ぼくをびびらせようとしているだけだと思っていました」

「お願いできますか？」その女性がたずねた。

「もちろん」ぼくは言った。「みなさん集まってください」全員が身を寄せ合った。

「あなた楽しんでるでしょ」ヴァンが言った。

「ちょっとだけ」ぼくはこたえた。「それではみなさん——〝チーズ〟」

感謝のことば

例によって、出版社のトー・ブックスで裏方をつとめる人たちに感謝を捧げるのはたいせつなことだと思う。わたしの本をみなさんに届けるために力を尽くしてくれた人たちだ。まずは編集者のパトリック・ニールスン・ヘイデン。その助手のミリアム・ワインバーグ。アート関係の責任者、アイリーン・ギャロ。カバーのデザイナー、ピーター・リュートイェンス。テキストのデザイナー、ヘザー・ソーンダーズ。原稿整理のクリスティーナ・マクドナルド。さらに、宣伝担当のアレクシス・サーレラー。そしてもちろん、トー・ブックスの発行人であるトム・ドーアティ。

同じように感謝を捧げなければいけないのが、エージェントのイーサン・エレンバーグと、海外での売り込みを担当しているエヴァン・グレゴリー。正直な話、ふたりはわたしのためにすばらしい仕事をしてくれている。ふたりがいてくれて、わたしはほんとうに運が良い。

オーディブル社のスティーヴ・フェルドバーグと、ゴランツ社のジリアン・レッドファーンにも感謝する。

わたしを励ましたり、気晴らしが必要なときにありがたい気晴らしになってくれたりした、友人や読者のみなさんにも大きな感謝を捧げたい。このリストはとても長いので、いちいち列挙するのではなく、あなたも載っているものと思ってほしい。ありがとう、みんな。

そしてなによりも、妻のクリスティン・ブラウザ・スコルジーに感謝したい。この本を書いたのは二〇一三年で、わたしにとっては多くの重要な面でほんとうに驚くべき一年だったが（目立つ例をひとつだけあげるなら、『レッドスーツ』でヒューゴー賞長篇部門を受賞した）、同時に、とてもストレスが大きかった。簡単に言うと、わたしにがまんしなければならなかったのが妻だった。彼女は愛と忍耐と励ましをもって耐え抜いてくれた――わたしを絞め殺して、死体を木材粉砕機に放り込んでから、そもそもわたしと結婚していなかったというふりをすることはなかった――それこそが、彼女がわたしの知る最高の人物であるという事実の証だ。わたしの妻への愛は――作家としては情けないことに――言葉で表現できるようなものではなく、わたしは自分が彼女と人生を共にしていることに、毎日のように心からの驚きをおぼえている。

わたしはできるだけ頻繁に、どれほど感謝しているかを妻に伝えようとしている。ほかのみなさんにも伝えておくとしよう。みなさんがこの本を手にできるのは彼女のおかげだ。

――ジョン・スコルジー　二〇一三年十一月二十九日

解説

評論家
堺三保

全世界に新たな疫病が蔓延、その結果、多くの人々が亡くなった。しかもこの病気は、生き残った人々にも恐るべき後遺症をもたらしていた。意識ははっきりとしたまま、身体機能を喪失、罹患者の精神をその肉体の中に閉じ込めてしまったのである。人々はその状態を「ロックイン」と呼んだ。アメリカではロックイン状態に陥った罹患者たちを救うため、莫大な予算を投じた研究が進められ、急激な技術革新と共にいくつかの救済策が実現していた。だが、ロックイン状態そのものを治すことも、疫病を引き起こすウイルスに対するワクチンの開発もできないまま、いまだ感染は世界中で広がっていた……。

本書『ロックイン―統合捜査―』は、そんな近未来の世界で起こった、不可解な殺人事件の謎を追うFBI捜査官の活躍を描いた、ジョン・スコルジーのSFミステリ、***Lock In***（2014）の全訳である。

スコルジーといえば、日本の読者諸兄にも〈老人と宇宙（そら）〉のシリーズですっかりお馴染みの、今や押しも押されもしない人気作家だが、同シリーズはもちろん、シリーズ外の『アンドロイドの夢の羊』や『レッドスーツ』といった、遠未来の宇宙を舞台にした作品から一転、本作ではごく近い未来の社会をリアルに描いているところが、実におもしろい。

本作に登場する奇病（ヘイデン症候群）とその対応策である個人輸送機（スリープ）は、パーキンソン病のような神経変性疾患と現在急速に進歩している介護用アシストスーツによる要介護者の支援の隠喩であることはあきらかだろう。

脳医学とロボティクス技術の進歩が、さまざまな原因で身体の自由を損ねている人々を助けてくれるようになるであろうことは間違いないと思われるが、それを極端な形でSFらしく表現してみせたところに、本作におけるスコルジーの着眼点の良さがある（具体的にどういった方策がとられているかは、本作のアイデアの根本部分であり、導入部においては意図的に明示を避けているので、それがどのようなものであるかは、ぜひとも本篇を読んでお楽しみいただきたい）。

さらにいえば、このような医療技術の進展にともなう社会問題を、きちんと描きこんでいるところも、実に上手い。ヘイデン症候群患者の権利を巡って、彼らが優遇されすぎであるとする人々と、それに対してデモを行う患者たちのあいだに広がっていく、差別の定義を巡る対立など、まさに今の日本でも起こっているさまざまな対立の映し絵となっていて、読者に対して問題提起をすると共に作品のリアリティを高めている。

もちろん、基本は娯楽SF作家であるスコルジーのこと、右記のような材料をそろえてリアルな近未来を構築しつつ、あまり重苦しくならないようにバランスを取りつつ、痛快な警察ミステリとしてきっちりと仕上げてくれている（というか、SF的な設定がほぼすべて、ミステリとしての謎解きのために奉仕しているあたり、SFとしてもミステリとしても実に筋が良い）。

さて、作者であるスコルジーについては、ハヤカワ文庫SFで刊行済みの『老人と宇宙』他の作品の巻末解説を参照していただくとして、ここでは彼の近況について触れておこう。ここ数年の彼は小説執筆以外にも精力的に活動領域を広げているからだ。

まず、二〇一〇年から一三年のあいだ、SFWA（アメリカSFファンタジー作家協会）の会長を務めていた。かなり積極的に会の運営に取り組んでいたらしい。

また、二〇〇九年から一一年の三年間は、テレビ版〈スターゲイト〉シリーズの最新作『スターゲイト　ユニバース』のクリエイティブコンサルタントとして、テレビドラマ製作に関わっていた。『レッドスーツ』のあとがきで本人が書いているが、『スターゲイト　ユニバース』は『レッドスーツ』に出てくるテレビドラマと違って、ご都合主義を排したマジメな作りで、スコルジーにとっても良い経験だった模様。

そしてさらに、二〇一五年に発売されたビデオゲーム「ミッドナイト・スター」のシナリオを書いたりもしている。

もちろん、小説の執筆もおろそかにしているわけではなく、二〇一一年に *Fuzzy Nation*、一二年に

『レッドスーツ』、一三年に『戦いの虚空　老人と宇宙5』、一四年に本作、そして一五年に〈老人と宇宙〉シリーズの最新作 ***The End of All Things*** と、毎年一作のペースで新作を発表し続けているのだ。しかも、二〇一〇年には『最後の星戦　老人と宇宙3』、二〇一三年には『アンドロイドの夢の羊』がそれぞれ星雲賞を受賞、同一三年には『レッドスーツ』がヒューゴー賞・ローカス賞の両賞受賞と、日米での評価も高い。二〇〇五年のプロデビューから十年あまり。もはや立派なベテラン作家になったと言えるだろう。

一方、ここ数年テレビの世界ではケーブルテレビ局が大予算を投じてSFやファンタジードラマを作ってヒットさせるという状況が続いており、いろんな局がSF小説の映像化権を買いに奔走している。そんな中、スコルジーの作品がプロデューサーたちの目にとまったのは、当然のことだろう。二〇一四年、なんと三本もの作品の映像化契約が相次いで取り交わされたのだ。

代表作である〈老人と宇宙〉シリーズは古参ケーブルテレビ局でありSF専門チャンネルでもあるSyfyが、テレビの宇宙モノSFドラマのパロディでありながら感動的な結末を迎える『レッドスーツ』は20世紀フォックスのケーブルテレビ局FXが、そして本書『ロックイン―統合捜査―』は『パシフィック・リム』や『GODZILLA　ゴジラ』で特撮ファンにはすっかりお馴染みの製作会社、レジェンダリー・ピクチャーズのテレビ部門であるレジェンダリーTVが、それぞれテレビドラマ化に向けて製作を開始しているのだ。

いずれもうまくいけば今年中には何らかの進展が見られるはず。どの作品も映像化するとなると大がかりなCGやセットが必要なものばかりだが、最近のアメリカにおけるテレビドラマの映像の進化を考えると、素晴らしい絵を見ることができそうな予感がする。とはいえ、アメリカの映画やテレビは、映像化企画が動き出したあと、実際に作品が完成しないままになってしまうケースも多い。現場の人々のがんばりで、企画が実現することを願いたい。

もっとも、スコルジーのことだから、うまくいってもいかなくても、その経験を題材にして、小説やノンフィクションを書いてしまいそうだが。

ちなみにスコルジーは、トー・ブックスとこれからの十年間で十三冊の本を出す代わりに合計で三百四十万ドルを受け取るという大型契約を結んだ。その中には、本作の続篇や〈老人と宇宙〉シリーズの新作をはじめ、新しいスペオペ・シリーズやヤングアダルトものなど、バラエティに富んだ作品が含まれているんだとか。いずれも楽しみにして待ちたいところだ。

二〇一六年一月

A HAYAKAWA SCIENCE FICTION SERIES No. 5025

内　田　昌　之
うち　だ　まさ　ゆき

1961年生，神奈川大学卒
英米文学翻訳家
訳書
『老人と宇宙(そら)』『アンドロイドの夢の羊』『レッドスーツ』
ジョン・スコルジー
『言語都市』チャイナ・ミエヴィル
『フラッシュフォワード』ロバート・J・ソウヤー
『レッド・ライジング　火星の簒奪者』ピアース・ブラウン
『宇宙の戦士〔新訳版〕』ロバート・A・ハインライン
（以上早川書房刊）他多数

この本の型は，縦18.4センチ，横10.6センチのポケット・ブック判です.

〔ロックイン―統合捜査(とうごうそうさ)―〕

2016年2月10日印刷　　2016年2月15日発行

著　　者　ジョン・スコルジー
訳　　者　内　田　昌　之
発 行 者　早　川　　浩
印 刷 所　中央精版印刷株式会社
表紙印刷　株式会社文化カラー印刷
製 本 所　株式会社川島製本所

発行所　株式会社　**早　川　書　房**
東京都千代田区神田多町2－2
電話　03-3252-3111（大代表）
振替　00160-3-47799
http://www.hayakawa-online.co.jp

（乱丁・落丁本は小社制作部宛お送り下さい
送料小社負担にてお取りかえいたします）

ISBN978-4-15-335025-0 C0297
Printed and bound in Japan

レッドスーツ

REDSHIRTS (2012)

ジョン・スコルジー

内田昌之／訳

あこがれの宇宙艦に配属された新任少尉ダール。さまざまな異星世界を探査するその艦で、彼とその仲間は奇妙な謎に直面するが……。〈老人と宇宙(そら)〉シリーズの著者が贈る、宇宙冒険＋ユーモアＳＦの傑作ドラマ

vN

vN (2012)

マデリン・アシュビー

大森 望／訳

５歳のフォン・ノイマン型ロボット、エイミーには、人間に危害を与えない「原則」が欠けていた。追われることになった彼女は、人間の支配から仲間を解き放つ鍵なのか？　波乱万丈のジェットコースター冒険ＳＦ

新☆ハヤカワ・ＳＦ・シリーズ

クロックワーク・ロケット

THE CLOCKWORK ROCKET（2011）

グレッグ・イーガン

山岸 真・中村 融／訳

わたしたちの宇宙とは少し違う、別の物理法則に支配されている世界。惑星滅亡の危機を予見した女性科学者ヤルダがとった妙策とは……。「現代最高のＳＦ作家」と称されるイーガンのハードＳＦ三部作、開幕！